KB260676

신도 무쌍 神刀無雙

사도연 新무협 판타지 소설
FANTASTIC ORIENTAL HEROES

신도무쌍 5

사도연 新무협 판타지 소설

초판 1쇄 찍은 날 § 2009년 6월 13일
초판 1쇄 펴낸 날 § 2009년 6월 18일

지은이 § 사도연
펴낸이 § 서경석

편집장 § 문혜영
편집책임 § 문정흠
편집 § 주소영

펴낸곳 § 도서출판 청어람
등록번호 § 제1081-1-89호
등록일자 § 1999. 5. 31
어람번호 § 제2-1763호

주소 § 경기도 부천시 원미구 심곡2동 163-2 서경B/D 3F (우) 420-822
전화 § 032-656-4452 팩스 § 032-656-4453
http://www.chungeoram.com
E-mail § eoram99@chollian.net

© 사도연, 2009

ISBN 978-89-251-1837-6 04810
ISBN 978-89-251-1715-7 (세트)

※ 파본은 구입하신 서점에서 교환하여 드립니다.
※ 저자와 협의하여 인지를 붙이지 않습니다.
※ 이 책은 도서출판 청어람과 저작자의 계약에 의해 출판된 것이므로,
   무단 전재 및 유포 · 공유를 금합니다.

神刀無雙

신도무쌍

사도연 新무협 판타지 소설
FANTASTIC ORIENTAL HEROES

焚天

5
환골탈태

도서출판
청어람

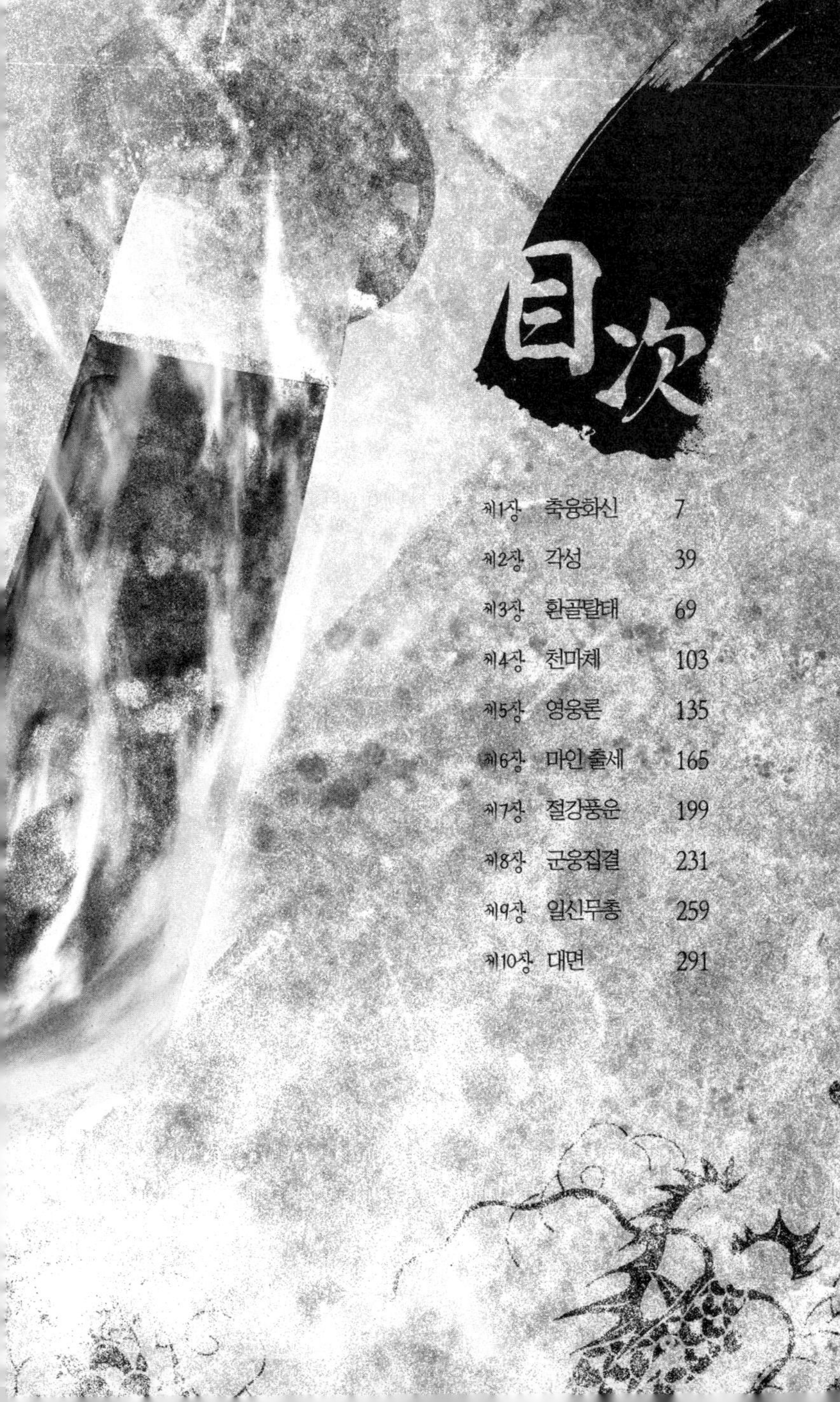

目次

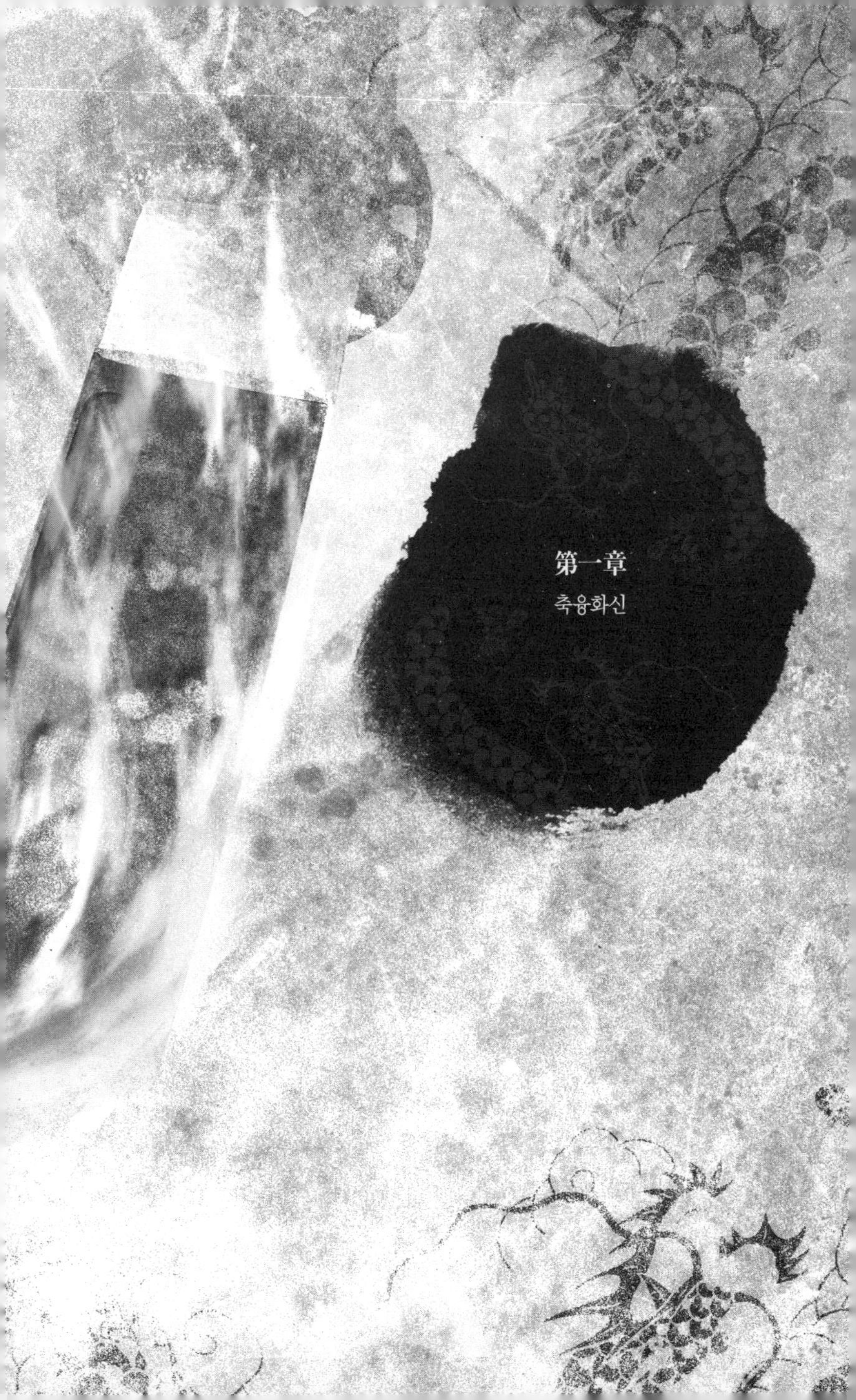

第一章

축융화신

神刀無雙

신도무쌍

퍼퍼퍼펑!

수많은 폭발이 있었다. 그리고 그 폭발 후에는 항상 그렇듯이 후끈한 후폭풍이 대지를 휘감았다.

백색 섬광과 흑색 불꽃의 충돌.

반 시진 가까이 인 두 개의 대립은 어느 것 하나 밀리는 양상 없이 팽팽한 대치를 이루고 있었다.

이 때문에 두 개의 불꽃이 싸움을 벌이는 주위의 대지는 거의 초토화가 되었다 해도 과언이 아닐 정도로 상태가 장난이 아니었다.

어느 정도 숲을 이루고 있던 나무들은 모두 불에 타거나 강풍을 이기지 못해 꺾였고, 약간 높았던 구릉은 모두 깎여 평지가 되었다.

그렇게 치열하게 대전을 벌였으면 지친 기색이라도 있어야 하건만 소혼과 이패, 둘 모두 자신의 생각을 겉으로 드러내지 않는 성격 때문인지 처음 맞닥뜨렸을 때 그대로였다.

퍼퍼펑!

중간에 다시 한 번 충돌이 일었다.

이패는 축융유황공의 마화를 양팔에 휘감으며 연환격(連環擊)을 퍼부어댔다.

소혼은 일도참의 연환 초식, 능광도섬을 연달아 휘갈겼다.

도와 권이 부딪치는 데에도 살점이 떨어치는 소리는커녕 오히려 화약이 연달아 터지는 듯한 착각을 불러일으켰다.

콰아아아!

거친 폭발이 있은 후에는 짙은 안개가 일어나기 마련.

잠시나마 자욱하게 모래 안개가 일며 소혼과 이패의 사이를 막아놓았다.

하지만 동체 시력으로 상대를 뒤쫓는 것은 하수나 하는 일이다. 고수는 기감과 본능, 이 두 가지에 의지한 채 싸우기 때문에 시력이란 것이 크게 도움이 되지 않았다.

아니나 다를까, 이패가 모래 안개를 헤집으며 모습을 드러냈다.

탄탄한 장딴지가 대지 위에 굳건하게 박히고, 웬만한 여인의 허리 둘레보다 더 굵은 팔뚝이 움직였다.

콰아아악!

그렇게 일어난 축융마황포의 위력은 공성추에 맞먹는 파괴력을 자랑했다.

거센 강풍이 몰아쳤다.

권정에서 발출된 광풍은 마화와 함께 뒤섞이더니 더욱 세게 치솟아 올랐다.

소혼은 허리를 최대한 비틀면서 분천도를 휘둘렀다. 칼날에 회전력이 담기면서 더욱 강렬한 힘을 담아냈다.

콰쾅!

분천도와 마권(魔拳)이 다시 한 번 부딪쳤다.

소혼은 이를 악물고서 찌르르 하고 도신을 따라 전해져 오는 충격파를 참아냈다.

그리고 다시 한 번 일 보를 강하게 내디뎠다.

휙!

도신에서 광염이 한차례 치솟았다.

콰르르릉!

분천도의 위력이 얼마나 강렬한지 공간이 갈기갈기 찢어질 정도였다. 공간과의 마찰열은 광염을 더욱 거세게 태워놓았다.

그와 함께 거대한 열풍이 일었다.

사막의 용권풍(龍卷風)을 연상케 하는 회오리바람이 이패의 전신을 뒤덮었다.

강기에 맞먹는 예기를 자랑하는 칼바람과 용암에 맞먹을 정도로 강렬한 화기는 이패의 몸을 수없이 가르고, 찢고, 불태우고, 녹여 버렸다.

그것으로도 모자라 소혼은 분천도를 수없이 휘둘러 화편월을 그 위에다가 꽂았다.

퍼퍼퍼퍼퍼펑!

이패가 딛고 있던 대지마저 움푹 내려앉을 정도로 강한 화기가 공간을 엄습했다.

소혼은 분천도의 도파를 꾹 쥐고서 거칠게 숨을 몰아쉬었다.

"후욱, 후욱."

울컥, 핏물이 식도를 타고 올라와 입가를 적셨다.

제아무리 소혼이라 한들 한 시진 이상 쉬지 않고 칼을 휘두르는 것은 무리일 수밖에 없었다. 하물며 그것이 상대가 그와 비교해도 절대 뒤지지 않는 이패라면 더더욱.

이렇게 승기를 잡게 된 것도 어찌 보면 운이 좋았다고 할 수 있었던 것이다.

"지독하군."

소혼은 심안으로 비치는 주위 광경을 보며 작게 중얼거렸다.

그의 말마따나 주위는 지독하게 변해 있었다.

처음 흔적이라도 남아 있던 나무와 풀들은 거의 재가 되어 사라졌다. 땅은 가뭄이라도 든 것처럼 말라서 수없이 갈라져 있었고, 대기는 살을 녹일 정도로 뜨거웠다.

쉽게 말하자면, 사막의 황무지와도 같다고 할까.

짐작하기도 힘들 만큼 뜨거운 화기가, 그것도 두 개나 충돌하는데 어찌 주위가 멀쩡할 수 있을까.

아니, 멀쩡한 것이 있긴 했다.

소혼은 고개를 들어 심안을 무양가 쪽으로 비추었다.

무양가는 처음 소혼이 보았을 때처럼 그 모습 그대로였다.

마치 무양가만이 별세계에 놓인 것처럼 화기의 폭풍을 모두 피해간 듯 보였다.

"그대가 무양가를 지킨 것인가?"

하아는 가만히 벽담에 앉아 고개를 끄덕였다.

"그래요."

"진성은 어디에 있나?"

"내가 그것을 가르쳐 줘야 할 의무라도 있나요?"

하아는 미소를 지었다. 보는 사람으로 하여금 가슴이 뛰게 만드는 교태스러운 웃음이었다.

일종의 섭혼술이 담긴 미소였지만, 그 정도의 것으로 마음이 흔들릴 정도로 소혼의 수양은 절대 얕지 않았다.

"물론 의무는 없을지 모른다. 하지만 나는 진성이 있는 곳을 알아야만 한다."

“왜죠?”

“그는 내 원수니까.”

“참으로 간단한 이유네요.”

소혼은 잠시 입을 다물다 이내 계속 말을 이었다.

“다시 묻겠다. 진성은 어디에 있는가?”

촤아악—

하아는 부채를 활짝 펼쳤다. 부챗살이 그녀의 아름다운 얼굴을 반쯤 가렸다.

“다시 말하지만 나에게는 그것을 가르쳐 드릴 의무가 없어요. 정히 궁금하시다면 저를 꺾어보시던가요.”

“그리 원한다면.”

어차피 말이 되지 않으면 무력이라도 불사할 생각이었다. 소혼에게 있어서 자신의 일을 방해하는 적은 그것이 설사 여자라 하여도 용서할 수 없었다.

소혼은 도파에 쥐고 있는 힘을 강하게 실었다.

콰아아아!

다시 한 번 명안이 눈을 뜨기 시작했다.

붕이 더욱 크게 날갯짓을 하며 조금씩 들끓기 시작했던 내기를 진정시켰다.

기도가 착 가라앉으면서 소혼의 호흡도 안정되었다. 다시 칼을 휘두를 수 있는 몸이 되었다는 뜻이었다.

“오세요.”

하아의 도발에 소혼은 궁신탄영의 수로 몸을 튕기려 하였
다.

하지만,

쿠앙! 쿠쿠쿠쿵!

옆쪽에서부터 거친 폭발이 있었다.

열권풍과 화편월을 수없이 갈겨대 이패를 쓰러뜨린 곳이
었다.

소혼은 재빨리 퇴보를 밟아 자리를 벗어났다.

곧 그 위로 흑색 불꽃이 유성탄처럼 대지에 작렬했다.

쿠쿠쿠쿠쿵!

쿠우우우!

소혼은 멀찍이 떨어진 곳에 조용히 착지하며 이패가 있는
곳을 주시했다.

그리고,

콰아아아!

소혼이 명안에 눈떴을 때와 동일한, 아니, 그 이상을 상회
하는 힘이 일어나고 있었다. 그것은 분명 소혼이 구양에게서
습득해 익혔던 북명신공과 똑같은 기운이었다.

뚜둑. 뚜두둑.

몸이 바스러지는 듯한 소리와 함께 일어나는 흑색 물체.

이제는 꺼져 버린 불꽃의 대지 위로 칠 척 장한이 몸을 일
으켰다. 비록 온몸이 새카맣게 그을렸어도 강렬히 이글거리

는 눈빛은 절대 잊을 수 없는 것이었다.

이패는 전과는 비교도 할 수 없을 만큼의 기세를 잔뜩 내뿜고 있었다.

입신경에 오르지 못했다면 그 기세만으로도 숨이 막혀 죽을 수 있을 만한 의기상형의 힘.

아지랑이 같은 검은 마기가 사방을 잠식하고 있는 가운데 이패가 조용히 입을 열었다.

"아직 끝나지 않았다."

소혼은 가만히 분천도를 들어 올렸다.

이패에게서 느껴지는 기운은 장난이 아니었다.

이것이 진정 이패가 숨겨둔 힘인 것일까.

사방을 압도하는 기운은 그 자체만으로도 압도적이었다.

태산은 그 자리에 있는 것만으로도 능히 태산으로서의 위엄을 자랑한다더니, 이패가 바로 그랬다.

팔괘 중 이(離)의 극의를 발현한 자. 그랬기에 전설 속의 화신이라는 축융(祝融)이라는 이름을 얻었다.

소혼이 제아무리 화기를 능수능란하게 다룬다 하더라도 구십 년을 넘게 살아온 이패와는 세월의 격차라는 것이 존재했다.

그런 실력자가 혈백까지 사용한다면?

이패의 눈동자 위로 짙은 혈광이 떠올랐다.

북명신공과 비슷하면서도 다른 듯한 기운……. 소혼은 그 것이 북명신공 대붕(大鵬)이 가지는 수많은 얼굴 중 하나라는 것을 깨달았다.

혈백은 대붕맥(大鵬脈) 중 하나였던 것. 소혼이 깨달은 명안이 하나의 일맥이었던 것처럼, 지금 이패가 내뿜는 기세 역시 그중 하나인 것이 분명했다.

다만, 문제라면 소혼은 아직 대붕을 깨닫지 못했다는 점이다.

그 때문에 북명신공의 극의라 할 수 있는 대붕이 가지는 진정한 힘을 알 수 없었다.

하지만 그 힘이 능히 천하를 뒤집을 수 있다는 것은 알 수 있었다.

'혈백을 익힌 팔황새의 무사들이 어째서 그리 강해질 수 있었는지 조금이나마 짐작할 수 있겠군.'

혹시 북명신공은 천지회를 상징하는 무공은 아닐런지.

하지만 그러한 생각도 잠시.

소혼은 북명신공에 대한 상념을 접어야 했다.

'그것이 무에 그리 중요하단 말인가? 지금 나에게는 이패와 하아를 쓰러뜨려야 한다는 사명감만이 있을 뿐.'

구양 능윤해는 혈백을 대성하고서 보통 혈백과는 전혀 다른 힘을 발휘했다.

이패 역시 혈백, 아니, 북명신공을 대성한 것이 분명했다.

소혼은 도파를 쥐고서 일 보를 강하게 지르밟았다.

팟!

그의 신형이 쭉 길게 늘어나면서 이패의 머리 위로 나타났다.

분천일도 일도참이 공간을 찢으며 벼락처럼 이패의 머리 위로 떨어졌다.

쿠콰쾅!

이패는 왼손을 들어 올려 기막을 발출했다. 반탄(反彈)의 힘이 실렸는지, 분천도를 따라 강한 힘의 반동이 느껴졌다.

소혼은 저도 모르게 이를 악물었다.

'전과는 비교도 할 수 없을 만큼 강하다!'

기감만으로 느꼈던 기세와는 또 다른 힘이었다.

이패는 소혼을 보면서 중얼거렸다.

"나의 마화와 너의 백염, 어느 것이 진정 불의 정화(精華)라 할 수 있는지 판별해 보자."

쿠화아악!

이패는 그대로 몸을 비틀어 오른손을 내밀었다. 이내 공성추에 맞먹는 위력을 자랑하는 힘이 분천도를 강타했다.

파앙!

"크윽!"

소혼은 전신을 가볍게 흔들어 버리는 축융마황포의 위력에 이를 악물었다.

수많은 경력이 경맥을 따라 비집고 들어와 전신을 뒤흔들었지만, 소혼은 그깟 아픔 따위는 무시하며 화륜진기를 있는 대로 끌어올렸다.

쿠우우우!

분천도에 광염이 맺혔다.

"크아아아!"

콰르르릉!

열권풍이 몰아쳤다.

그것으로도 모자라 소혼은 연달아 분천도를 종횡으로 휘두르며 열권풍을 쉴 새 없이 전개했다.

분천도는 마르지 않는 샘물처럼 계속해서 화기와 강풍을 토해냈다.

그 정도라면 땅에 깊게 뿌리를 박은 천년고목도 단숨에 뽑아 젖힐 수 있을 만한 위력이건만, 이패는 얼굴 앞에 양손을 십자 모양으로 교차시켜 화기를 막아내고 있었다.

그러다 강풍이 어느 정도 진정되었다 싶을 때에 다시 몸을 움직였다.

쿵!

강한 일 보와 함께 대지가 흔들렸다.

진각(震脚) 앞에서 열권풍이 흔들리기 시작했다.

이패는 다시 한 번 오른손에 마화를 휘감았다.

화르륵!

검은색 불꽃이 맹렬하게 타오르는 가운데, 축융유황공의 비기(秘技)가 전개되었다.

축융염파천(祝融炎破天).

불의 신, 축융이 하늘을 깨뜨린다는 초식명에 걸맞게 마화가 세상천지를 뒤흔들어 버렸다.

콰콰콰콰콰!

염파천은 열권풍을 단숨에 파훼시키는 것으로도 모자라 그 화기를 머금고서 더욱 강렬해진 기세로 소혼을 뒤덮었다.

까가가강!

소혼이 뒤늦게나마 화편월을 펼쳐 불의 파도를 잘라내려 했지만, 이미 때는 늦은 상황이었다.

쿵! 퍼억!

"커헉!"

그렇지 않아도 경력의 회오리에 내상을 중하게 입었는데, 거기다 염파천까지 더해지자 소혼의 몸뚱어리는 이를 견뎌낼 수 없었다.

결국 소혼은 버텨내지 못하고 볼썽사납게 땅바닥을 수없이 구르고 말았다.

팟!

이패는 지금의 승기를 놓칠 수 없기에 새로운 공격을 감행하기 위해 땅을 강하게 박찼다.

공간이 접히는 듯한 착각과 함께 이패가 소혼의 몸 바로 위에 등장했다.

그런 뒤 이패는 축융마황포를 땅에다 그대로 꽂아 넣었다.

쾅!

소혼은 최대한 몸을 비틀어 이를 피하면서 튕겨 오르듯 자리에서 일어났다.

휘리리릭!

분천도가 땅에서 하늘 위로 높이 치솟았다.

파바밧!

광염을 안은 강기 파편이 공간을 수없이 갈랐다.

이패는 양주먹을 한 번 맞부딪치더니 그대로 날아오르듯이 마황포를 교차시켰다.

콰르르릉! 콰르릉!

굉음벽력이 쉴 새 없이 터져 나왔다. 터지고 또 터지고…….

소혼은 그 아래에서 신들린 사람처럼 미친 듯이 분천도를 휘둘러 댔다.

일도참의 연계식인 능광도섬에서부터 열권풍과 화편월을 섞으며 이패를 몰아붙였다.

마치 이번 공격이 실패로 돌아가게 되면 최후를 맞이하기라도 하는 것처럼 소혼의 공격은 끝을 보이지 않았다.

그리고!

콰아아아아악!

분천도의 새하얀 도신 위로 붉은색 물결이 새겨지기 시작했다.

물결은 저마다 기이한 문양을 그려내고 있었는데, 멀리서 본다면 마치 용의 비늘, 용린(龍鱗)이라 하여도 믿을 만큼 정교하고 묘한 아름다움을 자랑했다.

소혼은 분천도 안쪽으로 화륜진기를 더 거세게 불어넣었다.

쩌어어어어엉!

천지를 뒤흔들 만큼 큰 도명과 함께 용린이 화려한 무늬를 피워냈다.

분천오도 적룡화문(赤龍花紋)이었다.

크워어어어!

용은 실제로 살아 있는 것처럼 길게 울음소리를 내뱉었다. 동시에 거친 용틀임이 있었다.

쾅! 쾅! 쾅!

적룡은 공간을 수없이 찢어놓았다.

끼이이이이이!

이패는 적룡을 맞이하며 더욱 마화를 피워 올렸다. 흑색 불꽃을 전신에 휘감은 이패의 모습은 정말 전설 속의 화신, 축융처럼 보였다.

콰콰콰콰콰!

마권이 광풍을 토해냈다.

　적룡과 축융의 대결.

　화룡(火龍)과 화신(火神)은 절대 상대에게 승기를 내줄 생각이 없어 보였다.

　적룡은 축융을 물어뜯기 위해, 축융은 적룡의 아가리를 찢어버리기 위해 충돌을 벌였다.

　콰르르릉!

　그 아래에서 소혼과 이패는 연달아 충돌을 벌였다.

　소혼이 쾌(快)와 동(動)이라면, 이패는 둔(鈍)과 정(靜)이었다.

　그 때문에 소혼이 제아무리 매섭게 이패를 몰아친다 한들, 이패가 방어에 치중하는 까닭에 대부분의 공격타는 무효로 돌아가는 데에 문제가 있었다.

　더군다나 이패는 혈백을 펼친 이후로 기감이 몇 배나 예민해진 상황.

　수많은 공격 속에는 제아무리 완벽하게 펼친다 한들 흠집이 존재하기 마련이다. 고요함 속에 머물고 있는 이패는 그 흠을 찾는 데 탁월했다.

　일순, 이패의 눈동자가 번뜩였다.

　그리고 화신 축융이 움직였다.

　꽈악!

　축융은 적룡이 내뿜는 숨결을 무시하며 거슬러 올라가 녀석의 목줄을 틀어쥐었다.

크워어어어어!

순식간에 벌어진 일인 탓에 적룡은 옴짝달싹하지 못하고 축융에게 제압되었다.

소혼과 이패의 대결에서도 비슷한 양상이 벌어졌다.

팟!

이패가 다시 한 번 염파천을 펼쳤다. 양팔이 교차하면서 화탄을 수없이 토해냈다.

마화는 단숨에 광염을 가르면서 안쪽으로 파고들었다.

쿠르릉!

이패는 불의 파도를 자신의 것으로 만들어가며 소혼과의 간격을 최대한 좁혔다. 어느새 서로의 숨결마저 느낄 수 있을 정도로 가까워졌을 때, 이패가 작게 중얼거렸다.

"여기까지가 내가 너에게 해줄 수 있는 일."

"……?!"

무슨 뜻인지 몰라 소혼의 눈동자가 부릅떠지는 순간,

염파천이 소혼의 뱃전을 두들겼다.

쿵!

"……!"

소혼은 으스러진 갈비뼈가 내장과 근육, 핏줄들을 갈가리 찢어놓으며 만들어내는 고통에 이루 말을 할 수가 없었다.

일전에 마교에서 강제로 무공을 폐해질 때와 전혀 다르지 않았다.

쿠화악!

소혼은 이전처럼 다시 땅바닥을 굴렀다.

전과 다른 것이 있다면 그때는 일어날 기력이 조금이나마 남아 있었지만, 지금은 몸이 망가질 대로 망가져 의식조차 희미하다는 것뿐.

저벅저벅.

이패가 그런 소혼을 향해 걸어오기 시작했다.

다가오면 다가올수록 심안에 비치는 이패의 몸이 몇 배나 커지는 듯한 착각을 불러일으켰다.

"여기까지 왔는데도 너는 여전하군."

이패가 싸늘한 어조로 입을 열었다.

소혼은 그 뜻을 알 수 없었다. 하지만 그 뜻이 좋지 않다는 것쯤은 알 수 있었다.

소혼은 분천도를 지팡이 삼아 자리에서 일어나려 했다. 이대로 적 앞에서 쓰러질 수 없다는 생각이 강한 탓이었다.

하지만 이패는 그런 소혼의 마지막 자존심을 밟아버렸다.

발로 소혼의 오른팔을 짓밟아 버린 것이다.

"크아아악!"

그 힘이 얼마나 셌던지, 웬만한 고통에는 끄떡도 하지 않던 소혼이 입을 벌려 소리를 다 지를 정도였다.

우드득! 우두두둑!

손뼈와 팔뼈가 어긋나거나 부서지는 소리가 들렸다.

　살점과 근육이 찢어지면서 피가 사방에 튀었다. 뼛조각 하나가 살을 비집고 나올 정도로 소혼의 오른팔은 넝마가 되어버렸다.

　과연 두 번 다시 도를 들 수 있을까 하는 생각이 들 정도로 오른팔의 상태는 말이 아니었다.

　이패는 그런 소혼을 내려다보며 싸늘하게 일갈을 내질렀다.

　"이제 너는 두 번 다시 도를 들 수 없게 되어버렸다. 이제 어쩔 것인가? 무슨 방법으로 복수행을 계속할 테냐?"

　하지만 소혼에게서는 아무런 대답이 없었다.

　이패의 입가 위로 냉소가 스쳐 지나갔다.

　"너는 그 정도밖에는 안 되는 그릇이었나? 구양과 독천, 염정을 이겼기에 그릇만큼은 확실할 것이라 생각했건만, 단순한 나의 착각이었던 건가? 백염공(白炎功)은 나 축융화신 이화패군도 함부로 할 수 없는 천공(天功)이다. 한데도 너는……."

　그때 하아가 가만히 끼어들었다.

　"화 랑, 거기까지 해줘요."

　이패는 결국 뒤로 돌아섰다.

　"그래, 여기서 멈춘다면 너는 거기까지가 전부였겠지."

　소혼의 목숨은 아직 붙어 있다. 하지만 그것은 이미 산목숨이라고 하기 힘들었다.

이미 근육과 기혈 모두가 파괴된 상태에서 여차저차 무공을 되찾는다 하더라도 오른팔은 더 이상 회생이 불가능했다. 결국 무인으로서의 모든 가능성을 잃어버린 것이다.

그의 양부 염도시고가 와주면 모를 일일까, 그것이 아니라면 힘들었다.

그 사실을 잘 알기에 이패는 이렇게 소혼을 두고 떠나려는 것이었다.

그대로 두어도 죽거나, 살아도 폐인이 되기에.

하지만 제아무리 몸이 넝마가 되었다 하더라도 정신과 의기마저 끊이지는 않았다.

"아… 니…… 나는 절대 멈추지 않는다……."

소혼의 목소리가 들려왔다.

이패는 뜻밖이라는 얼굴로 소혼을 쳐다보았다.

소혼은 겨우나마 자리에서 일어난 상태로 이패를 바라보았다.

오른팔이 덜렁이고 있었다. 입고 있는 옷은 이제 옷이라 부르기도 민망할 정도로 갈기갈기 찢어졌다.

겉으로도 정상이 아니라는 것을 한눈에 알아볼 수 있었지만, 속은 더욱 엉망임이 분명할 터였다.

소혼은 아직 크게 다치지 않은 왼손으로 분천도를 들고서 입을 열었다.

"아직… 끝나지 않았단 말이다……!"

화르르륵!

미약하게나마 다시 한 번 광염이 분천도의 도신을 휘감았
다.

그 순간, 이패의 냉소가 더욱 짙어졌다.

*   *   *

팽무천 일행은 항주에서 하아, 이패와 헤어진 이후에 객잔
에 방을 잡았다.

어느덧 밤도 깊어져 더 이상 움직이기도 힘든데다가, 소혼
이 어디로 움직였는지 알지 못하는 지금 상황에서 이동한다
는 것도 웃긴 일이기 때문이었다.

일행은 모두 방에서 여장을 푼 후에 식사를 위해 일층 식당
으로 내려왔다.

"그런데 소 공자는 어디로 움직인 걸까요?"

팽시영이 자리에 앉아 일행의 공통적인 의문점을 던졌다.

팽무천이 입을 열었다.

"그야 모를 일이지. 워낙 동에 번쩍 서에 번쩍 하는 녀석이
니까. 껄껄! 진즉에 만리추종향(萬里追從香)이라도 발라놓을
걸 그랬나?"

만리추종향은 그 특유의 향이 만 리 밖에서도 퍼진다는 기
물(奇物)로, 추적을 전문으로 삼는 이들이 애용하는 물건이

었다.

"만리추종향은 무슨. 아무튼 어디 간다는 말도 없이 홀쩍 떠나 버렸으니 찾을 방도도 없고… 에효, 정말 손을 잡자는 건지 말자는 건지."

팽시영이 길게 한숨을 내쉬고 있을 때, 여태껏 가만히 둘의 대화를 듣고만 있던 이하영이 입을 열었다.

"제천궁이 있는 곳으로 움직인 것이 아닐까요?"

"제천궁?"

일순, 팽무천의 눈동자가 번뜩였다.

이전에 주산군도에서 소혼이 했던 말이 떠오른 탓이었다.

"내가 움직이는 곳은 이와 같이 피가 흐를지도 모르오. 어쩌면 천하와 싸워서 풀어야 할지도 모르오. 그래도 나와 같이 움직이겠 소?"

네가 말하는 천하가 무엇이냐는 질문에,

"제천궁과 구파."

라고 답했던 사실도 떠올랐다.

"천하라……."

팽무천은 빙긋 미소를 지었다.

소혼이 가지고 있는 원한이 무엇인지는 알 수 없어도 구파와의 갈등은 질풍행로 와중에 생긴 것임을 잘 알고 있었다.

그렇다면 제천궁과는 직접적인 원한이 있다는 뜻.

어쩌면 이하영의 말대로 제천궁이 있는 곳으로 갔을지도 모른다.

거기다 팽무천이 알기로는 현재 제천궁이 북진을 추진하면서 이곳 절강에서도 수많은 소란이 있다고 알고 있었다.

팽무천은 손으로 턱을 쓰다듬었다.

"지금 절강에 있는 육각이 뭐지?"

"태평소전일 거예요."

"태평소라… 그럼 철마왕 채익량이 있겠군."

대부분이 비밀에 가려진 제천궁이라고 하지만, 주요 군단의 수장까지 숨길 수는 없는 법이었다.

개중 태평소전의 전주인 채익량과 팽무천은 젊었을 적에 다툼이 있던 사이이기도 했다.

"절강의 문파 연합과 태평소전이 현재 싸움을 벌이고 있는 지점을 알 방도가 없을까?"

"그렇게까지 자세한 것을 알기 위해서는 하오문이나 공공문 같은 정보 집단을 이용해야 하지 않을까요?"

"그렇겠지? 흠……."

"한데, 할아버지는 소 공자처럼 본능적으로 적들의 기운을 감지하는 거 못해요? 적이 어디에 있는지도 척척 찾아내고.

정말 편하겠던데."

"크흠."

그 말에 팽무천은 헛기침을 터뜨렸다.

그 모습을 본 팽시영의 눈동자가 바늘처럼 예리하게 변했다.

"못하죠?"

"커험험험! 그런 건 다 쓸데없는 짓이니라. 사술이야, 사술! 무인이란 자고로 그깟 사술에 의지하지 않고, 자기의 무에만 충실해야 하는 법이다."

"사술이 아니라 기감 아닌가?"

"크허어엄!"

"그냥 못하면 못한다고 해요. 누가 놀리기라도 한데요?"

"흠흠! 못하는 게 아니라 안 하는 거란다."

"그럼 이렇게 앉아서 소 공자가 어디에 있는지 의논하지 말고 바로 기감으로 찾아서 가요."

"그거 하면 피곤하다!"

"소 공자는 이패와 비무 도중에 움직였는데요?"

이리저리 피하려다가 결국 제 실력의 부족을 드러내 버린 팽무천의 얼굴이 붉게 달아올랐다.

"두 눈 다 가리고 기감만으로 싸우던 녀석의 능력과 평상시 두 눈을 뜨고 싸우는 사람의 능력이 같은 줄 아느냐!"

"그래도 할아버지가 나이가 훨씬 많잖아요?"

"에이씨!"

결국 팽무천은 자리에서 벌떡 일어나더니 이층으로 올라가는 계단 쪽으로 발걸음을 옮겼다.

"나 먼저 자련다. 소혼 녀석은 내일이나 찾자."

"그냥 능력 부족이라고 해도 안 놀린다니까요!"

"그런 거 아니라고 해도 그러네!"

팽무천은 그 말을 끝으로 팽시영과 이하영의 시야에서 사라졌다.

이하영은 늘 호호탕탕한 모습으로 사람들을 골리던 팽무천이 저렇게 맥없이 나가떨어지자 꽤나 놀란 듯한 얼굴이었다.

팽시영을 보는 그녀의 눈동자에서 '존경'이라는 단어가 마구 샘솟고 있었다.

팽시영은 쓴웃음을 지었다.

"왜 그런 눈으로 봐요?"

"대단한 것 같아서요."

"할아버지를 놀리는 거요?"

이하영은 아무런 대답 없이 고개를 위아래로 끄덕였다.

"대단한 거 없어요. 이 소저도 이십 년 이상 할아버지의 저 변죽을 당하다 보면 깨닫고 싶지 않아도 절로 도통하게 되니까."

"……."

이하영의 입가에도 쓴웃음이 스쳐 지나갔다.

방금 전까지만 해도 '도통'을 얻고 싶던 마음이 눈 녹듯이 사라져 버린 것이다.

자신이야 팽무천의 저 변덕을 겪은 지 얼마 되지 않았다지만, 팽시영은 태어났을 때부터 줄곧 곁에서 괴롭힘을 당하다가 얻은 것이 아닌가.

'정말 보면 볼수록 신기한 조손지간이란 말이야……'

이하영은 그렇게 생각했다.

일행은 다음날 자리에서 일어나 이동을 준비했다.

하지만 그전에 태평소전의 이동을 확인해야 할 필요가 있어서 하오문에 들르는 것을 잊지 않았다.

*   *   *

하오문 항주 지부장 도이홍은 이른 새벽부터 자신을 찾는 손님이 있다는 말에 인상을 잔뜩 찌푸리다가, 이내 활짝 펴야만 했다.

보통 손님이라면 나중에 오라고 하겠지만, 지금 손님은 '보통'이라는 범주에 들어가지 않는 까닭이었다.

"무슨 일로 찾아오셨는지?"

도이홍은 그가 할 수 있는 최대한으로 공손한 자세를 취했다.

팽무천은 도이홍의 물음에는 답도 하지 않은 채 집무실 내부를 쭉 훑어보았다.

그 비싸다는 해동의 청자부터해서 서역의 정체를 알 수 없는 물건들까지. 그야말로 호화 장식이 따로 없었다.

"꽤나 호화롭구먼."

"네?"

"우리 팽가에서는 말이야, 가주가 사치를 누리면 그 순간 돈에 두 눈이 멀게 된다 하여 시조 때부터 사치나 향락 등을 멀리하고자 하는 가풍이 있다네. 그걸 알고 있는가?"

도이홍은 등 뒤로 식은땀이 쫘르륵 흐르는 것을 느꼈다.

바보가 아닌 다음에야 저 말속에 담긴 칼의 낌새를 알아채지 못할 리 없는 것이다.

그렇다고 해도 무어라 항변하기도 힘들었다.

그도 그럴 것이, 상대는 성란육제 중에서도 가장 괴짜라는 굉음벽도이지 않은가! 자칫 말이라도 실수했다가는 하오문 항주 지부 삼백 년 역사가 오늘부로 아작 날지도 모르는 일이었다.

"또한 검소와 절약은 가훈이기도 한 까닭에 우리 팽가는 수백 년 세월 도종문의 이름을 확고하게 다질 수 있었다네."

도이홍이 옴짝달싹못하는 사이, 팽시영이 팽무천에게 따졌다.

"할아버지, 그만해요. 지부장님이 많이 어려워하시잖아
요."

"헐헐! 그런가? 이보게. 도 지부장이라고 했나? 정말 내가
자네를 불편하게 했나?"

"아, 아닙니다."

"손녀야, 보아라. 괜찮다고 하지 않느냐?"

"그럼 세상의 어느 간 큰 사람이 할아버지의 말에 꼬박꼬
박 따질 수 있단 말이에요! 아무튼 할아버지랑 와서 머리가
복잡하지 않은 날이 없어요!"

"껄껄껄!"

"웃지 말아요!"

"껄껄껄!"

이제는 등으로도 모자라 뺨 위쪽으로도 땀이 흘러내리기
시작하는 도이홍이었다.

팽무천의 호탕한 웃음소리가 집무실을 떠나가라 울리는
가운데, 도이홍이 가만히 입을 열었다.

"한데, 이곳에는 어인 일이신지?"

팽시영은 팽무천이 또 헛소리를 할까 싶어 자신이 앞으로
나섰다.

"태평소전의 움직임을 알 수 있을까 해서요."

도이홍의 눈동자가 동그랗게 떠졌다.

"태평소전의 움직임… 말씀이십니까?"

“예, 알 수 있을까요?”

“저희야 그에 합당한 정보비만 주신다면 정보를 제공해 드릴 수 있습니다만… 그것이…….”

도이홍은 무언가 말을 하기 꺼려하는 표정으로 말끝을 흐렸다.

팽시영의 눈동자가 살짝 빛을 발했다. 저런 자세를 취한다는 것은 꽤나 굵직한 정보를 지니고 있다는 뜻이 분명했다. 지금 도이홍은 말하기를 꺼려하는 겉모습과는 다르게 그에 합당한 돈을 달라는 말을 우회적으로 하고 있는 것이었다.

이럴 것을 대비해 따로 돈을 준비하길 정말 잘한 것 같았다.

팽시영이 허리춤에 손을 가져다 대려는 순간,

“이놈이!”

갑자기 팽무천이 버럭 소리를 질렀다.

스르르릉!

“히이이익!”

노성과 함께 맹호도가 모습을 드러내자 도이홍은 새된 비명을 내질렀다.

팽시영은 그제야 자신의 실수를 깨달았다.

팽무천이 눈치가 전혀 없다는 것을 감안하지 못한 것이다. 지금 그의 눈에는 도이홍이 진짜로 말을 하기 꺼려하는 것으로밖에 비치지 않았을 터였다.

"할아버지! 그런 게 아니에요!"

"뭐가 아니란 말이냐! 저놈이 지금 너와 나를 능멸하려는 것이 분명하……."

"히에에엑!"

"저 사람의 말은 그저 지금 자기들이 가진 정보에 합당한 비용을 지불해 달라는 뜻이에요! 오죽하면 저들의 별명이 전노(錢奴)겠어요?"

"엥? 그런 것이었냐? 껄껄껄! 진작에 말하지 그랬냐. 어이, 지부장. 미안하네. 이만 화 풀게나. 껄껄껄!"

팽무천은 맹호도를 다시 도갑 안으로 밀어 넣으며 다시 한 번 호탕하게 웃어댔다.

하지만 도이홍의 눈에는 사신의 모습이나 다름없었다. 정말이지, 어제고 오늘이고 목숨이 쉬이 남아나질 않는 것 같다는 생각이 들었다.

'노씨 점쟁이 할망구에게서 비싼 부적이라도 받던가 해야지, 원!'

도이홍은 곧 심란한 마음을 추슬렀다.

팽시영이 허리춤에서 돈주머니를 꺼내는 것을 본 탓이었다.

척.

묵직한 소리에 도이홍은 절로 벌어지려는 입을 다물기 위해 노력해야 했다.

"태평소전의 움직임, 거기에 관련된 것들까지 모두 말씀해 주셨으면 해요. 그리고 지부장님이 숨기고 싶어하시는 그 비밀 역시도요. 정보가 묵직하다고 판단되면 여기에 더 얹어 드리지요."

팽시영의 눈동자가 예리하게 빛났다.

도이홍은 자신이 알고 있는 정보를 말했다.

그 정보가 계속되면 될수록 팽시영의 얼굴에는 경악이, 반대로 팽무천에게는 기쁨이 서렸다.

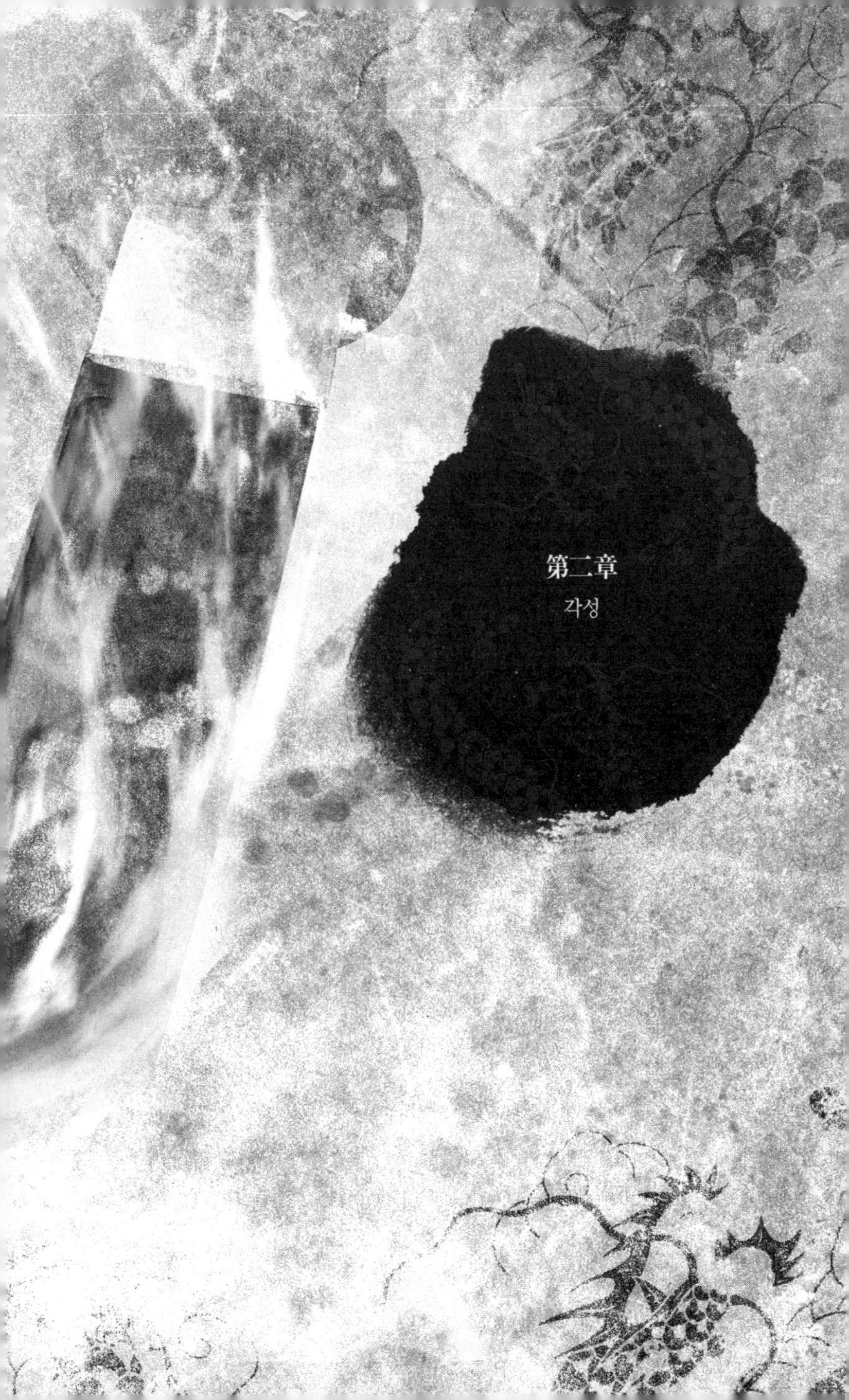
第二章
각성

神刀無雙
신도무쌍

항주 지부를 나오고 나서 팽무천은 '크핫핫핫!' 외치며 얼굴이 부서져라 큰 웃음[破顔大笑]를 터뜨렸다.

하지만 정작 자리를 같이했던 팽시영의 표정은 그와는 정반대로 무겁기만 했다.

팽무천은 곧 웃음을 멈추고 손녀에게 물었다.

"왜 그리 어두운 얼굴을 하는 것이냐?"

"그 사람이 정말 소 공자인가 싶어서요."

"그럼 녀석이 아니라면 대체 누구란 말이냐? 비록 밤이었다고 하지만 천하의 제천궁을 습격해서 한 군단의 간부들을 줄지어 떼로 몰살시킬 수 있는 사람이 몇이나 된다고 생각하느냐? 아마 은거기인을 다 합쳐도 채 열 명이 되지 않을 것이다. 거기다가 살수행 뒤에는 거대한 백색 화염과 열풍이 불었다 하지 않느냐?”

“그건 그렇지만…….”

팽무천의 안색이 살짝 굳어졌다.

“혹여나 소혼이 강호에 쌓아둔 은원이 칼날이 되어 우리 팽가에게로 겨누어질까 봐 그러는 것이냐?”

“…….”

팽시영에게서는 아무런 대답도 없었다.

무언은 곧 긍정이라, 팽무천은 씁쓸하게 웃었다.

“영아야, 지금의 세상은 말이다… 강한 자가 살아남는 시대가 아닌, 살아남는 자가 강한 시대란다. 수많은 음모가 판치는 난세 중의 난세지.”

“하지만 이건 아니라고 봐요.”

“무엇이?”

“그에게 기대려는 것이요.”

“하지만 구파 놈들에게 기대는 것 역시 답이 아닐 수도 있지.”

“하지…….”

“남쪽에서는 제천궁이, 서쪽에서는 마교가 호시탐탐 기회를 노리고 있다. 그리고 그들의 공적은 바로 구파란다. 과연 구파와 함께하는 것이 길일까? 위기가 곧 기회라는 말이 있듯이, 나는 차라리 이것을 기회 삼아 도종문으로서의 위치를 확고히 하고 싶구나."

팽시영의 안색이 시무룩하게 변했다.

팽무천은 그런 손녀를 가만히 품 안에 안았다.

"너의 걱정이 무엇인지 모르는 게 아니다. 그리고 나의 이런 독단적인 결정에 차후 가문의 행방이 무림공적이 되어 사라질지도 모른다는 생각을 한단다. 하지만 지금 한 번만 이 할애비를 믿어다오."

"할아버지……."

팽시영은 팽무천의 품에서 떨어진 이후, 잠시 머리를 식히고 싶다고 말해 혼자만의 시간을 가졌다.

그녀는 근처 바위에 가만히 앉았다.

심란한 마음을 가눌 길이 없는 탓이었다.

'정말 지금 이 순간만큼은 할아버지를 믿어야 하는 걸까? 하지만 그러기엔 할아버지와 내가 소 공자에 대해 아는 것이 하나도 없어.'

팽시영은 가만히 눈을 감았다.

'할아버지의 뜻이 확고하시다면, 아버지나 숙부님들도 반대하지는 않을 거야. 아니, 도종문에 대한 꿈이 크신 분들이 대부분이니 더욱 적극적으로 찬성하실 수도.'

예부터 구대문파와 오대세가에는 커다란 알력이 작용해

왔다.

　그것은 육가(六家)가 오가(五家)가 되어도, 만종(萬宗)이 무종(武宗)이 되어도 변함이 없었다. 지난 백 년이라는 세월 동안, 그리고 천중전란 이후, 강호는 지난 수백 년과는 비교도 할 수 없을 만큼 변해 버렸다.

　차라리 일이 이렇게 되었다면, 같은 한 배를 탄 것이나 다름없는 백염도 소혼에 대해서 더욱 많은 것을 알 필요가 있었다.

　'그것이 설사 오월동주(吳越同舟)라 하더라도…….'

　팽시영은 품에서 책자를 꺼내 들었다.

　팽무천에게 건넨 태평소전에 관한 내용과는 전혀 다른 내용이 기술된 책자였다.

　팽시영이 팽무천 몰래 도이홍에게 전음을 보내 구한 것이었다.

　바로 지난 이십오 년 전부터 근 십오 년 전까지, 절강 십 년 세월의 귀중한 정보를 담은 정보서였다.

　여기에 적힌 절강의 흐름을 읽어낼 수 있다면 소혼과 소가장에 대한 의문도 어느 정도 풀릴 터였다.

　곧 얼마 가지 않아 소가장에 대한 기록을 찾아낼 수 있었다.

　효종(孝宗) 십육년, 소가장에서 난(亂)이 있어……．

                    *   *   *

“아가씨, 벌써 해가 떴습니다.”

곤은 조심스레 하아에게 입을 열었다.

비록 소혼에게는 모습을 드러내지 않았으나, 곤은 만일의
사태에 대비해 계속 하아의 곁을 지키며 소혼과 이패의 대결
을 지켜보았다.

“벌써 해가 떴나요? 시간 되게 빠르네요.”

하아는 방긋 미소를 지었다.

“그런데 곤은 진성을 따라가지 않아요?”

“허허, 소가주님같이 칙칙하신 분보다야 명랑한 아가씨의
곁이 좋습니다만?”

“진성이 알게 되면 화내겠는걸요?”

“어이쿠! 설마 소가주님께 이르려고 하십니까? 그러지 마
십시오. 그리 되면 제가 크게 다칩니다!”

“좋아요. 특별히 이번만은 제가 눈감아 드리죠.”

“허허, 이거, 아가씨의 은혜가 너무 하해와 같아서 어찌 갚
아야 할지 몸 둘 바를 모르겠습니다.”

“사람 좀 그만 웃겨요!”

하아와 곤은 연신 하하호호 웃어댔다.

하지만 그것도 잠시, 이내 하아의 안색이 굳어졌다.

"이 자리는 저와 화 랑이 있어야 할 곳이에요. 이만 곤은 이곳을 떠나도록 하세요."

"정말이지, 그리 떠나시려 하십니까?"

하아가 고개를 끄덕이자 곤의 얼굴이 수심으로 가득 찼다.

"외람된 말씀이나, 소가주님의 부탁을 모두 들어드릴 필요는 없……."

"이건 진성의 부탁 따위 때문이 아니에요. 제가 선택한, 저의 길이에요."

결국 이리될 것이었나.

곤은 고개를 푹 숙였다.

"그것이 아가씨께서 택하신 선택이라면 더 이상 이 맹 노도 부언을 달지 않겠습니다."

곤은 그 말을 끝으로 하아의 곁에서 다섯 발자국 뒤로 물러나 공손히 읍을 올렸다.

그 모습에서는 가식이나 허례 따위는 전혀 찾아볼 수 없었다. 오히려 너무 공손해서 경건해 보이기까지 할 정도였다.

"머지않은 시간에 다시 뵙겠습니다."

"잘 가세요. 배웅은 못해드릴 것 같아요."

"그럼."

곤은 다시 한 번 고개를 숙이고는 자리에서 사라졌다.

그러자 언제 그 자리에 있었냐는 듯, 더 이상 그곳에는 곤의 숨결을 찾을 수 없었다. 무양가 내부 역시 사람이 살지 않는 삭막한 곳이 되어버렸다.

하아는 벽담에서 뛰어내려 와 땅에 착지했다.

그녀는 조용히 숨을 골랐다.

"이제 가볼까."

저벅저벅.

하아가 걷는 곳에는 소혼과 이패가 있었다.

휘이잉!

새하얀 도가 공간을 가른다.

무쇠마저 능히 썰어낼 정도로 예리함을 자랑했지만, 굵직한 주먹은 칼날을 가볍게 튕겨내 버렸다.

기열탄(氣熱彈)은 순백색 도가 더 이상 접근하지 못하도록 공중에서 옭아내면서 수차례 연쇄 폭발을 일으켰다.

쿠쿠쿠쿵!

결국 백색 도는 힘을 잃고 뒤로 튕겨날 수밖에 없었다.

쿵!

땅에 꽂히는 도에서는 한없이 무거움이 느껴졌다.

"후욱! 후욱!"

지친 체력으로 왼손으로 겨우나마 분천도를 휘두르던 소혼은 연신 뜨거운 숨결을 토해냈다.

새벽녘의 싸움 때에 입은 상처는 이제 악화일로를 걸은 까닭에 오른팔은 물론이고, 내장이며 기혈이며 어느 곳 하나 성한 곳이 없었다.

그래도 정신력 하나만으로 지금까지 싸움을 끌어온 것은 대단하다고 해야 할지, 그냥 오기라고 해야 할지.

보통 사람이라면 그것이 귀찮아 단번에 명줄을 끊어버렸을 테지만, 이패는 한없이 약해진 소혼의 칼날에도 아무런 대꾸도 없이 묵묵히 모두 받아주었다.

하지만 그것도 한두 시진이어야 가능한 것.

벌써 세 시진에 가까운 시간이 흘러 버렸고, 새벽이었던 밤하늘은 이제 햇빛이 한창 내리쬐기 시작했다.

겨울이 다가와 해가 늦게 뜬다는 것을 감안한다면 아주 오랜 시간 동안 칼을 휘두른 셈이었다.

이제 소혼에게는 아무런 힘도 남아 있지 않은 듯했다.

꺼져 가는 정신력을 제아무리 부여잡아도 공력을 사용할 수 없는 한, 체력이 바닥을 보이는 한 버틸 수 없는 것이다.

소혼은 분천도를 지팡이 삼아 겨우 자세를 유지하는 듯했다. 후~ 하고 바람이라도 불면 그대로 쓰러질 것 같은 모습.

이패는 그런 소혼을 발로 걸어찼다.

퍽!

쿠당탕탕!

소혼은 땅바닥을 구르고 말았다.

대체 몇 번이나 구른 것일까.

격전 이후에도 수없이 굴렀으니, 이제 그가 땅에 널브러진 것은 그다지 놀랄 일도 아니었다.

　이패는 무심한 표정으로 소혼을 내려다보았다.

　"이제야 끝인가?"

　"아니, 아직 멀었어……!"

　어디에서 힘이 나오는 것인지, 소혼은 다시 자리에서 일어나고 있었다.

　이패는 다시 발을 들어 올려 그런 소혼을 걷어찼다.

　퍽!

　데구루루.

　하지만,

　"끝나지 않았……!"

　퍽!

　"어……!"

　퍽!

　쿠당타탕!

　이와 같은 광경은 몇 번이고 반복되었다.

　하지만 소혼은 그때마다 악착같이 일어났다. 입술이 부르트고 몸이 천 근처럼 무거워도, 이를 악물고서 일어나 보였다.

　"절대로……!"

　결국 그 모습을 보다 못한 이패가 다시 한 번 소혼을 걷어차 쓰러뜨린 다음, 소혼의 목줄을 틀어쥐었다.

약간의 힘만 가한다면 단숨에 비틀어 버릴 수 있는 상황.

그럼에도 소혼에게서는 절대 굴복이라는 단어를 찾아볼 수 없었다.

"무엇이 그리도 너를 일어나게 하는가?"

"나는……!"

"무엇이 그리도 억울하기에 일어나지 않으면 안 되는가?"

"나는……!"

"가슴에 쌓인 화가 얼마나 깊기에 쓰러지지 않으려는 것이냐?"

"나는……!"

"그래, 너는?"

"해야만… 반드시…… 해야만 하는 일이 있다!"

두두두둑!

뼈가 어긋나는 소리가 들리기 시작했다. 탈골이라도 시키려는 것일까? 기괴하기 짝이 없는 소리가 소혼의 몸에서부터 들리더니 이내 소혼이 비명을 토하기 시작했다.

"크아아아아!"

아니, 그것은 비명 따위가 아니었다.

절규(絶叫)였다.

그것도 지옥 밑바닥에서 사는 수라가 내뱉을 법한 울음소리!

"주우우우우욱이이이이이인다아아아아!"

소혼은 어눌한 발음으로 소리치며 왼손으로 이패의 머리
를 날려 버렸다.

퍽!

갑작스런 공격에 이패의 몸이 땅바닥을 나뒹굴었다.

"크어어어어!"

소혼은 뚜둑뚜둑, 실이 끊어진 꼭두각시 인형처럼 일어나
기 시작했다. 한데 이상한 점은 곤죽이 되어 덜렁거리던 오른
팔이 어느새 자유자재로 움직이고 있다는 것이었다.

소혼의 몸뚱어리 위로 혈광을 머금은 기운이 아지랑이처
럼 피어오르기 시작했다.

소혼에게서 광기(狂氣)가 느껴졌다.

혈백에게 이성을 빼앗겨 마성(魔性)에 젖어갈 때에 보이는
모습이기도 했다.

"붕익(鵬翼)이 꺾이고 곤첨(鯤尖)이 모습을 드러낸 것인
가?"

이패는 살짝 얼얼한 뺨에 손을 가져다 댄 채 자리에서 일어
났다.

붕익과 곤첨.

그것은 바로 북명신공이 가지는 여러 모습 중 하나였다.

흔히들 말하는 천중전란 때에 나타나 강호를 도탄으로 몰
아넣었던 혈백은 바로 곤첨을 의미했다.

일전에 소혼이 상대했던 구양 능윤해의 경우 혈백을 대성

해서 곤첨을 완성시켰던 것이기에 아무렇지 않을 수 있었던 것이다.

여하튼 지금 소혼은 혈백에 물들어 버린 상태.

혈백은 일종의 역혈대법으로, 본래 그 사람이 가진 두 배 크기의 힘을 준다.

비록 소혼의 몸이 넝마가 되었다 하더라도 본래 그는 입신경이었던 자.

혈백에 젖은 지금, 그가 내뿜는 마기는 천지가 개벽할 정도라 해도 과언이 아니었다.

이패는 주먹을 말아 쥐었다.

"이제야 어느 정도 재밌어지겠군."

팟!

이패가 질주를 시작했다.

그러자 그의 몸이 앞으로 쭉 늘어나며 그 순간 다시 한 번 일권이 움직였다. 소혼을 몇 번이고 쓰러지게 만들었던 일격!

쉐에에엑!

축융마황포는 다시 한 번 검은 마화를 두르고서 무시무시한 기세로 날아들었다.

이패의 주먹이 왜 달리 마권이라 불리는지 알 수 있는 대목이었다.

펑!

일권은 역시나 소혼의 몸뚱어리에 작렬했다. 소혼의 등 뒤로 막강한 충격파가 실려 나오며 공기를 뒤흔들어 놓았다.

　하아는 멀리서 이를 지켜보면서 이번 공격으로 소혼이 모든 능력을 잃었을 것이라 예상했다.
　그도 그럴 것이, 이패의 일권은 너무나 정확했다.
　더군다나 소혼은 이후 일체의 움직임을 보이지 않고 있었다.
　'잠깐… 아무런 움직임을 보이지 않는다고?'
　그 말은 곧 이패도 움직임이 없다는 뜻.
　하아의 얼굴이 조금씩 하얗게 변해가기 시작할 무렵, 여태껏 밀리기만 하던 소혼의 반격이 시작되었다.

　"크르르르르."
　분노에 찬 맹수의 울음소리가 이러할까.
　인간이 내뱉는 소리라고는 생각하기 힘든 울음이 소혼의 입을 타고 들려왔다.
　이패는 소혼의 배에 박힌 채로 빠지지 않는 자신의 일권을 보며 바득 이를 갈았다.
　'흡착(吸着)?'
　일단 결론부터 말하자면, 마황포는 소혼을 때리지 못했다.
　일권이 뱃전을 두들기려는 순간, 소혼이 본능적으로 분천도를 안으로 끌어당겨 도면으로 공격을 튕겨낸 것이다.

거기까지라면 괜찮다.

오른쪽 공격이 실패로 돌아갔다면 왼팔을 움직여 그대로 녀석을 날려 버렸으면 되니까.

문제는 오른팔은 물론, 이패의 몸 전체가 굳어버렸다는 데에 있었다.

무슨 술수를 부린 것인지, 이패의 일권은 분천도에 박힌 채로 그 어떤 움직임도 보일 수가 없었다.

공력을 운기해 녀석을 튕겨내려 해도 폐혈(閉穴)이라도 당한 것처럼 축융진기(祝融眞氣)가 말을 듣지 않았다.

알 수 없는 방법에 이패의 몸이 옴짝달싹도 하지 못하는 그 순간,

우우우우!

분천도가 길게 공명음을 터뜨렸다.

그리고 축융진기가 다시 유동하기 시작했다.

문제는 축융진기가 주인인 이패의 말을 듣지 않는다는 점이었다.

쏴아아아!

잠에서 깨어난 축융진기는 전신 경맥을 따라 밖으로 움직였다. 그 여행지의 종착점에는 이패의 몸을 묶고 있는 분천도가 있었다.

'아니… 이건 흡공(吸功)이다!'

이른바 흡정대법이라 잘 알려진 사술, 흡공. 이를 모를 이

패가 아니었다.

그의 형제인 건패가 재(災)를 일으키면서 흉명을 떨쳤던 이유 중 하나가 바로 이 흡공에 있었으니까.

겉으로 지켜보기만 했던 그 수법을 되레 자신이 당하고 나자 이패의 얼굴은 당혹감으로 물들었다.

그도 그럴 것이, 몸이라도 움직일 수 있어야 흡정대법을 튕겨낼 수 있을 텐데, 이것은 그 자체가 불가능하니…….

점점 빨려들어 가는 진기의 양도 기하급수적으로 늘어났다. 이대로 시간이 흐른다면 자신의 모든 진기를 송두리째 소혼에게 빼앗길 수 있는 상황이었다.

"화 랑, 피해요!"

그때 하아의 목소리가 들려왔다.

하아는 부챗살을 넓게 펼치고서 공중을 향해 강하게 한 번 내저었다.

살랑대는 미풍은 이내 칼바람이 되어 소혼의 머리 위를 덮쳤다.

퓨퓨퓨퓨퓻!

"크르륵!"

소혼은 위를 한 번 쓰윽 훑어보더니 이패에게서 손을 떼고서 운룡번신의 수로 하늘 높이 뛰어올랐다.

콰콰콰쾅!

그러자 그가 딛고 있던 땅에 몇십 번이고 커다란 구덩이가 파였다.

간신히 소혼의 마수에서 벗어난 이패는 털썩 자리에 주저 앉고 말았다. 회에서 나와 강호를 종횡무진하면서도 끄떡없 던 그가 처음으로 보이는 모습이었다.

"화 랑!"

하아가 걱정된 나머지 이패의 이름을 불렀다.

하지만 하아는 이내 이패의 다급한 목소리를 듣게 되었다.

"피해!"

"……!"

하아는 재빨리 본능적으로 몸을 최대한 비틀었다.

촤아악!

왼쪽 허리 어림을 분천도가 비스듬히 훑고 지나갔다. 다행 히 몸이 반 토막 나는 것은 피할 수 있었지만, 장기 중 일부가 칼날에 베이고 말았다.

"크르르르!"

소혼은 아깝다는 듯이 짧게 울음소리를 내뱉으며 다시 한 번 분천도를 휘둘렀다.

휘리리릭!

공중을 가르는 분천도의 칼날은 예리하기 짝이 없었다.

이패와 싸울 때의 느낌이 강맹한 느낌이라면, 지금은 야수 처럼 포악한 느낌이었다.

쉐에에엑!

천지를 양분할 듯한 그 매서운 살기에 대항해 하아는 선풍
십이식(扇風十二式)을 선보였다.

파라랏!

까가가강!

분명 바람이 한 번 불었을 뿐인데 마치 잘 벼려진 칼 한 자
루가 공중에 나타난 듯한 느낌이었다.

앞으로 나아가기만 하던 분천도는 더 이상 쉬이 전진하지
못했다. 눈에 보이지 않는 수십 자루의 칼날이 그의 몸을 노
리는 까닭이었다.

"크아앙!"

소혼은 이제 더 이상 백염이라 부르기 힘든 불꽃을 쏘아대
며 무형의 칼날을 폭사시켰다.

퍼퍼펑!

하지만 그것으로 칼바람을 모두 튕겨낼 수는 없는 일.

하아의 성명절기인 선풍십이식은 부채가 만들어낸 칼바람
으로 적을 수십 번이고 베어버리는 특성을 가지고 있었다. 더
군다나 거기에 하아가 익힌 내공심법이 들어가게 되면 효과
는 무궁무진해졌다.

콰아아아!

어느새부터인가 바람에 붉은빛이 섞이기 시작했다.

화르륵!

화려함을 자랑하는 불꽃. 그것은 마치 도깨비불처럼 나타

나 소혼의 몸을 수없이 두들겼다.

퍼퍼퍼펑!

"크아아아아!"

어찌할 수 없는 상황에 화가 나는지, 소혼은 결국 칼바람을 튕겨내는 것을 포기하고 하아 쪽으로 몸을 던졌다.

퍼퍼퍽!

옷이 갈기갈기 찢어지면서 수십 자루의 칼날이 소혼의 몸을 베고 지나가는 듯한 착각을 불러일으켰다.

수없이 생겨나는 상처 위로 피가 튀어 올랐다.

개중에는 인체에 있어서 중요한 혈도도 있었고, 또 개중에는 너무 깊게 파여 안쪽 근육은 물론이고, 뼈까지 보이는 중한 상처도 있었다.

그러한 상처를 수없이 입고도 바람을 거슬러 올라가는 소혼의 모습은 광기, 그 자체였다.

"크아아아아아!"

긴 울부짖음과 함께 소혼은 어느덧 하아의 앞에 당도했다.

기쁨에 가득 찬 웃음이 입가에 걸렸다.

휙!

분천도가 날아들었다.

하아는 이를 피하고자 했지만 그녀의 몸은 사슬에 묶인 것처럼 옴짝달싹할 수 없었다.

그렇게 그녀의 봉목이 부릅떠지려는 순간, 내기를 진정시킨 이패가 나타났다.

"너의 상대는 하아가 아닌 나다!"

쿵!

이패는 진각을 강하게 지르밟으며 하아를 품에 안고서 비스듬히 몸을 돌렸다.

쿠화아악!

이패의 등 위로 긴 상흔이 벌어지면서 핏물이 튀었다.

살을 헤집고 안쪽의 뼈까지 드러나 보이는 중상.

함부로 움직인다면 출혈이 더욱 심해져 목숨이 경각에 달할 수 있는 상황이었지만, 이패는 하아를 보호하기 위해 아랑곳하지 않았다.

"화 랑!"

"이곳을 벗어나라."

이패는 짤막한 대답과 함께 하아를 품에서 밀어버렸다. 최대한 소혼에게서 그녀를 멀리 떨어지게 할 속셈이었다.

"이제야 싸움이 제대로 될 것 같군."

이패는 그 상태 그대로 허리를 크게 움직였다.

쉐에에엑!

진각과 함께 연결된 허리 반동은 강한 전사경(轉絲勁)을 낳는다. 그리고 전사경이 강하면 강할수록 회전력이 가미되기 때문에 파괴력은 배로 증가한다.

암경(暗勁) 사황포(死荒砲).

달리는 촌경(寸勁)이라고도 불리는 근접 거리용 발경이 이패의 손에서 터져 나왔다.

쾅!

하지만 근거리를 노리는 암경이라고 해도 그 파괴력은 상상을 초월했다.

딛고 있는 대지가 아래로 움푹 파일 정도로 강한 반동이 일어난 것은 물론이고, 사황포가 만들어낸 충격파는 공간 전체를 뒤흔들어 기이한 소리를 토해냈다.

끼이이이이!

소혼의 몸뚱어리 역시 충격파를 모두 버텨내지 못하고 튕겨나고 말았다.

하지만 본래 사황포의 위력이 나오지 않은 것인지, 아니면 혈백의 각성과 함께 이패의 진기를 끌어들인 덕택인지는 모르지만 소혼은 몇 발자국 물러난 것 이외에는 아무런 피해가 없는 듯했다.

그 모습을 보며 이패는 차가운 미소를 입가에 달았다.

"그래, 그래야 재밌지. 그래야만 이 내가 세상에서 마지막을 가장 즐거운 싸움으로 장식했다 할 수 있지 않겠나."

뜻 모를 소리였다.

세상의 마지막? 즐거운 싸움?

보통 때의 이성이 살아 있는 소혼이라면 싸움을 멈추고 기이하게 여겼을 테지만, 불행하게도 지금의 소혼에게는 그런 사고 판단을 할 능력이 없었다.

　이패는 다시 한 번 기수식을 준비하고서 중얼거렸다.

　"시작해 보자! 나의 마지막 싸움을! 맞아보자! 나의 다시는 없을 광란(狂亂)의 아침[朝]을!"

　멀리서 그 모습을 바라보던 하아는 눈물을 흘리고 있었다.

　"미안해요, 화 랑. 나 때문에… 나 때문에……."

　콰아아아아아아아!

　이패의 근육 위로 거대한 힘줄과 핏줄이 돋아나기 시작했다.

　그만큼 그의 공력이 가장 활성화되었다는 뜻.

　비록 가진바 공력의 삼 할이 흡공으로 인해 유실되긴 했으나 그 정도의 차이는 '이것' 을 사용하는 데 크게 지장이 없었다.

　이패의 몸뚱어리 위로 거대한 마기가 흘러나오면서 자욱한 안개를 만들어냈다.

　쿠쿠쿠쿠쿠!

　검은 안개 사이로 새벽녘 하늘을 연상케 하는 마화가 번지면서 기괴한 문양을 그려내기 시작했다.

　한데 이상한 것은 불꽃과 안개가 만나면 두 개가 모두 소멸한다는 데에 있었다.

그렇게 시간이 흐르면서 불꽃과 안개가 모두 자취를 감추었을 쯤에, 그 중심에는 이패가 아닌 전혀 다른 '것'이 있었다.

칠 척 크기의 장한이었던 이패보다 훨씬 크기를 자랑하는 '것'.

십 척이나 될까?

어마어마한 크기를 자랑하는 검은 물체는 인간이라 말하기 힘든 모습을 하고 있었다.

황소같이 근육이 살아 꿈틀거리는 다리와 팔, 흑색으로 빛나는 몸, 귓가까지 쭉 찢어진 입과 입술을 비집고 나온 어른 주먹 크기의 송곳니가 보인다. 그리고 혈광이 번뜩이는 두 눈동자까지.

야차(夜叉). 불가에서 말하는 흉신 중 하나를 연상케 하는 괴수가 그곳에 있었다.

이것이야말로 강환대법의 최종 오의의 진체였다.

"크어어어어!"

쿵! 쿵! 쿵!

이패, 아니, 야차는 소혼이 내뱉던 것과 비슷한 울음소리를 토해냈다.

그리고 곧 야차가 움직이기 시작했다.

콰콰콰콰콰!

야차는 거대한 체구에 어울리지 않게 민첩함을 보였다. 아니, 이패 때보다 더 빠른 민첩성을 보였다.

순식간에 공간을 격하고 나타나는 그의 모습은 흉신악살(凶神惡殺) 그대로였다.

쿵!

일권이 땅 아래로 내리찍혔다. 축융마황포나 사황포와는 비교도 할 수 없는 힘이 느껴졌다.

소혼은 간단히 뛰어오르는 것으로 공격을 피한 다음 칠보환천을 밟아 공간을 단숨에 접었다.

휘릭!

소혼은 야차의 머리맡에 등장하며 그대로 분천도를 아래로 내질렀다.

푸화아악!

야차의 어깨 위로 거대한 상흔이 벌어지며 핏물을 토해냈다. 생명체가 가진 붉은 핏물이 아닌 마화를 닮은 검은색 핏물이었다.

하지만 야차의 체구가 워낙 컸던 까닭에 그 정도의 상처쯤은 살짝 긁히는 정도밖에는 되지 않은 듯했다.

"크워어어어!"

하지만 그것만으로도 화가 나는지, 야차는 고통에 몸부림치다 이내 안광 위로 살기를 띠더니 소혼을 잡기 위해 움직였다.

하지만 소혼 역시 야차처럼 야성에 물들어 버린 상태.

절대 호락호락하게 당할 상대가 아니었다.

그 때문에 시작되었다.

전신(戰神)과 흉신(凶神).

두 무신(武神)의 대결이.

쿠쿠쿠쿵!

소혼과 야차, 둘 모두 한 치도 물러서지 않는 팽팽한 공방전을 벌이고 있었다.

처음 그들이 격돌했을 때에 선보였던 광염과 마화의 등장은 없었다. 오로지 육박전, 격투의 공방만이 존재할 뿐이었다.

야차가 일권을 내지르는가 싶으면 소혼은 그것을 타고 올라가 팔에 긴 상처를 내어버리고, 소혼이 야차의 심장에 칼을 꽂으려 들면 야차는 어느덧 민첩하게 움직여 소혼을 날려 버렸다.

퍼퍼퍼퍼펑!

콰콰콰콰쾅!

수많은 폭발이 있었고, 수많은 상처가 뒤따랐다.

"크르르륵!"

소혼은 사황포 두 개를 같이 붙여놓은 듯한 일격에 자신의 공격이 무효화되자 마음에 들지 않는다는 기색을 보였다.

하지만 그것도 잠시.

소혼의 안광 위로 광망이 번뜩였다.

그리고,

파아아아아아!

짙은 혈색 기운이 분천도에 실렸다.

팟!

소혼의 몸뚱어리가 하늘을 질주했다.

동시에 분천도가 수많은 그림을 그리기 시작했다. 한 가닥, 두 가닥… 그렇게 펼쳐진 혈색 기운의 실은 이내 수천 개가 되어 한데 뒤엉켰다.

소혼은 알고 있을까.

지금 펼치는 한 수는 그가 강호에 나와서 처음으로 선보이는 것이란 걸.

분천칠도(焚天七刀) 마라천망(魔羅天網).

마라는 불가에서 악마를 의미한다. 마라가 만들어낸 하늘 그물[天網]은 너무나 촘촘하여 지상에 있는 것을 모두 태워 버린다고 했다.

콰아아악!

분천도가 단 한 번, 종(縱)을 그렸다.

그 순간 여태껏 물 밖에 나온 망둥이처럼 수없이 뛰어다니던 야차의 움직임이 우두커니 멈췄다.

잠시간의 정적.

마치 시간이 정지된 듯한 착각이 일어났다.

그리고,

푸화아아악!

야차의 몸뚱어리 중앙에 기다란 혈선이 그어지더니 검은 핏물이 튀었다.

쿠르르르.

십 척에 이르는 크기의 야차가 모로 기울어지기 시작했다.

"화 랑! 화 랑!"

하아는 눈물을 흘리며 야차, 아니, 이패가 있는 곳으로 달려가기 시작했다.

이패는 옆으로 쓰러진 채 움직일 생각을 하지 않았다.

광망이 번뜩이던 두 눈동자도 생기를 잃어 더 이상 움직이지 않았다.

죽은 것이다.

칠십 년 이상 강호를 종횡했던 거인(巨人), 고천사패의 일인, 축융화신 이화패군 사화(赦火)가.

"으아아아아아!"

하아는 이패의 머리를 품에 안고서 오열을 터뜨렸다.

한편, 승리를 거머쥔 소혼에게서는 알 수 없는 현상이 일어나고 있었다.

제자리에 쓰러져 팔로 자신의 어깨를 둘러 감더니 몸을 부르르 떨기 시작했다.

그 떨림은 한참이나 계속되었다.

푸륵.

그 순간, 소혼의 두 눈을 가리던 건의 매듭이 풀렸다. 건은 나풀나풀 바람에 실리다 조용히 땅에 떨어졌다.

그리고…….

두 눈이 파르르 떨리더니 이내 조금씩 뜨여지기 시작했다.

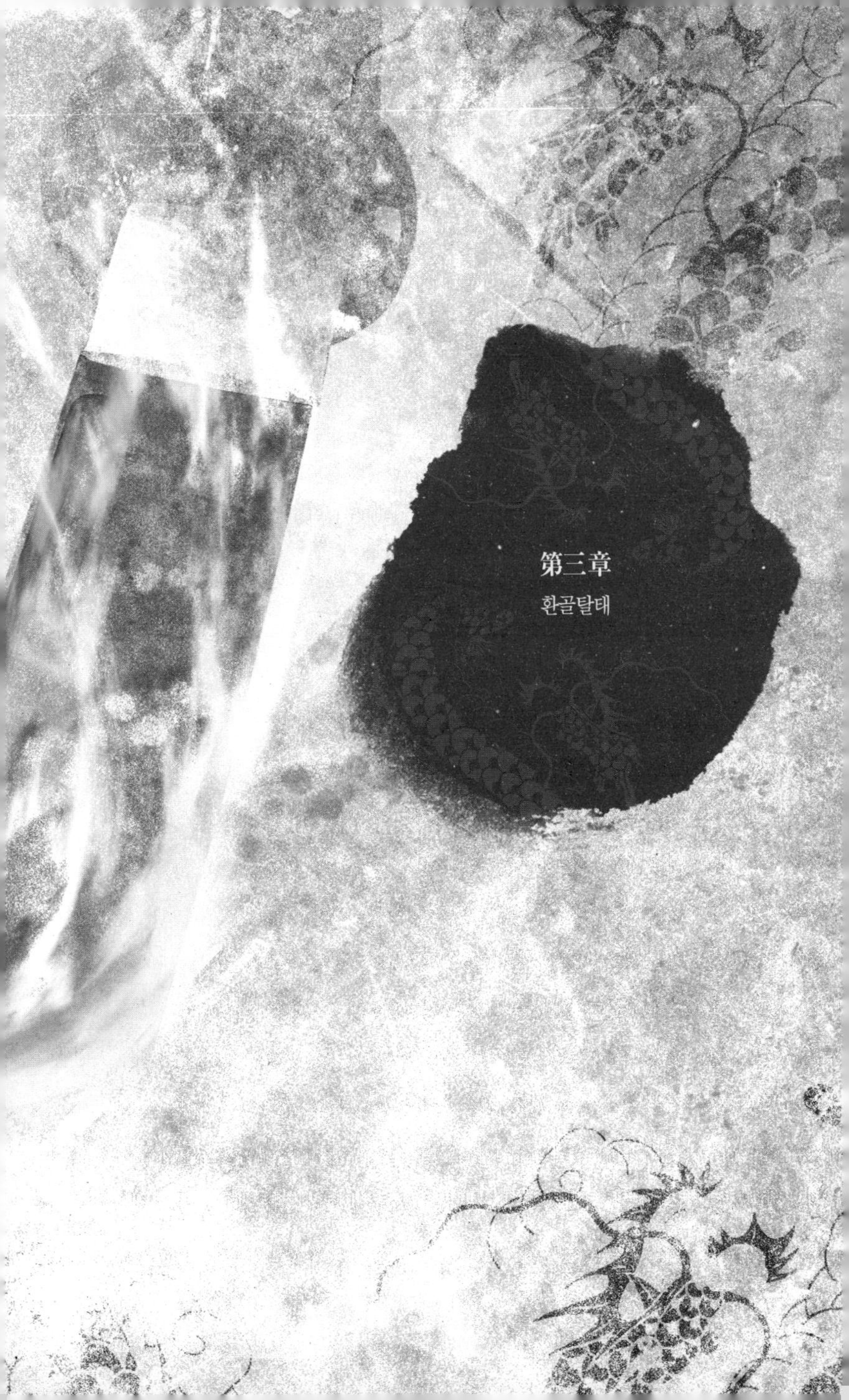

第三章

환골탈태

神刀無雙
신도무쌍

소혼의 몸 내부는 화륜진기와 축융진기로 인해 난마처럼
헝클어진 상황이었다.

이는 마화의 근간이 되는 축융진기를 소혼이 이패에게서
흡정대법으로 빨아들였기 때문이다.

화륜진기의 정화라 할 수 있는 광염과 축융진기의 모든 것
이라 할 수 있는 마화의 충돌.

열양공 계열에서는 극의에 이른 두 기운인만큼 한데 뒤섞
이는 것은 불가능하다 할 수 있었다.

하지만 소혼에게만큼은 달랐다.

두두둑! 두둑!

골격이 뒤틀리는 소리와 함께 소혼의 몸뚱어리가 기괴한 모양으로 변하기 시작했다.

"크아아아아!"

소혼은 양팔로 자신의 어깨를 감싸 안은 채 고통에 찬 비명 소리를 토해냈다.

절혼령의 팔성, 식(識)은 자타의 구분을 알게 되는 때이고, 절혼령의 구성인 별(別)은 그 범위가 만물에게까지 번졌을 때를 의미했다.

그리고 극성이라 할 수 있는 망(忘)은 모든 것을 잊게 되는 때를 말했다.

소혼은 지금 이 망(忘)의 단계에 발을 담고 있는 것이었다.

화륜진기와 축융진기의 충돌이 절혼령의 각성을 추구하고 있던 것이다.

쿠우우우!

거친 기파가 소혼을 중심으로 동심원을 그리며 밖으로 출렁였다.

이 순간에도 소혼의 몸뚱어리는 수없이 뒤틀렸다. 거기다 만 개가 훨씬 넘는 모공에서는 핏물을 토해내고 있었다. 몸 전체가 피로 덮이는 것은 순식간이었다.

하지만 흘러나온 피가 그의 몸을 가리는 그 순간, 보석처럼 아름답게 빛나는 두 개의 광망은 세상을 밝게 비추는 것 같았다.

"화 랑……."

하아는 이패의 얼굴을 자신의 가슴 안쪽으로 끌어당기며 꼭 안았다.

이제는 두 번 다시 눈을 뜨지 못할 사람이다. 평생에 유일하게 마음을 허락한 남자이기도 했다. 그녀의 정인은 이제 이 세상에서 찾을 수 없게 되어버렸다.

비록 근래에 들어 서로의 마음을 이해하지 못해 싸우기도 했지만, 그래도 그는 세상을 준다 해도 바꾸지 못할 사람이었다.

"이 일은 제가 해야 하는 것인데… 어째서 화 랑이 이리 가버린 건가요?"

그것이 슬펐던 것인지, 하아는 한참이고 이패의 곁을 떠날 줄 몰랐다.

"잠시만 기다리세요. 나 역시 곧 당신의 뒤를 따를 테니."

그녀는 손으로 이패의 두 눈을 감겨주었다. 여전히 속을 짐작할 수 없을 무표정한 얼굴이었지만, 이 순간 하아는 이패가 미소를 지었다고 생각했다.

하아는 이패의 시체를 이대로 두어 이리 떼와 같은 짐승들에게 뜯기게 할 마음이 없었기에 그의 몸에 공력을 불어넣었다.

그러자 치익! 하는 소리와 함께 이패의 몸은 한 줌의 모래로 변했다가 바람에 흩날려 사라졌다.

하아는 자리를 털고 일어났다.

두 눈가에는 더 이상 눈물이 남아 있지 않았다.

그녀의 시선이 소혼에게로 향했다.

이패를 죽게 한 원수는 짐승처럼 포효하던 때와 달리 얌전하게 앉아 있었다.

뚜두둑!

뼈가 뒤틀리는 소리가 그녀의 귓가에 들렸다.

"시작되는구나."

하아는 허망한 목소리로 입을 열었다.

저벅저벅.

그녀는 조금씩 소혼이 있는 곳으로 걸어가기 시작했다.

*　　　*　　　*

몸은 언제나 생존을 갈구한다.

죽음을 눈앞에 두었을 때에는 심장 박동 수가 느려진다고 한다. 힘을 잃어 그런 것이 아니라 긴장을 늦춰서 죽음을 조금이나마 미루기 위해서다.

하물며 보통 상처라면 이를 낫게 하기 위해 몸은 활발하게 움직인다. 생존 방향을 찾고 그것을 행한다.

소혼의 몸 역시 그러했다.

화륜진기가 축융진기를 녹이지 못하고 계속 반발만 일어나자 내상만 더 심해져 버렸다. 그렇지 않아도 이패와의 싸움 때문에 기혈이 엉망이 되었는데 말이다.

그 때문에 절혼령은 새로운 방법을 모색했다.

그중 하나가 바로 북명신공이었다.

대붕과 곤첨.

붕익과 혈백.

같은 뿌리에서 시작되었지만 끝은 너무나 확연하게 다른 맥(脈)들이었다.

각자의 극의에 이르렀을 때에는 둘은 더 이상 북명신공이라 부르기 힘들 정도로 달랐다.

소혼은 그런 두 개를 다 겪었다.

대붕은 진사 구양극과 싸울 때에 맛보았고, 곤첨은 이패에게 밀릴 때에 저도 모르게 각성을 했다.

그것은 북명신공의 두 맥을 모두 맛보았다는 뜻이기도 했다.

더군다나 절혼령은 그 이치가 너무나 오묘해서 우주가 가진 삼라만상의 이치를 소우주에 담게 하는 넓은 그릇이었다.

결국 절혼령은 대붕과 곤첨, 두 개를 한데 엮는 것으로 방향을 잡았다.

이른바 북명신공의 대성(大成)이라 할 수 있는 천봉(天鳳)의 단계였다.

콰아아아!

봉(鳳)은 하늘을 감싸며 태양에서 태어났다고 전해지는 새. 천봉이 낳은 요령(曜靈)은 축융진기와 화륜진기 두 개를 한데 뒤섞으며 전신 기맥 곳곳을 누비고 다녔다.

뚜두둑! 두둑!

다시 한 번 골격이 뒤틀리기 시작했다.

오른쪽 팔뼈는 위로 향하고 척추는 휘어 마치 꼽추라도 된 것처럼 보였다.

또한 근육과 살갗이 거북이 등껍질처럼 쩌저적, 갈라지더니 핏물을 수없이 토해냈다. 그중 대부분이 검은색의 죽은 핏물이었지만 간간이 붉은색 선혈도 더러 섞여 있었다.

'모든 것을 잊는다 하여 망(忘)이며, 모든 것들을 한데 묶는다 하여 망(網)이다. 모든 것을 잊고 미련을 버렸을 때에야 더 큰 것이 돌아오니, 삼투(滲透)라고 한다.'

소혼은 모든 것을 잊었다.

이성도, 혈백에 젖은 마성도, 상념도. 모든 것을…….

그리고 그것을 모두 되찾았을 때에 눈을 떴다.

광망이 번뜩이고 재차 몸의 소요가 다시 일어났다.

콰아아아!

절혼령의 극성과 북명신공의 대성. 두 개의 극의가 한데 자리 잡은 것이다.

그리고 망의 단계가 완성되었을 때에 기적은 일어났다.

두두두둑! 투두둑!

갈라진 피부가 꺼멓게 죽더니 하나하나씩 아래로 떨어지기 시작했다.

신기한 일은 바로 그다음에 벌어졌다.

뼈와 근육, 살갗을 가르고 둥근 무언가가 튀어나왔다. 팔에서, 가슴에서, 종아리에서… 주요 혈의 위치라 할 수 있는 온갖 기혈에서 밖으로 배출된 그것은 암기처럼 보였다.

도합 백팔십일 개를 배출하고서야 소란은 조금씩 가라앉았다.

이상한 모양으로 뒤틀리던 뼈들 역시 제 모습을 되찾아가더니 진정되기 시작했다.

꽈지지직!

마치 뱀이 그러하듯, 소혼 역시 겉에 두르고 있던 허물을 벗는 것처럼 보였다.

머리를 가르고, 가슴을 가르고, 어깨를 가르고, 그 모든 것을 가르고 나왔다.

쿵!

한 명의 소혼이 꺼멓게 죽어 바닥에 쓰러지고 또 다른 소혼이 그 위로 새로 태어났다.

아침 햇살에 비치는 소혼의 모습은 너무나 아름다워 보였다.

갓 태어난 아기와 같이 매끈한 피부에 탄탄한 근육들, 그리

고 은연중에 흘러나오는 기세는 고수의 위엄을 한껏 자랑했
다.

가장 신기한 것은 소혼이 눈을 뜨고 있다는 점이었다.

까만 세상만을 보여주던 눈은 시력을 되찾고서 한 폭의 도
화지 위에 세상천지를 담아냈다.

'일어난 건가……'

짧은 상념 속에 떠오른 한 가지 생각.

환골탈태(換骨奪胎)는 그에게 또 다른 세상을 가져다주었
다.

몸 내부를 휘젓고 다니는 내력은 웅혼하기 그지없어 전날
에 비할 바가 아니었다.

옷 하나 걸치지 않고 있어 민망할 법도 하건만, 소혼은 미
처 그것을 인지하지 못하고 있었다.

오랜 시간 혈백에 이성이 빼앗겨 있었던데다가 환골탈태
까지 겹치면서 정신력이 거의 바닥을 보이고 있었던 것이다.

"깨어났군요."

여인의 목소리에 소혼의 얼굴이 그곳으로 돌아갔다.

이제 더 이상 심안을 사용하지 않아도 상대의 모습을 두 눈
에 담을 수 있었다.

"옷이라도 입는 게 어때요? 민망한데."

소혼은 하아의 말을 듣지 않았다.

그저 무거운 목소리로 되물을 뿐이었다.

“이패의 복수를 위해 왔나?”

“그렇다고 한다면?”

“복수를 하기 전에 진성의 위치를 가르쳐 줘야 할 것이다.”

“누가 먼저 목적을 달성하는지 해볼까요?”

하아의 말이 끝나기 무섭게 소혼이 움직였다.

팟!

이형환위의 수로 공간을 격하는 소혼의 몸놀림은 매섭기 그지없었다.

공간을 가르고 나타나는 그 순간, 소혼의 오른손에는 땅에 나뒹굴던 분천도가 쥐어 있었다.

하아는 재빨리 퇴보를 밟으면서 부채를 흔들었다. 열기를 가득 실은 칼바람이 매섭게 몰아쳤다.

따다다다당!

쇳소리가 요란하게 퍼졌다.

하아는 아랫입술을 살짝 깨물었다.

‘전과는 비교도 할 수 없어. 화 랑이 다시 돌아온다고 해도 이제 이자에게는 상대가 안 될 거야.’

절혼령의 극성에 이른 소혼은 그만큼 강했다.

자신은 인지하지 못하고 있겠지만, 일단 칼을 휘두르는 모습에서부터 확연히 달라졌다.

이전의 소혼이 휘두르던 칼이 날카롭고 강맹했다면, 지금은 안정되면서도 빨랐다. 정중동, 동중정(靜中動, 動中靜)의 이치를 몸소 실천하고 있는 것이다.

그도 그럴 것이, 이제는 광염을 도신에 두르지 않아도 충분히 강했으니까 말이다.

쩌어어어엉!

도명이 울렸다.

순백색 도신 위로 붉은색 실선이 수없이 그어졌다.

광염을 밖으로 표출해 내지 않고 안에 깃들인 새로운 방식의 공격이었다.

번쩍!

칼이 공간을 갈랐다.

분천도는 벽력처럼 날아들어 하아의 부채를 가볍게 분지르고, 나아가 그녀의 왼쪽 가슴을 꿰뚫어 버렸다.

콰득!

"…아프네."

심장이 꿰뚫린 하아는 더 이상 움직이지 못하고 우두커니 멈춰 서고 말았다.

그녀는 힘들게 머리를 움직여 소혼을 바라보았다.

그녀를 바라보고 있는 소혼의 눈동자는 한없이 차가웠다.

소혼의 입이 열렸다.

"진성은 어디에 있나?"

"그게… 지금… 중요한 건가……?"

지금 이 순간, 하아는 이패에 대한 복수를 갈망하는 소녀

도, 소혼을 압박하던 천지회의 사람도 아니었다. 하지만 그것
을 알아채기에 소혼의 머릿속은 온통 분노로 가득 차 있었다.
　소혼의 눈동자 위로 불꽃이 튀었다.
　"말해! 당장!"
　소혼의 목소리에는 상대의 이성을 짓누르는 마인이 숨어
있었다. 이지를 상실하게 해서 시전자의 명령에 따르게 한다
는 마공음이었다.
　또한, 이번에는 전과 다르게 한 가지가 더 추가되어 있었
다.
　탈백마안(奪魄魔眼).
　역시나 혼백을 빼앗아 버린다는 마공이었다.
　하아는 입가에 슬픈 미소를 달았다.
　"천시를… 찾아."
　"천시? 그게 무슨 소리지?"
　"얼마 남지… 않았어, 무총이 열릴 때는."
　"그게 무슨 소리냐고!"
　하아의 애소(哀笑)는 더욱 짙어졌다.
　"비… 연… 정말 많이 컸구나. 보고… 싶었어……."
　다시 한 번 하아를 윽박지르려던 소혼의 눈동자가 흔들리
기 시작했다.
　단 한마디 때문이었다.
　비연.

결코 잊을 수 없을 나의 이름.

"넌……?"

"안… 녕."

하아는 그렇게 눈을 감았다. 힘을 잃고 축 늘어진 그녀의 신형이 분천도를 지나 소혼의 몸 위로 떨어졌다. 그가 그녀를 품에 안은 꼴이 되었다.

"그게 무슨 소리… 냐고……."

소혼은 하아에게 묻다가 이내 자신도 힘을 잃어버렸다.

오랜 싸움으로 인해 지쳐 버렸고, 거기다 심력을 많이 소모하는 탈백마안과 마공음을 쓰면서 생긴 결과였다.

털썩.

소혼은 그렇게 하아를 껴안고서 자리에 주저앉고 말았다.

멀리서 이를 지켜보던 두 쌍의 눈동자가 있었다.

진성과 곤.

무양가에 머물고 있던 그들이 바로 그 눈동자들의 주인공이었다.

"소가주……."

진성을 부르는 곤의 음색은 침울했다.

"결국 이리 보내고 말았군요."

"꼭 그리해야 하셨습니까?"

"무엇을요?"

"아가씨가 택한 길 말입니다. 소가주라면 보다 더 확실하고 좋은 방법도 가지고 계시지 않으셨을 것 아닙니까?"

"방법이야 있었죠."

"한데, 왜……?"

"하지만 이 방법이 저 녀석을 더욱 크게 비상시킬 수 있기 때문입니다."

소혼은 모를 것이다, 그가 이패의 축융진기를 끌어들이면서 환골탈태를 할 수 있었던 것은 바로 진성이 짜놓은 안배에 지나지 않았단 사실을.

곤의 눈동자가 흔들렸다.

"나중에 벌어질 그 모든 파장들을 어찌 감당하시려고……."

진성은 고개를 저었다.

"녀석의 분노는 모두 제가 감당할 겁니다. 마교에서도, 지금 중원에서도. 그리고 녀석이 그동안 갈고닦은 칼날이 끝내 저를 겨누었을 때에 모든 것이 끝나겠죠. 그렇게 생각하지 않나? 연, 린?"

진성의 뒤에는 두 여인이 서 있었다. 둘 모두 세상을 울릴 만큼의 미모를 자랑하는 여인들이었다.

한때는 마중제일화와 강남제일미라고 불렸던 유수연과 남궁린. 그녀들의 이지를 상실한 두 눈이 멀찍이 떨어진 무양가를 향해 있었다.

개중 남궁린의 눈동자가 잠시 살짝 흔들렸지만 진성은 미처 이를 발견하지 못했다.

진성이 뒤돌아서서 곤과 그녀들에게 말했다.

"이만 가죠."

휙!

진성이 땅을 박차자 두 여인도 그 뒤를 따랐다.

곤은 한참이나 그 자리에 서서 그런 진성의 뒷모습을 바라보았다.

"아가씨도… 소가주도…… 모두……."

그의 눈가에 굵은 눈물이 매달렸다가 이내 툭, 하고 떨어졌다.

*   *   *

철사자검 막운휴는 시화문주 노독태와 함께 절강무회를 이끌고 빠르게 남하를 하고 있었다.

'이렇게 빠른 시간 내에 백염도와 태평소전이 충돌을 벌일 줄은 몰랐다.'

그들은 지금 천목산에 터를 잡고 있던 태평소전을 치고 내려오는 길이었다.

처음에는 동태를 살펴보기 위해 움직였던 길이지만, 백염도가 태평소전을 한차례 휩쓸고 지나갔다는 첩보에 따라 전진을 감행한 것이었다.

내부에서도 함정이 아니냐는 의심과 함께 반대도 많았지만, 막운휴는 노독태의 도움으로 절강무회의 전력을 천목산에 쏟아부었다.

'결과는 대승이었지.'

백염도는 그들의 예상을 훨씬 뛰어넘는 선물을 주고 갔다.

진사 구양극뿐만 아니라 태평소전을 이루는 주요 간부들을 모조리 암살해 주었던 것이다.

제아무리 제천궁의 육각 중 하나라고 해도 단 하루도 되지 않는 시간에 명령 체계를 수습할 수는 없는 일이었다. 결국 그들은 절강무회의 습격에 변변한 대항도 하지 못한 채 그대로 허물어지고 말았다.

절강무회의 대승인 것이다.

하지만 막운휴와 노독태의 욕심은 거기에서 그치지 않았다.

포로로 잡은 제천궁 무사의 말을 빌리자면, 백염도는 철마왕 채익량과의 싸움 후에 남쪽으로 이동했다는 것이다.

'무양가로 갔다고 했던가.'

꽤 고위직인데다가 당시 백염도와 채익량의 대화를 들었다고 했으니 확실한 정보였다.

막운휴와 노독태는 이때 눈빛을 주고받았다.

백염도가 움직였다는 무양가 역시 제천궁과 관련이 깊을
터. 그렇다면 무양가와 백염도가 싸움을 벌일 때에 그 뒤를
덮치면 어떻겠냐는.

무양가는 절강 내에서도 막대한 이익을 창출하는 상가다.
만약 그곳이 제천궁의 숨겨진 자금줄이라면 그 자리를 덮침
으로써 제천궁에게 막대한 피해를 입힐 수 있었다.

하지만 여기서 막운휴와 노독태는 서로 상반된 생각을 가
졌다.

백염도에게서 구함을 한 번 받은 적이 있던 막운휴는 왠지
백염도를 이용한 것 같다는 생각에 마음이 편할 길이 없었고,
노독태는 반대로 어쩌면 이번 일로 강호공적을 잡아 협명을
날릴지도 모른다는 생각으로 들떠 있었다.

여하튼 생각대로만 된다면 절강무림이 강호에서 우뚝 서
는 것도 무리는 아닌지라, 그들은 회를 이끌고 남하를 시작했
던 것이다.

"곧 서호다! 놈들이 있는 곳에 다다랐으니, 여기서부터는
둔보로 이동한다!"

막운휴의 명에 절강무회의 움직임이 한없이 느려졌다.

비록 회계산에서 패전을 한 번 겪긴 했어도, 막운휴는 절강
무림의 살아있는 전설이었다.

그렇게 얼마를 이동하고서 그들은 곧 서호에 당도할 수 있
었다.

"저기 보이는 곳이 무양가인가?"

막운휴의 물음에 부장 갈영진이 입을 열었다.

"네, 분명합니다. 서호 근방에 위치한 무양가는 천목산에
서 나는 차를 팔아서 막대한 이익을 창출하고 있기 때문에 이
근방 문파에서는 모르는 사람들이 없습니다."

"역시 항주십대상가 중 한 곳답게 넓긴 하군."

그러다 막운휴는 인상을 살짝 찌푸렸다.

"그런데 왜 아무런 생기도 느껴지지 않지?"

"무슨 말씀이십니까?"

"해가 뜬 지 얼마 되지 않았다고는 해도 지금 시각이면 상
가는 한창 바빠야 한다. 그런데 저곳을 보아라. 너무나 한산
하다. 설령 모두가 잠을 자고 있다 해도 하인들이라면 일찍
일어나 마당이라도 쓸고 있어야 정상이지 않느냐?"

"그렇다면……?"

막운휴는 무거운 표정으로 고개를 끄덕였다.

"우리가 움직이는 것을 알고 미리 내뺀 것일 수도……."

"그렇다면 헛걸음이 아닙니까?"

"하지만 시간이 촉박했으니 모두 도망치지는 못했을 것이
다. 시화문과 천목문 무사들은 놈들의 흔적을 찾아 뒤를 쫓
고, 나머지는 나와 같이 무양가를 장악해 놈들이 남긴 단서를
찾는다!"

"존명!"

막운휴의 명에 따라 절강무회는 일사불란하게 움직였다.

막운휴의 예상대로 무양가 내부는 텅텅 비어 있었다.

중한 물건들만 들고 급히 도망을 쳤는지, 집 내부에는 온갖 서류와 물건들이 바닥에 어지럽게 널브러져 있었다.

"바닥에 떨어진 물건들을 잘 챙겨라! 혹시나 녀석들이 중한 물건들을 실수로 흘리고 갔을지도 모르니까. 고검문은 이 근방을 샅샅이 수색하고, 주유방은 주변 마을 사람들에게 놈들이 언제쯤 움직였는지 알아봐 주시오."

"알겠습니다."

"명을 받듭니다."

막운휴는 무양가 내부를 돌아다니면서 혹여나 흘린 단서가 없나 찾아보았다.

'분명 백염도는 무양가 쪽으로 움직였다. 그렇다면 무양가는 백염도를 피해 도망친 것인가? 백염도는 그 뒤를 쫓았고? 아니야. 적어도 한 번 이상의 충돌은 있었다. 천지를 찢는 싸움이 밤새 벌어졌다고 하지 않은가.'

마을 사람들을 탐문 수색해 본 결과, 막운휴는 백염도가 이곳에서 꽤 오랫동안 있었고, 그 자취는 방금 전까지 있었다는 결과를 내렸다.

그도 그럴 것이, 백염도가 대결을 벌일 때면 으레 나타나는 굉음을 들었다는 사람들이 한둘이 아니었으니까 말이다.

'대체 어디로 움직인 거지?'

막운휴의 고민이 커져 갈 무렵, 밖으로 조사를 내보냈던 수하 중 한 명이 급한 기색으로 그에게 달려왔다.

"회주님! 회주님!"

"왜 그러는가? 백염도와 무양가 놈들이 어디로 움직였는지 알아냈는가?"

"그런 것이 아닙니다."

"그럼?"

"백염도가 싸움을 벌인 것으로 예상되는 곳을 찾아냈습니다."

목격자들도 더러 있었으니 그런 장소가 발견되는 것은 당연했다.

"한데 그곳에 사람이 있다고 합니다."

"사람? 목격자가 아니라?"

"예. 두 남녀인데, 정신을 잃은 채로 있다고 합니다. 한데 이상한 것이 남자의 손에는 도가 한 자루가 들려 있는데……."

막운휴의 눈동자가 부릅떠졌다.

"혹시 순백색의 환도가 아닌가?"

"네. 백염도의 도와 너무나 비슷해서……."

막운휴는 이내 인상을 살짝 찌푸렸다.

만약 그 남자가 백염도라면 어찌 대해야 하나 하는 생각 때문이었다.

처음에야 이이제이의 계책을 통해 백염도를 이용한 태평소전의 와해를 촉발시켰다고 하지만, 차후에 일어날 백염도에 대한 대우는 아직 생각해 둔 바가 없기 때문이었다.

이때 함박웃음을 지으며 끼어든 이가 있었으니, 바로 노독태였다.

"가세."

"네?"

"그곳으로 가보세나. 어쩌면 손도 대지 않고 백염도를 잡을 수 있는 기회가 될지도 모르지 않은가? 그리되면 우리 절강무회의 명성이 하늘을 찌를 것이네. 강호공적은 당연히 잡아야 하는 것이고."

막운휴의 이마에 골이 더욱 파였다. 백염도를 잡아들여 영달을 추구하겠다는 노독태의 말이 그의 심기를 불편하게 만들었다.

"왜 그러시오, 회주? 무언가 마음에 들지 않으시오?"

"아니오. 그저 백염도를 꼭 잡아야 하는가 하는 생각에 들어서 말이오. 어찌 되었든 그는 우리를 도와준……."

"대체 무슨 말을 하는 것이오! 상대는 마두요, 대마두! 그것도 삼대혈란에 맞먹는다는 질풍행로를 일으킨 희대의 살인마요. 당연히 우리가 나서서 잡지 않는다면 누가 잡을 수 있단 말이오?"

"하나 그를 생포 혹은 척살하려다 우리가 되레 더 큰 피해를 입을 수도 있소. 태평소전의 간부들도 천 명이나 되는 무사들이 있는 곳에서 암살을 당하지 않았소?"

"그러니 더욱 신중을 기해야 하지요. 만약 그 남자가 백염도라면 어렵지 않게 잡을 수 있지 않겠소? 정신을 잃은 상태라고 하니."

노독태는 도장을 찍어버렸다.

"어찌 되었든 일단 그자의 얼굴부터 확인합시다. 여기서 백염도의 얼굴을 아는 사람은 회주가 유일하니."

결국 막운휴는 무거운 마음을 추스르지 못한 채 노독태와 함께 무양가를 벗어났다.

무양가를 벗어난 그들은 서쪽으로 움직였다.

무양가에서 멀리 떨어지지 않아 당도한 곳은 주변이 태풍이라도 휩쓸고 지나간 듯 요란하기 그지없었다.

천신들이라도 강림해서 싸움을 벌인 것인지, 고목이고 바위고 뽑혀서 뒹굴지 않은 것이 없었고, 땅바닥은 가뭄에 든 것처럼 황무지가 되어 있었다.

그리고 그 중심에는 한 남자와 한 여인이 있었다.

여인은 가슴에 도를 박은 채로 있었는데, 아름답기가 강호칠화에 못지않아 많은 남자들의 안타까움을 자아냈다.

반대로 여인을 죽인 것이라 생각되는 남자는 두 눈을 꼭 감은 채로 비스듬히 쓰러져 있었다. 그 모습이 경건하기까지 해서 그가 나신이라는 사실도 잊어버릴 정도였다.

특히나 이곳을 발견해 주변을 탐문하고 있던 남자들은 나신의 사내를 욕하고 있었다.

저리도 아름다운 여인을 죽인 것만으로도 천벌을 받을 일이거니와, 아기처럼 매끄러운 피부에 탄탄한 근육, 그리고 튼실한 물건(?)은 같은 남자가 봐도 질투를 살 만했기 때문이다.

"쳇, 그냥 죽어버리지."

"저 녀석, 아마 변태였을 거야. 자기 물건을 여자한테 내보여서 자랑하는 변태."

"그래. 그리고 여자가 놀라 소리를 지르려고 해서 뜻대로 안 되니까 칼로 죽인 것이고."

"에잇, 천하에서 제일 나쁜 놈."

"에잇, 똥물에 튀겨 죽일 놈."

졸지에 변태에 겁탈미수죄까지 몰린 남자는 여전히 그 모습 그대로였다.

그러나 막운휴와 노독태는 그 남자에게서 미약하게나마 생기가 감돌고 있음을 간파했다.

"아직 숨이 붙어 있구려. 저자가 백염도가 맞소?"

노독태의 물음에 막운휴는 고개를 저었다.

"잘 모르겠소."

"그게 무슨 뜻이오? 불과 백염도를 만난 것이 어제이지 않았소이까?"

"한데… 그자가 맞긴 한 것 같은데 뭔가가 다르오."

"다르다?"

"기도랄까, 전체적인 모습이랄까. 무언가가 달라도 한참 다른데……. 흠, 확실하게 말로 표현을 잘 못하겠소."

노독태는 막운휴의 말을 이해할 수 없었다. 맞는 것이면 맞는 것이지 다른 것 같다는 건 또 무슨 뜻이란 말인가? 그는 이곳을 발견한 수하에게 물었다.

"언제부터 저리 있었나?"

"이곳을 발견할 당시부터 저렇게 있었다고 합니다."

"흠……."

막운휴는 작게 중얼거렸다.

"분명 저 칼은 백염도의 칼이 맞는데…… 대체 저 남자는……."

막운휴의 기억으로 백염도는 두 눈을 건으로 가리고 칼을 휘두르던 자다. 그 외에 인상착의나 얼굴 모양새도 정확하게 기억하는 것은 아니지만 본인을 데려온다면 바로 알아챌 수 있을 정도로는 기억하고 있었다.

한데, 저 사내를 본 순간 막운휴의 머릿속은 엉킨 실타래처럼 헝클어져 버렸다.

분명 백염도의 칼을 들고 있으니 백염도가 맞기는 한 것 같은데, 기억 속의 백염도와는 분위기나 모습이 많이 달랐던 탓이다.

　이는 소혼이 환골탈태를 겪으면서 골격 따위가 새로 정리되고 체격이 변하면서 생긴 일로, 전혀 타인이라고 해도 믿을 만큼 분위기나 얼굴 따위가 많이 달라져 버린 탓이었다.

　이를 알지 못하는 막운휴로서는 많이 난감할 수밖에 없었다.

　막운휴가 결정을 내리지 못해 우왕좌왕하는 모습에 더 이상 참지 못한 노독태가 대신 명령을 내렸다.

　"일단 죽은 여인은 데려다가 어째서 죽었는지, 무얼 하다 죽었는지 경위를 조사하도록 하고, 남자는 중요한 증인이 될지 모르므로 혈을 점하고 본 회로 압송하라. 아니다. 백염도일지 모르니 아예 단전 자체를 부서뜨려라. 점혈은 내가 할 것이다."

　"존명!"

　"존명!"

　노독태의 말에 막운휴가 화들짝 놀랐다.

　"노 부회주, 갑자기 단전을 부순다니요! 그렇다면 무공을 거두겠다는 뜻이오?"

　무인에게서 무공을 거둔다는 것은 목숨을 빼앗는 것이나 다름없는 행위였다. 그 사람이 살아온 인생 전부를 부정하는 셈이기 때문이었다.

　하지만 노독태는 당연하다는 반응이었다.

　"당연하지 않소? 상대가 만약 점혈을 풀어버린다면 반대로 크게 당하는 것은 우리요.”

“하지만…….”

“회주! 회주가 백염도에게 은(恩)을 입은 것은 우리들도 잘 알고 있소. 하지만 대의를 위해서는 소의를 저버려야 하는 법이오. 소의(小義)를 위해 우(愚)를 범하는 짓은 하지 마시오.”

‘빈대를 잡으려다 되레 초가삼간을 태우게 되는 게 아닌지 해서 하는 말이오…….’

막운휴는 마음이 무거워지는 것을 느꼈다.

가장 먼저 백염도를 이용해 태평소전을 치자는 계획을 꺼 낸 것은 자신이었건만, 막상 일이 이 상황에까지 오게 되니 그에게 미안한 마음이 드는 꼴이라니.

그렇게 막운휴의 무거운 마음과 함께 소혼은 알지 못하는 곳으로 끌려가는 신세가 되고 말았다.

*   *   *

팽무천 일행은 항주에서 천목산 방향으로 움직였다.

소혼이 위치한 서호와는 조금 다른 방향이었지만, 하오문 에서 가르쳐 준 정보에 따르면, 현재 태평소전이 주둔하고 있 는 곳이었기 때문이다. 절강무회의 습격으로 태평소전이 와 해된 사실은 아직 그들의 귀에 전해지지 않은 상태였다.

더군다나 지부장 도이홍이 그들에게 했던 말은 팽무천을
더더욱 천목산 쪽으로 움직이라 부추겼다.

"어젯밤에 백염도도 그 정보를 사러 오셨습니다."

소혼이 표식을 남기는 성격이 아닌 이상 그들로서는 흔적
을 따라 소혼을 뒤쫓아야만 했다.
　결국 이 때문에 소혼과 팽무천 일행은 다시 한 번 길이 엇
갈리게 되어버렸다.
　이를 알지 못하는 팽무천으로서는 당연히 천목산으로 가
면 소혼을 만나거나 그의 행방을 찾을 단서가 있을 거라고 생
각하는 것이고.
　"어째, 우리는 언젠가부터 계속 소 공자의 뒤를 쫓고 있네
요."
　"껄껄, 그렇구나. 한데, 너는 상당히 마음에 들지 않은 듯
싶구나?"
　팽시영은 아미를 살짝 좁혔다.
　"계속 우리를 이리저리 뛰어다니게 하는 사람이 뭐가 좋을
까요?"
　"껄껄! 그래도 웬만하면 좋아하지 그러냐?"
　"별로 그런 마음은 안 들어요."
　팽시영의 소혼에 대한 마음은 크지도 작지도 않았다. 그저

동료라는 느낌, 그 이상도 그 이하도 아니었다.

하지만 그런 감정도 요즘 들어 자꾸만 깎여 나가는 것이, 계속 소혼의 뒤만을 쫓는 것이 마음에 들지 않기 때문이었다.

팽무천은 이번엔 팽시영의 뒤편에서 조용히 창밖을 보고 있는 이하영에게 입을 열었다.

"검각의 아가씨도 그러나?"

팽무천은 요즘 들어 이하영에게 '검각의 아가씨' 라는 웃기지도 않는 별명을 붙여주었다.

"싫어요."

이하영은 더 생각할 것 없다는 듯 못 박았다.

그녀로서도 검후와 사형제들에게 살기를 내뿜던 소혼이 마음에 들 리 없었던 것이다.

팽무천은 대소를 터뜨렸다.

"푸핫핫핫! 소혼 그 녀석, 완전 여자들에게 밉보이고 말았구나. 그 녀석 편은 남궁가의 아가씨밖에는 없는 것인가?"

팽무천은 곧 웃음을 거둬들였다.

"그래. 그래도 지금 이 일행은 소혼 녀석을 중심으로 뭉친 것이니 어쩔 수 없지 않느냐? 나야 언제든지 떨어져도 상관없지만, 검각의 아가씨는 사부의 명이 있었지 않았나?"

팽무천의 말에 이하영의 표정이 무거워졌다. 아직도 이해하지 못할 사부의 명이 언뜻 떠올랐기 때문이다.

팽무천은 싱긋 웃었다.

그는 안다, 비록 그녀들이 소혼이 싫다고 해도 이 일행은 소혼이 있는 한 계속 존재한다는 것을.

"그나저나 녀석은 곧 내 손녀사위가 될 것인데, 아무래도 좋아해야 하지 않겠느냐?"

팽시영의 눈동자가 번뜩 뜨였다.

"지, 지금 그게 무슨 뜻이에요!"

"웅? 영아야, 지금 보고 있는 책이 무엇이냐? 꽤나 재밌어 보이는구나. 나도 따분해 죽겠는데 좀 빌려주련?"

"말 돌리지 마세요! 지금 그 말씀이 무슨 뜻이냐고 물었어요!"

"호오, 하오문에서 받아온 것이냐? 정말 재밌어 보이는데?"

팽시영은 재빨리 책자를 덮고 등 뒤로 감췄다. 그녀의 얼굴이 홍분으로 더욱 붉게 달아올랐다.

"손녀사위라니! 무슨 뜻이냐고요!"

팽무천은 새끼손가락으로 귀를 후볐다.

"음, 누가 내 욕을 하나? 왜 이리 가렵지?"

"할아버지!"

"분명해. 누군가가 나에 대해서 욕을 하고 있어. 누구지? 손녀야, 너는 알겠느냐?"

"빨리 말해요! 그렇지 않으면 국물도 없을 줄 알아요!"

"아, 정말 간지럽구먼."

계속 딴청을 피우는 팽무천과 말뜻을 묻는 팽시영. 이하영
은 다시 벌어진 둘의 소동을 보며 쓴웃음을 지었다.

바로 그때였다.

푸드득!

마차 위로 새가 날갯짓을 하는 소리가 들렸다. 비둘기로 보
이는 그것은 마차 위를 한 바퀴 선회하더니 이내 마차 쪽으로
활강하기 시작했다.

"저건 진아(眞兒)?"

비둘기의 오른쪽 날개 일부분이 붉게 염색되어 있는 것을
확인한 팽시영이 기쁨에 가득 차 소리쳤다. 그것은 바로 본가
에서 귀중하게 기르는 영물 전서구였다.

진아라는 이름을 가진 청려구(靑麗鳩)는 팽시영의 팔에 안
착했다.

"껄껄, 본가에서 보낸 것이더냐?"

"예. 그런데 이 드넓은 절강에서 잘도 우리를 찾아냈네
요?"

"그야 본가에다 우리가 항주로 이동하는 것을 말해주었으
니까. 그리고 주인도 찾지 못한다면 어찌 영물이라 할 수 있
겠느냐? 그럴 능력도 없으면 차라리 내단을 빼다 보신용으로
먹는 게 좋지."

꾸루루룩!

청려구는 팽무천의 말에 화들짝 놀라 푸드득 날갯짓을 했다.

팽시영은 진아의 머리를 쓰다듬으며 진정시켰다.

"괜찮아, 괜찮아. 할아버지가 농을 하신 것이니까."

"농 아닌데?"

꾸루룩!

"농담이라니까. 진정해."

팽시영은 팽무천을 도끼눈으로 째려보며 전음을 보냈다.

[애가 놀라잖아요!]

[내가 무슨 틀린 소리 했던가? 껄껄껄!]

팽시영은 길게 한숨을 내쉬고는 진아의 발목에 묶인 서신을 풀었다.

이하영은 하북팽가 내의 일이라 생각해 둘이서 대화를 나눌 수 있도록 조용히 입을 다물었다.

"뭐라고 적혀 있느냐?"

팽시영은 전서를 읽던 도중 화들짝 놀랐다.

"이건……!"

"왜? 본가에 무슨 일이라도 터졌느냐?"

"지금 황산에……."

"황산? 남직예에 있는 거 말이냐?"

팽시영이 고개를 끄덕이자 팽무천은 갸웃거리며 물었다.

"황산이 뭐?"

"천시의 봉인이 풀렸데요."

"뭐?"

팽무천의 눈동자가 부릅떠졌다. 이를 듣지 않고자 했던 이하영도 화들짝 놀라 자리를 박차고 일어났다.

"지금 뭐… 라고 했느냐?"

팽시영은 손을 부르르 떨며 울먹이는 목소리로 소리쳤다.

"일신무총이 열렸다고요!"

第四章
천마체

神刀無雙

신도무쌍

신강 천산 마교 본단.

평상시 교주가 집무를 보는 집무실 의자에 누군가가 앉아 있었다.

대마종의 생사를 알 수 없는데다 소교주였던 소혼이 뇌옥에 갇힌 이후로 이곳은 거의 공석(空席)이나 다름없었다.

그마나 짧게 자리를 차지했던 이가 진성과 혁리빈현이었지만, 진성은 현재 모종의 임무를 띠고 중원에 가 있는 상태였고 혁리빈현은 더 이상 이 세상 사람이 아니었다.

이미 장로원이나 간부들이 두 번이나 물갈이가 되어버린 탓에 고수가 크게 줄어버린 상황.

　　결국 임시 교주의 자리는 강자존의 법칙에 따라 혁리빈현과 반천단을 꺾은 요한에게로 돌아갔다.

　　요한은 그동안 수많은 일들을 행했다.

　　그는 '임시' 라는 단어가 무색하게 교의 행정을 잘 이끌었는데, 덕분에 재정 자립도를 더욱 높이는 한편, 그동안 모래 속에 묻혀 드러나지 않았던 보물들을 발굴해 직접 키우기까지 했다.

　　하여 요한은 여러모로 기울어 버린 마교의 입장에서는 많이 도움이 되는 존재였던 것이다.

　　그 때문에 수많은 마인들이 그를 지지했는데, 그 대부분이 한때의 요한과 마찬가지로 교의 지원을 받지 못하고서 자란 하급 무사라 할 수 있었다. 그들의 눈에 요한은 하급 무사에서부터 시작해 순수하게 자기의 재능과 노력만으로 지금의 자리를 차지한 이로 비쳐졌기 때문이다.

　　물론 여기에는 정보를 통제해 여론을 그쪽으로 움직인 요한의 뒷공작도 있었지만, 여하튼 전체적인 마교의 분위기로 봤을 때에 마인들은 요한에게 긍정적이라 할 수 있었다.

　　"흠, 그래, 일신무총이 열렸다?"

　　요한의 물음에 마영은 부복한 채로 말했다.

　　"그렇습니다."

　　요한은 매일 아침 마영에게서 서찰을 하나씩 받는다.

그 전날 중원에서 벌어진 주요 일들을 정리해 놓은 것인데, 강호 전역에 뿌려놓은 세작들이 보내온 정보를 토대로 비각에서 필요한 정보만을 골라낸 것이었다.

한데, 그러한 서찰 중에 꽤나 흥미로운 내용이 적혀 있었던 것이다.

이른바 일신무총의 개총(開塚).

"아직 일신무총이 열렸다기보다는 천시가 봉인을 풀었다고 해야 옳습니다."

마영의 말에 요한은 차갑게 웃었다.

"천시는 일신무총으로 가는 문. 그 때문에 강호의 사람들은 천시를 얻기 위해서 제 한목숨 버리는 것 역시 아깝지 않게 생각하지. 천시의 봉인이 풀렸다는 소리는 곧 일신무총이 열렸다는 것과 같다."

일신무총.

백여 년 전에 팔황새의 천중전란으로부터 강호를 구원해 낸 천중팔좌 중 제일 강자였다는 일신의 무덤.

그 힘이 고금을 논할 정도로 뛰어났기 때문에 일신무총에는 천지를 개벽할 만한 무공이 숨어 있다는 전설이 널리 퍼져 있었다.

혹자는 가짜가 아니냐는 설도 내걸었지만, 강해질 수만 있다면 사부도 죽일 수 있다는 강호의 생리가 그러하듯, 일신무총이 나타났다는 소문이 들리면 그곳에는 항시 피바람이 불었다.

하지만 무공에 일가를 이룬 대부분의 사람들은 나이가 이백에 가깝게 살아가는 마두들도 즐비한 판에 고금제일에 가깝다는 일신이 벌써 죽었을까 하는 생각을 먼저 가지곤 했다.

하나, 요한은 알고 있었다.

진짜 일신은 죽어 무덤에 묻혀 있다는 사실을.

그리고 이번에 열렸다는 일신무총이 '진짜' 무총이라는 것까지도.

그도 그럴 것이, 일신무총과 회는 절대 떼어서 생각할 수 없는 관계였다.

요한은 알게 모르게 희미한 미소를 지었다.

'드디어 본격적으로 시작되는 건가, 대계(大計)가……'

"그래, 위치가 어디라고 했지?"

"옛 안휘가 있던 남직예라고 합니다."

"남직예?"

요한은 웃음을 거두고서 살짝 아미를 찌푸렸다.

남직예라는 말이 이상하게 들린 까닭이었다.

"절강이 아니란 말이냐?"

"그렇습니다. 현재 천시의 봉인이 풀렸다고 전해지는 곳은 옛 안휘의 황산(黃山)이라고 알려져 있습니다."

"황산이라……"

요한은 짧게 '황산'이라는 단어를 읊조렸다.

아름답기로는 중원오악을 능가할 정도라 하는 황산. 하지만 요한이 알기로 일신무총은 분명 절강에 있었다. 무양가를 세운 이유도 그 때문이지 않은가.

'혹, 가짜인가?'

요한은 그런 생각을 해보다 이내 머릿속에서 지웠다.

'아니, 가짜는 아닐 것이다.'

회가 일신무총과 천시에 대해 가지는 관심도가 얼마나 큰지 그는 잘 안다.

회가 따로 통제하지 않는 이상 다른 곳에서 일신무총에 관한 이야기가 나올 리는 만무했다. 만약 그것을 이용하려는 세력이 있으면 회가 쥐도 새도 모르게 강호에서 제거해 버렸을 테니까.

그렇다고 해서 절강에 있는 일신무총이 남직예, 그것도 일신과는 전혀 상관없다는 황산에서 열렸다는 것은 도무지 말이 되지 않았다.

"이 정보, 확실한 거겠지?"

"틀림없습니다."

마영은 똑 부러지게 대답했다. 그것은 결코 비각에 대해서 의심을 가지지 말라는 뜻.

결국 요한의 인상이 더욱 기괴하게 일그러지고 말았다. 대체 이 말도 안 되는 상황을 어찌 처리하란 말인가?

하지만 요한의 고민은 오래가지 않아 풀리게 되었다.

창가에서 매 한 마리가 활강하는 소리가 들렸기 때문이다.

끼이이이!

매가 내는 소리가 회에서 키운 것임을 확인해 주었다.

요한의 눈짓에 마영은 창문을 활짝 열었다.

곧 송골매 한 마리가 푸드득! 하고 안쪽으로 들어오더니 익숙한 듯이 요한의 팔뚝 위에 내려앉았다.

요한은 매의 목 부분을 쓰다듬어 주면서 녀석이 가져온 전서를 풀었다. 그 안에는 천지회가 그에게 내린 임무가 기술되어 있었다.

요한은 전서를 모두 읽자마자 그것을 구기더니 삼매진화로 태워 버렸다.

화르륵!

검은 재가 되어 날리는 종잇조각을 무심한 눈길로 바라보면서 그의 입이 열렸다.

"마영."

"하명하십시오."

"간부들에게 일러라. 이 시각 이후부터 지난 마맥회의에서 승인했던 바를 실행하겠노라고."

마영의 눈이 살짝 빛을 발했다.

"그 말은 곧?"

요한은 고개를 끄덕였다.

"이 순간 이후로 칠년지약을 파약(破約)한다. 오늘 이 순간

이후부터 강호는 마인들의 세상이 될 것이다!"

*　　　*　　　*

절강무회는 소혼을 포박한 뒤, 서호에서 가장 가까운 임안(臨安)으로 향했다.

임안에 위치한 문파에 백염도일지 모를 그를 가둬두고서 정보를 캐내기 위해서였다.

물론 회주인 막운휴의 반대가 있었으나 그것은 곧 말 그대로 '소요' 이상이 되지 못했다. 수하들을 모두 잃은 후부터 실질적으로 절강무회를 이끄는 것은 부회주인 노독태였기 때문이다.

절강무회는 곧 임안에 위치한 시화문에 당도할 수 있었다.

노독태는 소혼을 뇌옥으로 끌고 가는 수하들에게 단단히 일러두었다.

"녀석이 언제 정신을 차릴지 모른다. 만약 깨어나서 무공을 사용할 태세를 보이면 바로 신호를 보내라."

하지만 노독태는 그런 일은 절대 발생하지 않을 거라 생각했다.

그도 그럴 것이, 지금 백염도의 몸에 가미한 폐혈 수법은 정마대전 기간 동안 마교에서 흘러나온 폐혼혼혈지(閉魂混穴指)였기 때문이다.

마공인 탓에 어디 가서 이것을 익혔다고 자랑스럽게 말은 하지 못하나, 노독태를 일약 절정고수로 만들어준 신공절학이었다.

제아무리 백염도가 절대고수라 하여도 정신을 잃은 때에 제압을 당했으니 절대 풀 수 없을 거라 생각한 것이다.

그래도 만약의 사태를 대비해 일류에 준하는 수하들을 붙여 감시하는 것을 잊지 않았다.

그렇게 소혼은 시화문의 뇌옥에 갇히고 말았다.

"의식을 차릴 기미가 보이면 나를 부르도록 하여라."

무양가 인근에서 포획한 이후로 소혼은 몇 시진이 지나도 결코 눈을 뜨지 않았다.

혹여 죽거나 그에 준하는 내상을 입었나 싶어 의원을 불러 진맥을 시켜보아도 아니라는 말만 들었을 뿐, 그가 깨어나지 못하는 정확한 이유는 알지 못했다.

그저 태평소전과 싸운 이후로 피로에 지쳐 그렇겠거니 하고 짐작할 뿐이었다.

노독태와 절강무회의 간부들은 지난 전투에 있었던 피로에 많이 지쳤는지, 각자의 숙소로 돌아가 휴식을 취했다.

다른 무사들 역시 소혼을 지키는 간수를 제외하고는 모두 쉬러 갔다. 간만에 찾아온 꿀맛 같은 이 시간을 놓치지 않기 위해서였다. 누구는 회포를 풀기 위해, 또 누구는 그동안 쌓인 욕구를 풀기 위해, 또 다른 누구는 그동안 자지 못했던 잠을 청하기 위해서 움직였다.

그러자 시화문 내에 남은 것은 막운휴뿐이었다.

그를 따르는 철사보의 수하들 역시 모두 다른 무사들을 따라 시화문을 나간 상황.

그러나 막운휴는 스스로 휴식을 취할 자격이 되지 못한다 여겼다.

지난날 회계산에서 있었던 일이 머릿속에서 지워지지 않기 때문이었다.

더군다나 그는 소혼을 이용한 것으로도 모자라 포로로 삼았다는 사실에 깊은 자책감을 가졌다.

'무인이란 자고로 은(恩)에 감사해야 할 줄 알고, 원(怨)에 칼을 갈 줄 알아야 한다고 했다. 한데 나는 은에 되레 칼을 갈아버렸으니 어찌 무인이라 할 수 있겠는가……'

그는 본래 협의기질이 충만한 사람이었다.

그래서 처음에 자신을 구해준 이가 희대의 마두인 백염도라는 사실을 알았을 때에는 스스로에게 분노를 가졌으나, 지금은 달랐다.

'비록 그가 천하를 상대로 싸워 수많은 피를 흘리게 만들었지만 사실상 따져 보면 그것은 피에 미쳐서 저지른 일이 아니라 한 여인을 지키기 위해서라고 할 수 있지 않은가?

현 정파가 득세를 하고 있는 강호 내에서 백염도에 대한 평가는 극과 극이었다.

처음 막운휴가 가졌던 생각처럼 살인마라는 인식과 함께 여인을 지키기 위해 자신의 몸을 불사른 열혈무인이라는 평가도 함께 뒤따랐던 것이다.

물론 그 피해가 상상을 초월했기 때문에 후자의 평가는 곧 가라앉았으나, 일설에는 '오히려 그것이 강호의 생리상 당연한 게 아니냐?'라는 말이 여전히 흘러나오고 있었다.

'게다가 그가 천시에 욕심이 있었다면 강남제일미를 구한 후에 일신무총을 열었겠지. 하지만 그는 강남제일미를 남궁세가에 데려다 주자마자 홀로 길을 떠났다고 했다. 그것은 곧 일신무총에도 욕심이 없었다는 뜻.'

막운휴는 머리가 어지러워지는 것을 느꼈다.

과연 백염도는 마두인가, 아니면 그저 항시 칼바람이 이는 강호의 단순한 칼잡이일 뿐인가?

'만나야겠다. 만나서 그와 이야기를 나눠봐야 내 머릿속이 풀릴 것 같다.'

막운휴는 곧 뇌옥으로 움직일 차비를 갖추었다.

*　　　*　　　*

소혼은 축 늘어진 몸을 하고서 파르르 눈을 떨었다.

그러다 이내 게슴츠레 눈을 떴다.

흔들리는 각막 속으로 세상이 자리 잡았다.

'여기는… 어디지……?'

정신이 멍했다. 아무런 생각도 떠오르지 않았다. 이곳이 어디인지 판단도 일지 않았다.

자신이 앉아 있는 볏짚이 보이고, 주위 공간은 몇 평 되지 않게 좁다. 유일한 출구는 나무로 막아두고, 밖에는 허리춤에 칼을 찬 무사 다섯이 서 있다. 모두 못해도 일류는 되어 보였다.

'내가 그걸 어떻게 아는 거지?'

소혼은 인상을 살짝 찌푸렸다.

그러다 다른 의문이 들었다.

"나는 누구인가……?"

자신이 누구인지 떠오르지 않았다.

토막난 기억만이 조금씩 떠오를 뿐.

그 기억은 차츰 커지고 커져 그의 시야를 점점 잠식해 나갔다.

그곳에서 그는 칼을 들고 있다.

주위에는 수많은 적들이 서 있었다.

그가 딛고 있는 땅에는 그에 못지않게 수많은 시체들이 즐비했다.

왜 이곳에 시체가 있는지 모르겠으나, 상황으로 봐서는 그가 죽인 사람들의 시체인 것 같았다.

칼은 흑색이다.

묵예(墨銳)라는 이름을 지니고 있다.

그리고 묵예가 휘둘러질 때마다 피가 튀었다. 그는 어느새 피에 절어 혈인이 되어 있었다.

핏물을 잔뜩 뒤집어쓴 채로 번뜩이는 눈빛의 광망은 적들에게는 공포를, 아군에게는 사기를 가져다주었다.

그는 전장의 선봉을 서고 있었다.

수백, 수천의 수하들이 그 뒤를 따랐으며 그는 그들의 앞에 서서 적들을 베었다.

그의 앞을 가로 막고 있던 적들을 모두 죽였다.

대승(大勝)이었다.

수하들이 기쁨에 차 환호했다. 누군가는 칼을 던지며 소리를 지르기도 하고, 또 누군가는 자리에 주저앉으며 울기도 했다. 다른 누군가는 죽어버린 전우의 시체를 부여잡고서 눈물을 흘렸다.

그는 묵직한 성격을 가지고 있어 수하들처럼 환호를 지르지 않았다. 하지만 마음까지 들뜨지 않았던 것은 아니었다.

그는 수하들과 함께 본진으로 돌아왔다.

그곳에 있는 모두가 기뻐했다.

사부가 기뻐했고, 수하들이 좋아했고, 무사들이 즐거워했다.

그 때문에 그는 미소를 지었다.

그들의 웃음은 그에게 가장 중요했다. 항시 힘들어도 그로 하여금 칼을 들 수 있게 만들어준 원동력이었다.

하지만 그에 못지않게 중요한 웃음이 있었다.

"오셨어요?"

한 여인의 아리따운 음성.

그 목소리를 듣고 있자면 심신이 평온해지는 것 같다. 그 사랑스런 목소리에 모든 피로가 풀어지는 것 같았다.

"힘들지 않으세요?"

모두가 그에게 승리를 축하했지만, 여인은 그가 어디 다친 곳이 없나부터 확인했다. 그것이 고마웠다.

그가 전장에서 이기나 지나, 그녀는 항시 미소를 지으며 따사하게 받아주었다.

"밥은 드셨어요?"

먹지 않았다고 하니 그녀는 볼을 뾰루퉁하게 부풀렸다.

"제가 끼니는 제때 꼬박꼬박 챙겨 드시라고 했어요, 안 했어요?

자꾸 그러면 앞으로는 전장에 나가지 못하게 할 거예요!"

그는 웃으면서 알겠다고 대답했다.
그녀는 그제야 다시 화사한 웃음을 지었다.
그녀의 이름은 유수연.
마중제일화라 불리는 그의 약혼자였다.
그녀가 있으면 그는 기뻤고, 그녀가 없으면 그는 슬펐다.
그는 항시 그녀와 함께했고 늘 그녀의 곁에 있었다.
'더 보고 싶어……. 계속 함께하고 싶어.'
소혼은 유수연을 잊고 싶지 않았다. 기억 속에 갇혀 헤매게
되더라도 그녀와 함께하고 싶었다.
하지만 기억의 단편은 더 이상 유수연과의 추억을 떠올리
지 못하고, 다음 장면으로 넘겨 버렸다.
이번에도 예나 마찬가지로 전장이었다.
한데, 이상한 점이 있었다.
아까 전에 떠올린 기억 때의 그는 두 눈으로 세상을 보았는
데, 지금은 두 눈은 꼭 감고서 마음의 눈으로 세상을 보고 있
었다.
하지만 마음의 눈이 세상을 더욱 잘 비춰주었다.
그가 한 손에 칼을 쥐고 있다는 것까지, 자신의 주위로 다
시 적들이 몰려드는 것까지 보여주었다.
설원처럼 새하얗기 그지없는 칼이다. 그 칼 위로 불그스름

한 기운이 올라오더니 하얀색 불꽃이 타오른다.

그는 그것을 수없이 휘두르고 있었다.

칼이 한 번 바람을 일으킬 때마다 수많은 광풍이 일었다. 그리고 그때마다 수십, 수백의 사람들이 죽어나갔다.

하지만 그의 칼과 몸에는 피는 한 방울도 묻지 않았다.

칼바람이 몰아친 이후에 거대한 화마가 일어 모든 시체를 집어삼켰기 때문이다.

소혼은 적들을 모두 물리친 이후, 가만히 자신의 칼을 쳐다보았다.

그 칼의 이름은 분천(焚天).

하늘을 태우라는 의미에서 아버지가 지어주신 이름이다.

아… 버지……?

누군가가 언뜻 떠올랐다가 사라졌다.

"태워라! 하늘을! 태워라! 한을! 네가 가졌던… 그리고 내가 가진 모든 것을……!"

양아버지의 절규가 들린다.

그 절규를 뒤로하고서 그는 세상에 다시 나온 것이었다.

그래, 나는 거기서 복수행을 시작했다.

그리고… 그녀를 만났다.

"혼 랑……."

비록 한 달밖에 되지 않은 짧은 시간이었지만, 그녀 역시 그에게 중요한 여인이었다.

그녀의 이름은 남궁린이었다.

주르륵.

소혼은 눈물을 흘렸다.

떠올랐다.

이제 모든 것이 떠올랐다.

공황이었던 머리는 모든 것을 떠올려 주었다.

그의 이름은 비연(泌然).

성은 소(蘇)다.

절강 소가장 태생이며, 소비연이라 불렸다.

혼(魂)이라는 이름도 가지고 있으나, 이제는 잠시 뒤로 물려두려고 한다.

'나는 진성 녀석의 뒤만을 쫓았다. 그때의 복수만을 꿈꾸었을 뿐이다. 늘 소가장의 한을 잊지 말자고 다짐해 놓고서 이루지 않았다. 하지만 지금은 다르다.'

소혼의 눈동자 위로 불빛이 튀어 올랐다.

"나는 다시 태어났다. 그러니… 다시 살겠다."

소혼일 때에는 비연 때의 한을,

그리고 소비연일 때는 소혼의 한을.

둘 모두를 가져가는 거다.

소혼은 무간뇌옥에서 나올 당시를 생각했다.

새로운 이름을 가지게 되었으니 새로운 삶을 살겠다고, 그리고 비연 때의 한을 모두 태우겠노라고.

하지만 그것은 잘못된 생각이었다.

다시 태어날 것이었으면 지난날의 한 따위는 모두 잊어야 했다. 그것을 가지고 간다는 것은 새로 태어난다고 할 수 없었다.

그래서 지금 소혼은 새로이 다짐했다.

모든 것에 눈을 뜬 지금, 다시 한 번 태어나겠다고. 하지만 지금 이 순간 그는 비연과 소혼, 두 사람을 모두 안아가는 것이었다.

소비연.

그래, 지금은 그때의 이름을 되찾을 때다.

'한데, 하아와 이패는 나의 이름을 어떻게 알고 있었을까……'

짧은 물음이 내던져지는 순간,

소혼, 아니, 소비연의 눈동자에 굳건함이 자리 잡을 때에 무언가가 번뜩였다.

그것은 일종의 허상이었으나, 소비연에게만 보이는 허상이었다. 소비연의 머릿속이 잠시 새하얗게 되었다.

[축하한다, 아들아. 이것으로 절혼령의 극성에 이르렀구나.

환골탈태를 한 소감은 어떠냐?]

'아버… 지……?'

뿌연 무언가는 바로 시고였다.

그에게 혼이라는 이름을 물려주었던 양아버지. 무간뇌옥에 앉아서 나를 기다리고 있을 분.

[이것은 내가 절혼령을 심으면서 같이 묻어둔 회령술(廻靈術)이라는 것이다. 네가 환골탈태를 하여 깨어나면 보이도록 해둔 것이지. 또한, 지금 나의 모습은 너에게만 보이니 놀라지 말거라.]

뿌연 안개 같던 것은 점차 모습을 갖춰갔다.

이내 그것은 흰 수염이 길게 늘어뜨린 괴팍한 인상의 늙은 이가 되었다. 심안으로 보이던 시고, 그대로였다.

'아버지는 실제로 이렇게 생기셨구나.'

심안으로 보이는 것과 두 눈으로 보는 것은 달랐다.

성성이처럼 생긴 노인이 싱긋 미소를 지었다.

[다시 두 눈으로 세상을 보게 된 기분이 어떠하냐?]

'기분 좋습니다. 한데, 아버지는 정말 심안으로 느꼈던 것처럼 성성이같이 생기셨네요?'

[내 모습 죽이지? 말 그대로 신선과도 같은 풍모. 선풍도골(仙風道骨)일 것이다. 나를 보자마자 아마 껄떡 넘어갈 것이야. 끌끌끌!]

회령술 속의 시고는 소비연과 대화를 나눌 수 없다. 그저 혼자서 북 치고 장구 치고 하는 것일 뿐이었다.

[그래, 너는 심안(心眼)과 진안(眞眼) 중에 어느 것이 좋으냐?]

'마음으로 보는 세상도, 이 두 눈으로 직접 보는 세상도 결국 하나라는 것을 알았습니다. 눈을 되찾은 이상 이제 더는 눈을 가리지 않고 살려 합니다.'

[너의 그 대답은 나중에 무간뇌옥에서 듣도록 하겠다.]

시고는 그 뒤로도 연신 '끌끌!' 하고 웃었다.

그러다 갑자기 뚝 웃음이 그쳤다.

시고의 눈동자가 소비연에게로 향했다.

그 눈빛은 너무나 슬퍼 보여서 소비연은 저도 모르게 시고의 품에 안겨 눈물을 흘릴 뻔했다.

[나의 아들, 얼마나 고생이 많았을꼬? 중원에서 얼마나 모진 고생을 했으면 절혼령을 극성까지 익혔을까…….]

시고는 눈물을 흘리고 있었다.

뚝, 뚝.

바닥에 떨어진 눈물은 허상이어서 흔적이 남지 않았지만, 그 속에 담긴 마음만큼은 진짜였다.

[절혼령의 극성을 이루었다면 환골탈태를 겪었을 것이다.]

소비연은 고개를 갸웃거렸다.

환골탈태?

분명 자신의 몸에 다른 변화가 있다는 것은 알고 있었지만 그것이 환골탈태인지는 몰랐다. 무의식중에 이뤄진 까닭이었다.

만약 시고의 말이 진실이라면 몸에는 힘이 펄펄 나고 공력이 바닷물처럼 넘쳐 나야 한다.

하지만 어쩐 일인지 공력은커녕 손가락 하나 움직일 수 없으니……

혹시 환골탈태를 겪으면서 후유증이 있나 싶어 확인을 해보려 했지만, 계속 이어지는 시고의 말을 들어야 하는 까닭에 뜻을 이룰 수 없었다.

[나 역시 절혼령은 요결로만 알고 있는 까닭에 자세한 것은 알지 못한다. 하지만 절혼령을 모두 이루고 난 후에 남은 세 단계에 대해서는 익히 들은 바가 있는데, 그것을 순서대로 극성(極城), 대성(大城), 완성(完成)이라 한다고 하더구나.]

소비연은 눈동자를 동그랗게 떴다.

무간뇌옥에서 삼 년 동안 살면서 시고에게 늘 절혼령 요결에 대해 수없이 듣고는 했지만, 마지막 세 단계에 대해서는 단 한 번도 듣지 못했기 때문이다.

[내가 이것을 지금 너에게 말해주는 것은 본디 절혼령은 무공(武功)이 아닌 이능(異能)인 까닭에 마지막에까지 닿기가 힘들기 때문이다. 나는 너에게 천부적인 자질과 그에 합당한 노력이 있다는 것을 알고 있었지만, 절혼령은 사람의 이치로써 다다를 수 있는 것이 아니고 하늘이 결정짓는 것이므로 아무

리 너라도 마지막에까지 당도하는 것은 힘들지 않을까 하고
생각했다.]

소비연은 고개를 끄덕였다.

사실 그가 절혼령의 극성을 이루게 된 것도 어떻게 보면 연
속된 기연 덕택이라 할 수 있기 때문이었다.

심안을 눈떴기에 누구보다 상단전의 묘리를 잘 알고 있었
고, 북명신공을 습득할 수 있었기에 절혼령의 이치를 더욱 깊
이 이해할 수 있었다.

또한, 거기에 더해 매일매일 참오(懺悟)를 거듭하고 수없이
많은 실전을 겪었기에 깨달음의 깊이도 나날이 깊어져만 갔
던 것이다.

진인사대천명(盡人事待天命)이라.

사람이 하는 일은 결국 하늘이 결정짓는 것이다.

그러므로 사람은 하늘이 자신을 알아줄 때까지 부단히 노
력하는 수밖에 없는데, 소비연의 이러한 갸륵한 마음에 하늘
이 감동한 것인지도 몰랐다.

[한데, 지금 네가 이 회령술을 볼 수 있다면 마지막 세 단계
중 하나인 극성을 이루었다는 뜻일 터. 그렇다면 남은 두 단
계인 대성과 완성도 충분히 이룰 수 있을 것이다. 그래서 나
는 이 세 단계에 대해서 너에게 말해주고자 한다.]

소비연의 눈동자가 빛을 발했다.

"세이경청(洗耳傾聽)하겠습니다."

시고와 대화를 나눌 수 있는 것이 아님에도, 그를 대하는 소비연의 태도는 역시나 지극했다.

그가 이러는 것을 시고도 짐작했음인가.

시고는 '헛험' 헛기침을 몇 번 하더니, 절혼령에 대해 설명하기 시작했다.

[먼저 너에게 말해줄 것이 있으니, 바로 절혼령의 연원이다. 절혼령은 본래 고금제일인 천마가 '만들어낸' 무공이 아닌 그가 '익힌' 무공이다.]

소비연은 눈동자를 동그랗게 떴다.

그런 소비연의 표정을 짐작했는지, 시고는 빙그레 미소를 지었다.

[끌끌! 천마가 신이 아닌 이상 무공을 익히지 않고서 어찌 고금제일의 반열에 올랐겠느냐? 천마는 본래 북쪽 대지 끝이라 할 수 있는 북명(北冥), 저들의 발음으로는 '바이칼' 이라고 부르는 호수를 터전으로 삼는 작은 부족에서 태어났다. 본디 한인들이 해동, 혹은 동이라 부르는 이들, 즉 내가 태어난 고려의 조상들의 터전이었던 곳이라 하더구나. 그런 뜻에서 나와 천마는 같은 피를 이었다고 할 수 있지. 끌끌! 뭐, 쓸데없는 말은 각설하도록 하고, 여하튼 천마는 그곳에서 태어나 천지회(天地會)라는 문파에 들어가게 되었다.]

'북명… 천지회……!'

소비연은 몸을 부르르 떨었다.

천지회의 이름을 어찌 잊을 수 있을까? 또한 그곳에서 나온 것이라 생각되는 북명은 절혼령이 극성을 이룰 수 있도록 도와준 신공이었다.

어쩌면 북명신공의 구결이 절혼령의 요결과 많이 비슷했던 것은 그 때문인지도 몰랐다.

[절혼령은 바로 이 천지회에서 시작되었다. 천지회는 본디 참선과 선도를 닦고자 하는 이들이 모였던 곳이다. 선(仙)이라는 단어 자체가 본래 중원의 도가가 아닌 해동에서 시작되었으니, 그 기원은 천지회와 백두라 불리는 불함산(不咸山)이니라. 내가 절혼령을 일컬어 이능(異能)이라고 표현한 것은 그것이 깨달음을 추구하는 선계의 것이기에 일반 무공과는 궤를 달리하기 때문이었다.]

시고의 설명은 계속되었다.

[지금은 천지회가 본래의 목표를 잃어버리고 제 욕심만을 채우려는 아귀들로 가득 찼으나, 당시만 하더라도 천지회는 내가 머물던 불함산과 함께 선계(仙界)를 추구하던 천외천(天外天)이었다. 그러한 곳에서 나온 인물이니 얼마나 대단하겠느냐?]

천지회에 숨겨진 비밀은 엄청난 것이었다.

[하지만 천마에게는 한 가지 욕심이 있었다. 언제 깨달을지 모르는, 어쩌면 죽어서까지 얻지 못할지도 모르는 선계의 것에 매달리기보다는 차라리 남아로 태어났으니 세상을 종횡하

고 싶다 여긴 것이다.]

'아……!'

[그리하여 천마는 세상에 나와 서토(西土), 즉 한인들은 중원이라 부르는 이곳에 당도하게 되었다. 그리고 군림을 시작하였지. 본래 그의 별호는 천지일존(天地一尊)이었으나 더러운 한인들은… 아, 미안하구나. 너는 제외다. 어쨌든 그들은 그가 한인이 아닌 동이의 출신이라 하여 마(魔)라는 별호를 주어 깎아내리려 했으나, 결국 그가 고금제일이 되었으니 어찌 세상사 요지경이 아니라 할 수 있겠느냐.]

시고는 점차 길어지는 설명에 목이 타는지, 잠시 목을 가다듬고서 설명을 계속 이어 나갔다.

[게다가 한인들이 '오랑캐'라고 말하는 이(夷)라는 단어가 본디 대(大)와 궁(弓)이 합쳐진 것이니, 단순히 기마를 타고 활을 즐겨 쏘던 해동의 사람들을 일컫는 말이다. 아니, 오히려 대궁(大弓)이란 대례(大禮)와도 같은 것이기에 정반대의 뜻이라 할 수 있다.]

시고는 길게 한숨을 내쉬었다.

[에휴, 내가 태어난 곳의 이야기라 하여 잡설이 길었었나 보구나. 여하튼 천마와 절혼령은 바로 이런 관계다.]

소비연은 짧게 탄식했다.

그동안 절혼령이 천마의 무학으로만 알아왔고 익혀왔지, 그 연원에 대해서는 단 한 번도 생각해 본 적이 없기 때문이었다.

또한, 그 끝으로 올라가 보면 결국 천지회와 양부 시고, 그리고 자신까지 모두 커다란 인연에 얽혀 있다고 생각하니 소름이 돋을 정도였다.

하늘의 그물은 성긴 것 같으나 사실 너무나 촘촘하여 다다르지 못하는 곳이 없다 하더니[天網恢恢 疎而不漏], 바로 딱 그런 격이었다.

[본격적인 설명에 들어가자면, 절혼령은 본디 크게 두 개로 나눌 수 있다. 그 기준이 바로 십성이다. 십성을 이루지 못한 이를 두고 '참선(參禪)한다' 라 하고, 이룬 자를 '각오(覺悟)하였다' 라고 하는데, 너는 방금 막 참선을 지나 각오에 이른 상태다.]

'각오……. 깨달았다는 뜻인가?'

[각오(覺悟, 覺寤)에 이르게 되었다는 것은 삼라만상의 이치를 일부나마 엿보게 되고 자타의 경계를 허물어간다는 뜻. 신화(神化), 즉 반선(半仙)이라 할 수 있다.]

"……!"

소혼의 눈동자가 부릅떠졌다.

반선경, 달리는 신화경이라 불리는 경지.

사람의 몸은 본디 그 이치가 말로 다할 수 없어 달리는 소우주(小宇宙)라고도 불린다. 하지만 사람의 정신은 한없이 좁은 까닭에 이 소우주를 모두 감당할 수 없다.

사람이 자라면서 정신의 그릇 크기 또한 커진다고 하지만 그것으로는 소우주 모두를 담아낼 수 없는 법이다.

하지만 더러 '깨달음'을 얻는 자들이 있어 소우주를 담아낼 그릇을 일부나마 갖추게 되는 이들이 있으니, 이를 가리켜 입신(入神)이라고 한다.

입신에 오르게 되는 것만으로도 일반 사람으로서는 감당할 수 없는 크기의 힘을 가지게 된다.

또한, 그 숫자는 매우 적어서 한 세대에서도 다섯을 넘으면 많다고 한다.

하지만 이보다 더 적은 숫자로 소우주 대부분을 담아내는 이들이 있다.

이른바 신화(神化)에 이른 자들이다.

말 그대로 신(神)이 되어간다[化]라는 뜻으로써, 그들은 소우주를 담아내고 나아가 바깥에 있는 대우주(大宇宙)의 이치를 탐구한다고 한다.

소우주를 담아낸 자를 반선(半仙)이라 하며, 대우주를 깨달은 자를 선인(仙人), 즉 도가에서는 우화등선(羽化登仙)이라 하고, 불가에서는 열반적정(涅槃寂靜)을 해낸 이들을 일컫는다.

'그러한 경지에 내가 다다랐다고?'

도저히 믿을 수 없는 말이었다.

신화경은 백 년에 단 한 명이 나올까 말까 하는 경지라고 알고 있다. 입신경도 거의 기적에 가까웠다고 생각했는데, 신화경이라니!

[끌끌, 반선의 경지에 올랐다고 놀랄 필요는 없다. 너 말고도 그 경지에 오른 자는 많으니까.]

"……!"

이건 또 무슨 소리란 말인가?

[가까이 봐서는 내가 있고, 일신(一神)과 괴검(魁劍)이 있으며, 그 외에도 건패(乾覇)라는 아해가 신화경에 오르지 않았을까 싶다. 그리고 멀리 간다면… 불함산과 천지회가 있음이니…….]

불함산은 적이 아니니 논외라 친다 하더라도, 천지회에 자신과 비슷한 경지에 놓인 사람 '들' 이 있을 거라는 말은 정말로 놀라운 일이었다.

'혹여나 진성도……?

소비연은 문득 불길한 생각이 들었다.

신화경에 오른 이상 더 이상 진성도 그의 적수가 되지 못한다고 잠시나마 생각했다.

하지만 시고의 말이 사실이라면 그렇게 쉽게 단정 지을 수도 없는 것이다.

[여하튼 신화경에 오르게 되면 넓어진 정신에 따라 새로운 몸을 얻게 되는데, 일반 무인들이 일컫는 환골탈태라는 것은 탈각(脫殼)이라는 우화등선의 첫 번째 단계라고 생각하면 된

다. 새로이 얻게 된 몸은 새로이 태어났다고 해도 과언이 아
닐 정도로 무골이다. 천무신체니, 오행신체니 하는 말 따위는
다 부질없다고 보면 된다.]

시고는 씩 미소를 지었다.

[나는 네가 천마의 무학을 통해 그 몸을 얻게 되었으니 천
마신체(天魔神體), 달리는 마신체(魔神體)라고 하지. 나는 이
를 천마체(天魔體)라 부르고 싶구나. 네 머릿속에 들어 있을
수많은 무공을 펼치는 데 그 어떤 방해도 없기 때문이지. 소
림의 탕마 무학과 마교의 마공을 동시에 펼칠 수도 있을 게
야. 크크! 중원에 나가거든 마기 풀풀 휘날리는 소림 무학 좀
펼쳐 봐라. 재밌을 거 같다. 끌끌끌!]

‘천마체……!’

[여하튼 천마체의 탄생이 바로 첫 번째 탈각, 절혼령의 극
성이다.]

“…….”

[또한 극성은 각오의 첫 번째 단계이기도 하니, 달리는 선도
의 관문이라고도 할 수 있다. 추구하는 방향에 따라 신선(神
仙)이 될 수도, 마선(魔仙)이 될 수도 있겠지.]

소비연의 눈동자가 조금씩 떨리기 시작했다.

[나는 여기서부터 너에게 더 이상 아무런 조언도 해주지 않
을 참이다. 끌끌! 선도의 방향은 네가 정해야 하는 것이므로
내가 이끌어줘서는 아니 되거든.]

“……..”

[두 번째 단계인 대성은 네가 정하는 방향을 걷게 되는 시간을 의미하며, 세 번째 단계인 완성은 그 길의 종착점으로, 모든 탈각을 이루는 때, 즉 우화등선의 때를 의미한다.]

시고는 소비연의 눈동자를 가만히 맞추었다.

무언가를 꿰뚫는 듯한 눈빛이다.

[그래서 묻고자 한다.]

시고의 입이 무겁게 열렸다.

[너의 길, 너의 방향, 네가 추구하는 것. 어떤 것이냐?]

소비연의 눈동자 위로 광망이 번뜩였다.

“저는……..”

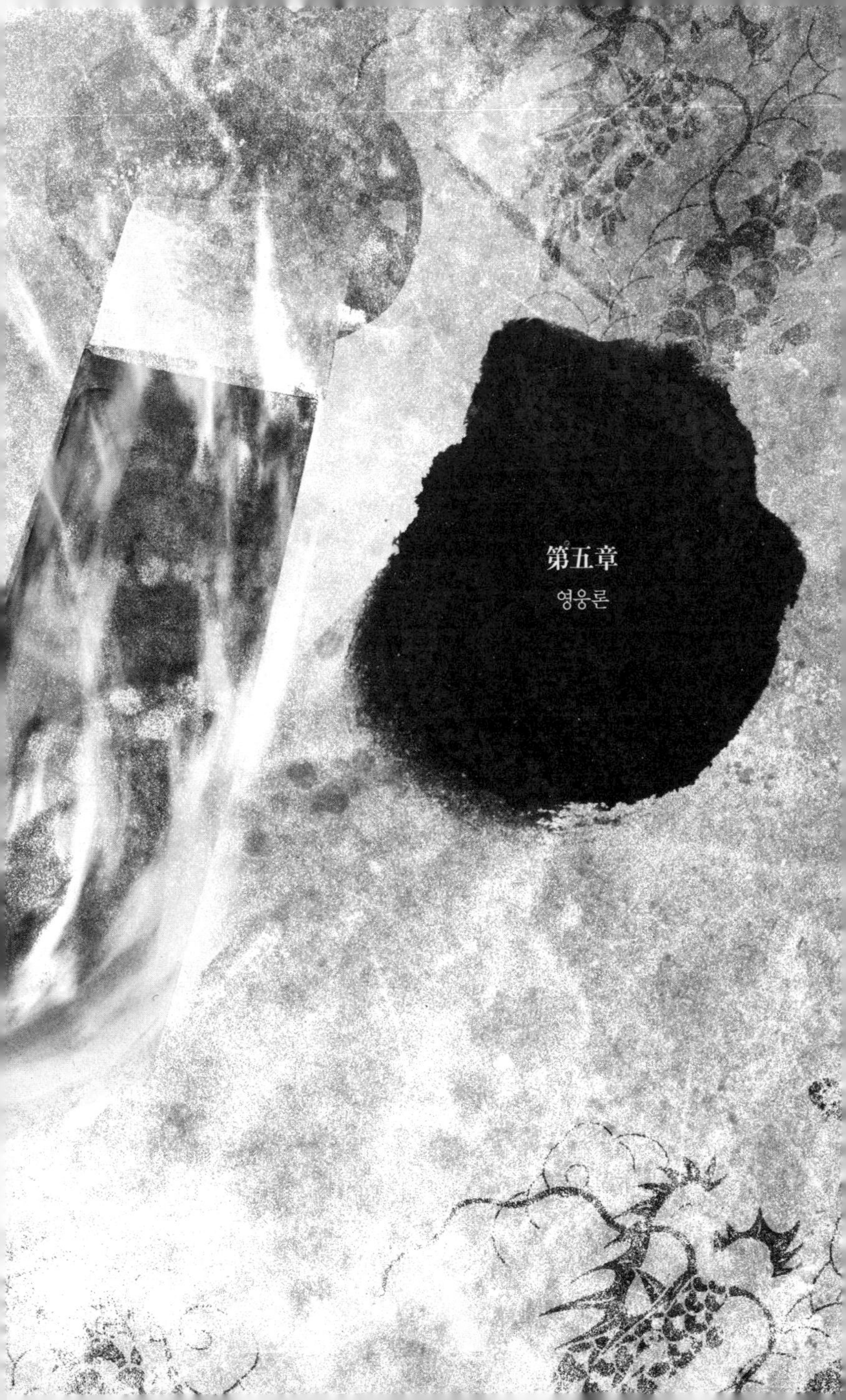

第五章

영웅론

神刀無雙
신도무쌍

"… 입니다."

소혼은 짧게 대답했다.

시고의 입가에 어린 미소가 짙어졌다.

[네가 어떤 대답, 어떤 결정을 내렸든 간에 나는 너를 응원할 것이야. 그럼… 나중에 모든 일이 끝나거든 다시 만나자.]

시고를 이루고 있던 형상이 조금씩 흐려지기 시작했다.

[사랑한다… 아들아.]

팟!

그 말을 끝으로 시고의 형상은 땅으로 꺼지듯이 사라져 버렸다. 다만 본래 소비연의 망각에 새겨졌던 술법이기에 사라질 때에 그렇게 보인 것이다.

'사랑한다라……'

소비연은 미소를 지었다.

'저 역시 마찬가지입니다. 빨리 뵙고 싶어요, 아버지.'

나락으로 떨어진 이후 세상을 믿지 못하게 되어버린 그에게 맨 처음으로 정을 주었던 사람이 아닌가.

시고는 그에게 양부(養父), 그 이상의 존재였다.

"하면 이제 이곳이 어디고 어떻게 빠져나가야 할지를 궁리해야 하는데……"

분명 이곳이 누군가를 가둬두기 위해 만들어진 뇌옥인 것은 확실했다.

그리고 지금 이 뇌옥에 갇혀 있는 것은 자신이다.

'대체 내가 정신을 잃은 동안에 무슨 일이 있었던 거지? 거기다 분천도는 또 어디로 간 것이고?'

소비연은 먼저 분천도가 어디에 있는지부터 파악을 해야겠다 생각했다.

그가 무간뇌옥에 있을 당시에 분천도를 만들면서 불어넣은 심령(心靈)은 수많은 사선을 넘나들면서 이제 거리가 어느 정도 떨어져도 서로 감응이 되는 분신(分身)이라 할 수 있었다.

소비연은 가만히 눈을 감아 심안으로 분천도를 찾기 위해 기운을 집중시켰다.

그러다 이내 자신의 몸이 점혈되어 있다는 것을 깨닫게 되었다.

'환골탈태를 이루고 나서도 기운이 일지 않았던 것은 점혈 때문이었나?'

소비연은 점혈을 한 수법이 마교의 폐혼혼혈지라는 것을 알게 되었다.

소비연은 쓴웃음을 지었다.

'정파가 득실한 이곳에서 교의 무공으로 점혈을 당하게 될 줄이야. 어찌 되었든 내가 잘 아는 무공이니 한결 편할 것 같다.'

이미 소비연에게 있어 이제 폐혈(閉穴)이나 점혈(點穴) 따위는 약간의 방해는 되어도 위협은 되지 못했다.

절혼령과 심안의 이치를 깨달으면서 인체의 이치를 깨달았기 때문이다.

그 어떤 수법으로 그를 결박시켜 놓아도 결국 해혈(解穴)이 가능하며, 다만 그 복잡하기에 따라서 시간이 조금 더 걸리고 걸리지 않고 따위가 결정될 뿐이었다.

다행히 지금 그의 몸을 결박하고 있는 수법은 한때 마교의 소교주였던 소비연에게 너무나 익숙한 무공이었다.

소비연은 우선 자신이 가장 쉽게 다룰 수 있는 상단전의 기운을 톡, 톡, 하고 건드렸다.

백회혈에 숨어 있던 기운이 조금씩 기지개를 켜기 시작하더니 조금씩 움직이기 시작했다.

'폐혼혼혈지는 독맥의 열두 가지 혈을 점해서 기맥을 막아 버리는 수법이다. 이는 곧 임맥을 더욱 활발히 하여 움츠러든 독맥의 기운을 증대시켜야 한다는 뜻.'

백회혈에서 내려온 기운은 기맥을 따라 전신백해로 퍼졌다.

그에 따라 중단전에 단단히 봉인되어 있던 기운들이 팽이처럼 돌아가면서 백회혈의 기운과 만났다.

임맥은 들숨을 담당한다.

소비연은 임맥의 기운을 증대시키기 위해 호흡법을 달리했다. 세 번을 짧게 들이쉬고, 두 번을 길게 내뱉는 방식이었다.

토탁기흡공(吐濁氣吸功)이라는 것으로, 모공호흡(毛孔呼吸)이 들끓는 기운을 다스리는 데 효능이 있다면, 이것은 탁한 기운을 내뱉고 자연지기를 들이켜는 일종의 토납공이었다.

그것을 자꾸 반복하자 기운을 구속하고 있던 탁기의 힘이 엷어지기 시작했다.

이대로 반 각 정도만 더 집중한다면 모든 점혈을 풀 수 있을 터였다.

더군다나 이렇게 해혈을 시도하면서 소비연에게 더욱 이로운 점도 있었다.

바로 새로이 바뀐 몸 내부를 관조할 기회를 갖게 된 것이다.

이미 심안을 뜬 소비연에게 있어 관조(觀照)란 어려운 것이 아니었지만, 그렇다고 해서 자주 갖는 기회도 아니었다.

특히나 환골탈태라는 것은 몸이 완전히 바뀌는 것과 마찬가지였기에 소비연은 새로이 변한 자신의 몸을 재검할 필요가 있었다.

'비혈구가 모두 사라졌다. 몸속에 필요없는 것이라 판단을 내린 것인가?'

비혈구는 소비연에게 있어서 소단전 역할을 했던 곳이다. 그런 비혈구가 모두 백팔십여 개였다. 그것들 모두가 사라졌다면 몸에 무리라도 갈 법하건만, 되레 소비연은 상쾌한 느낌이었다.

뭐랄까, 비혈구가 혈도를 구속하는 역할을 했다고 해야 옳을까. 여하튼 간에 그러한 것이 사라졌으니 혈이 생생하게 살아 움직이는 것이리라.

물론 그 많은 숫자가 사라짐에 따라 상당수의 공력을 유실한 것도 사실이었다.

하지만 그것이 도리어 소비연에게 있어서는 약이 되었다.

비혈구가 사라지고 난 후에 기맥을 유유히 흐르는 기운이 전보다 더 맑고 깨끗했던 것이다.

말 그대로 자연지기라고 해도 과언이 아닐 정도로 순수한 기운이었다.

맨 처음 소비연이 '몸속에 기운이 없어진 것 같다' 라는 생각을 한 것이 무리도 아니었던 것이, 자연지기와 너무 흡사할 정도로 닮은 기운을 몸에 축적하고 있으니 느끼기가 힘들었던 것이다.

단언컨대 이 기운들을 스스로의 통제하에 다스릴 수만 있다면 비혈구가 있었을 때보다 훨씬 강한 힘을 자랑할 수 있을 터였다.

더군다나 골격은 천상무골이라 해도 과언이 아닐 정도로 뛰어났고, 몸속의 세맥이며 기맥 모두가 갓 태어난 아기처럼 뻥 뚫려 있었다.

'반선이 아니라 괴물이라고 해도 무리는 아니겠군.'

소비연은 짧게 쓴웃음을 지으며 다시 해혈에 집중을 다했다.

투둑. 투둑.

혈도가 하나둘씩 풀리기 시작했다.

소비연은 혈도의 기능을 묶던 기운을 탁기로 분류하고는 밖으로 배출시켰다.

그렇게 마지막 혈도가 남은 순간, 소비연은 잠시 해혈을 중단해야 했다.

'누가 이곳으로 온다.'

                    *   *   *

　오사(汚師)는 제천궁이 보유한 십천사 중 한 명이다.

　한때는 사오치자(邪汚値慈), 즉, '더러운 짓을 하는 인간' 이
라는 적나라한 뜻을 지닌 별호로 불렸을 정도로 포악한 짓을
일삼고 다녔다. 그 때문에 결국 구파에게 공적으로 찍혀 도피
생활을 해야만 했다.

　그때 그를 구해준 것이 바로 제천궁의 궁주, 경태였다.

　그는 오사를 거둬주면서 단 오 년 정도만 제천궁에 있어달
라고 했다.

　이에 오사는 '그럼 오 년만 궁주의 충실한 개가 되어드리
겠소' 라고 답을 하고는 정말로 지난 사 년간 경태의 충실한
심복이 되었다.

　이제 계약상 기한이 일 년밖에는 남지 않았지만, 오사는 자
신이 죽어서 묻힐 곳이야말로 제천궁이라 생각했다.

　그는 본디 고아로 태어나 유리걸식으로 배를 채우고 온갖
멸시와 핍박을 받으며 자랐다.

　그 때문에 오사의 가슴에는 한만이 남아 세상은 복수의 대
상으로밖에 비쳐지지 않았다.

　그런 그에게 기인이사의 무맥이 닿게 되었으니 어찌 가만
히 있을 수 있을까.

　오사는 세상을 더럽다 여기며 그 위에 자신이 좀 더 더러운

짓을 한들 무엇이 달라질까, 생각하면서 온갖 악행이란 악행
은 다 저지르고 다녔다. 마치 지난날의 수모를 모두 되갚기라
도 하듯이 말이다.

결국 오사가 그렇게 된 데에는 어렸을 적 겪었던 고통과 세
상사에 대한 비뚤어진 마음이 한몫 단단히 했던 것이다.

하지만 이를 잘 다독여 준 이가 바로 제천궁주였다.

경태는 오사를 거두면서 그를 제어하려 들지 않았다. 그렇
다고 해서 함부로 대하지도 않았다. 그저 한 명의 대등한 인
격체처럼 대해줬을 뿐이다.

그것이 오히려 오사에게는 더욱 깊이 감복하는 계기가 되
었다.

인간으로 태어났으되, 인간으로 자라지 못한 그는 사람의
정(情)이라는 것에 너무나 굶주려 있었던 것이다.

그 후로 오사는 비록 겉으로는 부끄러워 말을 하지 못했으
나, 속으로는 경태를 진정한 자신의 주군으로 생각해 왔다.

그래서 경태가 내리는 일은 웬만하면 무엇이든지 행하려
는 성정이 강했다.

지금도 마찬가지였다.

간만에 남직예에서의 일을 끝내고 태호(太湖)에서 유람을
즐기고 있던 그는 경태의 명이 떨어지자마자 곧바로 절강으
로 향했다.

어젯밤부터 진사와 태평소전으로부터 아무런 연락도 닿지 않고 있소. 오사께서 확인을 해주시오.

경태의 부탁이라면 불구덩이라도 뛰어들 그에게 이 정도의 명령은 명령 축에도 끼지 못했다.

다만, 심중에 많이 걸리는 부분이라면 진사에게서 연락이 없다는 점이었다.

비록 진사가 제천궁의 명을 받고 움직이는 것을 싫어하는 기색을 보이곤 했어도, 그래도 일단 보고 하나는 누구보다 철석같이 지키던 사람이었다.

그런 그에게서 연락이 없을 줄이야.

물론 큰 걱정은 하지 않았다.

진사의 본래의 정체가 염정이라는 것을 잘 아는 탓이었다.

'그런 노괴물을 쓰러뜨릴 수 있는 자가 궁주 말고도 세상에 있을 리가 없지. 암.'

하지만 그런 생각은 얼마 가지 않아 깨지고 말았다.

태평소전과 진사가 있던 천목산에서 싸움의 흔적을 발견했기 때문이다.

수없이 불에 탄 흔적이나 산 여기저기에 시체들이 즐비한 것이, 사건이 벌어져도 단단히 벌어진 것이 틀림없었다.

오사는 곧바로 이에 대한 내용을 전서구로 경태에게 보냈다.

이튿날, 새로운 명령을 담은 전서구가 도착했다.

하면, 서호에 있는 무양가로 가보시오. 그곳에서 정보를…….

'키킥, 무양가라면 항주에서 차를 나른다는 상계의 놈들이 아닌가? 궁주가 그들과도 안면이 있었나 보지? 역시 궁주의 가진바 능력의 끝은 보이지 않는군!'

천지회와 무양가 간의 관계를 모르는 오사로서는 무양가를 경태가 비밀리에 키운 것이라 생각했다.

오사는 지체하지 않고 곧바로 서호 쪽으로 움직였다.

하지만 무양가에 도착한 후, 그의 인상은 다시 와락 일그러지고 말았다.

"이게 뭔가! 아무것도 없지 않은가!"

무양가는 쥐새끼 한 마리 남지 않고 텅텅 비어 있었다.

일대의 무리가 한 번 휩쓸고 지나갔는지 난장판이 되어 있는 그곳을 보면서 오사는 화가 머리끝까지 치미는 줄 알았다.

"감히 누가 본 궁의 일에 자꾸 이렇게 차질을 빚게 만든단 말이냐!"

그리 성을 내는 와중에 오사의 눈에 어떤 명패 하나가 눈에 잡혔다.

'무회 당주령(武會 堂主令)'이라 적힌 명패였다.

"절강무회 놈들의 것인가?"

이 근방에서 '무회'라는 단어를 쓰는 곳은 태평소전의 북진에 대해 계속 항전을 벌이는 절강무회뿐이라고 들은 적이 있었다.

"큭, 간덩이가 부은 놈들인 게야."

오사는 손에 쥐고 있던 명패를 와락 구겨 버렸다.

감히 궁이 하는 일에 방해를 하다니, 절대 가만히 두어서는 안 되겠다는 생각이 들었다.

오사는 곧바로 흔적을 밟아 절강무회의 뒤를 쫓았다.

그 까닭에 미처 떠올리지 못한 사실이 있었다.

진사가 있었음에도 태평소전이 천목산에서 크게 당했다는 사실을 말이다.

*　　　*　　　*

'후우, 나는 지금 옳은 결정을 하는 것인가?'

막운휴는 뇌옥 앞에 서서는 길게 한숨을 내쉬었다.

노독태의 말대로 침잠해진 절강무회의 사기를 진작시키고 명성을 드높이기 위해서는 백염도의 목이 필요했다.

하지만 이것은 정말이지, 정도를 표방하는 사람으로서 옳지 못한 길이라 여겨졌다.

그렇다고 해서 쉬이 풀어줄 수 있는 일도 아니었다.

'일단 들어가 보자.'

막운휴는 뇌옥을 지키고 있는 무사에게 말했다.

"죄인을 볼 수 있게 해주게나."

"아무도 뇌옥 안으로 들이지 말라는 부회주의 말씀이 있으셨습니다."

"회주인 나까지도 말인가?"

"예. 혹여나 회 내에 백염도와 내통하는 자가 있을지 모른다 하셔서……."

"그럼 내가 백염도와 내통하는 간적이란 뜻인가?"

"그, 그것이 아니오라……."

무사는 많이 당황한 듯했다.

그도 그럴 것이, 그가 모시는 상관은 부회주 노독태다. 하지만 그보다 더 높은 사람이 와서는 들어가게 해달라고 하는데 무어라고 대답할 수 있을까.

비록 지난날의 패전으로 인해 막운휴가 신임을 많이 잃었다고는 해도 여전히 그는 절강무회의 회주요, 많은 무사들의 우상이었다.

무사를 바라보는 막운휴의 눈빛이 따스해졌다.

"다른 이들은 모두 쉰다 하며 떠나갔는데, 자네들만 남다니, 솔직히 답답하지 않은가?"

다섯 무사의 눈동자가 흔들리기 시작했다.

사실 그들도 그 점이 많이 켕겼으니까.

백염도라 추정되는 자는 노독태가 직접 점혈까지 했다. 더군다나 애병까지 빼앗아두었으니 이곳을 탈출할 염려는 없다고 봐도 과언이 아니었다.

막운휴는 고민을 하는 무사장에게 주머니를 던져 주었다.

묵직한 것이 제법 많은 돈이 들었음이 분명했다.

"이것은……?"

"오래 자리를 비울 수는 없을 테니 짧게나마 한잔이라도 하고들 오시게나. 이곳은 내가 지키고 있을 테니."

"하, 하지만 부회주의 말씀이 있으시어서……."

"어허, 내가 지키고 있는 대도. 그래도 정히 싫다면 어쩔 수 없지."

막운휴가 돈주머니를 다시 돌려받으려 하자 무사장은 저도 모르게 뒤로 움찔 물러났다. 수하들의 열망 가득한 눈빛과 함께 모순된 마음이 만들어낸 결과였다.

결국 무사장은 한숨을 내쉬었다.

"그럼 딱 한 잔만 하고 오겠으니……."

"그래, 이곳은 걱정 말고 다녀오게. 부회주에게도 내 잘 말씀드릴 테니."

"감사드립니다. 가자, 애들아. 오늘 저녁은 자유다!"

"야호!"

"헤헤헤, 회주님, 멋집니다!"

"감사히 받겠습니다!"

무사들은 곧 우르르 자리를 벗어났다. 한두 명 정도 놔두고

갈 법도 했지만 모두의 눈빛이 '나가고 싶다' 는 열망으로 가득 차 있는 까닭에 어쩔 수 없이 내린 결정이었다.

막운휴는 주위에 이곳을 경계하는 이들이 더 이상 없음을 확인하고는 뇌옥 안쪽으로 발걸음을 옮겼다.

소비연은 가만히 앞쪽으로 눈을 떴다.

이곳으로 오는 누군가의 인기척이 느껴졌다.

아니나 다를까, 굳건해 보이는 눈빛이 인상적인 남자가 이곳으로 오고 있었다.

처음 보는 얼굴이었지만 결코 낯설지 않는 기운이었다. 지난날에 우연히 자신이 진사에게서 구해주었던 자임이 분명했다.

소비연의 입이 가만히 열렸다.

"오랜만이오. 아니, 며칠 지나지 않았으니 오랜만이라고 하기는 힘들겠군."

막운휴의 눈동자 위로 이채가 서렸다.

"나를 아시오?"

"어찌 모르겠소. 비록 의도한 바는 아니었으나 내가 구해준 사람의 기운을 모를까."

막운휴는 짧게 신음을 흘렸다.

"혹시나 했거늘, 당신은… 백염도로구려."

"그런 별호를 가지고 있긴 하지."

"백염도는 앞을 보지 못하는 맹인이라고 들었소만……."

막운휴의 말에는 '앞이 잘 보이는 당신이 정말 백염도가 맞나?'라는 의미가 숨어 있었다.

"연이 닿아 다시 두 눈으로 세상을 볼 수 있게 되었소."

"어떤 연 말이오?"

"그런 것까지 내가 말해줄 의무는 없다고 생각하오만?"

막운휴는 고개를 끄덕였다. 자신이 그에게 은을 베풀어주었다면 모르되, 은을 받았던 사람은 자신이었다.

막운휴는 약간 무거운 어조로 다시 입을 열었다.

"이곳이 어디인지 아시오?"

"정확히는 알 수 없으나 뇌옥이 아니오? 혈에 금제까지 가한 것을 보니 나를 필요로 하는 듯하오만?"

"당신의 생각이 맞소. 정확하게 이곳은 절강무회의 지부, 시화문이라는 문파의 뇌옥이오."

소비연은 살짝 아미를 찌푸렸다.

"나의 목이 필요한 것이오? 아니면 무언가 정보를 얻고 싶은 것이오?"

소비연의 말속에는 노기가 섞여 있어, 막운휴에게 있어 '은혜를 이따위로 갚느냐!'라는 질책으로 들렸다.

막운휴는 푹 머리를 숙였다.

"미안하오. 모두 나의 불찰이오."

"불찰?"

소비연의 반문이 막운휴에게는 마치 꾸중으로 들렸다.

"그렇소. 나의 불찰이오. 사실 나는 당신에게 구함을 받고 난 이후……."

막운휴는 소비연이 자신을 구해준 이후에 있었던 일들을 모두 말해주었다.

수하들의 원수를 갚고 싶었다는 구차하기 짝이 없는 변명으로 시작된 설명은, 처음에는 말하기가 힘들었지만 막상 말하기 시작하자 봇물처럼 터져 나왔다.

막운휴의 심중에 남아 있던 '양심'이라는 가책이 그렇게 만든 것이다.

그의 설명은 곧 '절강무회가 명예를 위해 당신의 목을 필요로 한다' 라는 대목으로 끝마무리를 맺었다.

"……."

소비연은 잠시간 말을 잇지 않았다.

'대충이나마 짐작은 했지만 정말일 줄이야.'

역시나 정사중마 따위로 나뉜다고 해도 강호는 역시나 강호였다. 자신의 이득을 위해서는 부모형제까지 팔 수 있는 비정한 인간들이 모인 곳.

특히나 자신은 정파에게 있어서 눈엣가시와도 같은 존재였을 테니 이런 일을 획책하는 데에 아무런 가책도 느끼지 않았을 터였다.

'그러면 이곳을 한번 뒤집고 가도 상관은 없겠군.'

소비연은 누구보다 은원 관계가 확실한 사람이었다.

만약 절강무회가 자신에게 호의를 베풀었다면 그들이 원하는 것 한 가지 정도는 제 힘이 닿는 한도 내로 들어줄 수 있을지 모르나, 저들은 자신을 이용하려 들었으니 칼을 휘둘러도 상관없겠다고 판단을 내린 것이다.

"한데, 당신은 이곳 절강성의 사람이 아니오? 그런 것들을 왜 나에게 말해주는 것이오?"

막운휴의 안색이 침울해졌다.

"나는 본디 스스로 협객은 아니나, 그래도 지난 세월 남들에게 부끄럽지 않은 인생을 살아왔다고 자부하오."

"그런데 이런 일이 발생하니 지난날의 구함도 생각이 나서 나서게 되었다?"

"그렇소."

"하면 이제 나를 어쩔 참이시오?"

이제 해혈이 필요한 혈도는 단 한 개. 마음만 먹는다면 지금이라도 당장 점혈을 풀고 이곳을 뒤집을 수 있다.

그럼에도 소비연이 일어나지 않는 것은 진정성이 어린 얼굴을 하고 있는 막운휴에게 기회를 주기 위함이었다.

"나는 무회의 회주이나 얼마 전 회계산에 있었던 일 이후로 거의 모든 영향력을 잃어버렸소."

"하면 나를 도와줄 수는 없단 뜻이겠소."

막운휴는 고개를 저었다.

소비연이 그 속내를 짐작할 수 없어 반문하려 하자 막운휴가 답을 내주었다.

"대부분의 힘을 잃긴 했으나 여전히 회 내에 나의 부탁이라면 들어줄 이들이 몇은 되오."

"그렇다는 것은……?"

"부회주는 내일 군웅을 모아 그들 앞에서 당신을 처결할 셈이오."

"죽이겠다는 뜻이구려."

"그렇소. 태평소전과의 싸움으로 큰 피해를 입은 현재의 회에 있어 필요한 것은 명성. 이를 얻는 데 강호공적 백염도의 목을 베는 것만큼 확실한 것은 없지 않겠소?"

"그때 나를 구해주겠단 뜻이오?"

소비연은 피식 하고 웃었다.

"그리한다면 당신의 입장도 난처해질 텐데?"

막운휴의 눈동자에 굳건함이 자리 잡았다.

"본래 양심의 가책은 있었으나 당신을 구해주어야겠다는 생각은 하지 않았소. 하지만 지금 당신과 얘기를 나누니 머리가 탁 트이오. 당신은 이런 곳에서 개죽음을 당해야 할 사람이 아니오."

"그럼 날 어떤 사람이라 생각하시오?"

막운휴는 짧고 굵직하게 답했다.

"처음에는 대마두라 생각하였소. 하지만 곰곰이 생각해 보니 내 생각이 틀렸었소. 당신은 제천궁을 비롯한 수많은 사마의 무리에서 강호를 구원해 줄 영웅이오.”

“푸하하하하핫!”

소비연은 그답지 않게 뇌옥 안이 쩌렁쩌렁하게 울릴 정도로 크게 웃었다.

막운휴의 말이 너무나 색다르게 느껴진 탓이었다.

정파에게 있어서 소비연은 항시 반드시 척결해야 하는 대마두였다.

사도수였을 때도 그러했고, 백염도인 지금도 그러했다.

그가 늘 구파와 대립해 온 이유가 가장 컸을 테지만, 일단 정파의 눈에는 적어도 수백을 죽인 그가 희대의 대마두로 보이는 탓이었다.

소비연도 단연코 단 한 번도 부정을 한 적이 없었다.

전장에서 사람을 죽이는 것이나, 자신의 의지를 투철 시키기 위해 죽이는 것이나, 그저 재미로 사람을 죽이는 것이나 다 똑같은 살인이기 때문이었다.

그렇다고 해서 가책을 느끼거나 한 적은 없었다.

소비연에게 있어서 칼을 든 이유는 누군가를 지키기 위해서일 때뿐이었으니까.

사도수일 때는 자신을 믿고 따르는 마교의 무사들을 위해서, 백염도일 때는 남궁린을 지키기 위해.

그 어느 때에도 피에 미쳐 칼을 휘두른 적은 없었다.

하지만 이유가 어떻다 한들 정의를 부르짖는 정파의 눈에는 마두로 보이기 딱 좋은 사상일 터였다.

한데, 지금 정파 중에서도 가장 정도에 미쳤다 할 수 있는 사람이 자신더러 영웅이라고 한다.

'사람을 한 명 죽이면 살인마, 백 명을 죽이면 영웅이 된다지만!'

소비연의 입가에 미소가 드리워졌다.

막운휴는 굳은 인상을 하고서 말했다.

"지금 당장 그대를 풀어줄 수도 있지만 그리했다간 쉽게 꼬리를 잡힐 수 있으니, 오늘 밤은 준비를 하고 내일 일을 치르도록 하겠소."

소비연은 피식 웃으며 막운휴와 눈동자를 마주쳤다.

"나를 구해준 이후에 당신은 어찌 되오?"

막운휴의 인상이 살짝 굳어졌다.

그는 곧 고개를 저었다.

"그 점에 대해서는 생각하지 마시오. 당신은 그저 내일 있을 일에 대비해 마음을 굳게 먹고 있으면 되오."

"나 대신 당신이 죽겠구려?"

막운휴는 소비연의 시선을 회피했다.

"말했지만 당신은 신경 쓰지 않아도 되오."

소비연은 입꼬리를 말아 올렸다. 이에 막운휴가 분개했다.

"웃지 마시오! 절대 농이 아니니!"

"노형(老兄), 이름이 무엇인지 물어봐도 되겠소?"

"그건 왜 물으시오?"

"내 예상이 맞는다면 노형은 철사자검 막운휴가 아니오?"

막운휴의 인상이 다시 굳어졌다. 소비연은 그것을 긍정의 표시로 받아들였다.

"노형, 아니, 막 형의 마음만은 잘 받아두겠소. 하지만 말이오… 거의 생면부지나 다름없는 나를 위해서 목숨을 버리는 어리석은 짓은 하지 않는 것이 좋지 않겠소?"

"…하면 당신이 죽을지도 모르는데?"

"그거야 내 일인 것이고. 막 형이 나를 좋게 봐주는 것은 고마우나, 나는 막 형이 생각하는 그런 영웅이 아니오."

소비연은 포승줄에 묶인 손과 발에 힘을 불어넣었다.

곧 투둑투둑, 하는 소리와 함께 철삭(鐵索)에 금이 가기 시작하더니 이내 톡, 끊어져 버렸다.

소비연의 몸이 점혈되었을 것이라 생각했던 막운휴의 눈동자가 동그랗게 떠지기 시작했다.

소비연은 철삭을 모두 끊어버린 후, 손발을 한 번 움직여보더니 가뿐하게 자리에서 일어났다.

방금 전까지만 해도 정신을 차리지 못해 기절해 있던 사람의 움직임이라고는 볼 수 없는 행동이었다.

소비연은 마지막 남아 있던 혈에 공력을 불어넣어 해혈을 시도했다.

펑!

무언가 터지는 듯한 소리가 들렸다.

물론 소비연에게만 들리는 내부의 소리였다.

쏴아아아.

소비연은 몸을 감도는 청아한 기운에 잠시 눈을 감았다.

'화륜진기도 완성이 되었다.'

승륜결을 바탕으로 만들어낸 화륜심결은 많은 점이 부족한 미완성의 심법이었다.

하지만 절혼령의 극성을 성취함으로써 화륜심결은 그동안의 부족한 점을 메워 전혀 새로운 심법으로 탄생되었다.

인체를 이루는 삼백육십여 개의 혈을 단전으로 삼는 심법이 된 것이다. 백팔십 개의 비혈구가 지녔던 효능과는 비교도 할 수 없는 힘이 느껴졌다.

소비연의 몸에서 태산과도 같은 웅혼한 기운이 흘러나오자, 막운휴의 목소리가 떨리기 시작했다.

"이, 이럴 수가… 분명 점혈과 함께 단전을 폐쇄했을 텐데?"

소비연은 씩, 하고 웃었다.

"나를 점혈한 사람이 단전까지 부수라고 했었소?"

막운휴가 멍하니 고개를 끄덕이자 소비연은 심안으로 보통 사람들에게 하단전이라 할 수 있는 기해혈을 관조하였다.

막운휴의 말대로 기해혈은 큰 상처를 입은 상태였다.

하지만 걱정할 필요가 없는 것이, 화륜진기 내에 담긴 자연지기가 빠른 속도로 기해혈을 치유하고 있었다. 크게 무리만 하지 않는다면 금방 치유될 터였다.

"나는 보통 사람처럼 삼단전을 쓰지 않소."

소비연의 말에 막운휴는 그럴 수도 있겠다는 듯이 고개를 끄덕였다.

소비연은 전신백해, 어느 곳 하나 화륜진기가 닿지 않는 곳이 없음을 확인하고는 입을 열었다.

"막 형, 아까 전에 내가 했던 말을 잊지 말아주시오."

"무엇을 말이오……?"

"내가 영웅이 아니라는 말."

"……."

"영웅이란 것은 말이오, 막 형처럼 앞뒤를 재지 않고 불의를 보면 무작정 달려드는, 그런 사람들을 말하오."

불만 보면 달려드는 불나방과도 같단 뜻이 아닌가.

"좋은… 뜻이오, 아니면 나쁜 뜻이오?"

"둘 모두요. 분명 이 세상은 막 형과 같은 영웅이 필요하오. 하지만 이 강호는 더럽기 짝이 없어서 영웅이 살기엔 너무나 힘겨운 곳이 되어버렸소."

"……."

"거마(巨魔)와 효웅(梟雄). 이 강호는 그런 놈들로 득실하기 때문이오. 나는 자랑은 아니지만 영웅도, 거마효웅도 되지 못하오. 그저 현실에 충실하고 막상 바로 발등 앞에 불이 떨어져야 움직이는, 그런 멍청한 것에 지나지 않소이다."

뚜두둑, 두둑.

소비연은 그동안 묶여 있던 자세로 인해 굳은 몸을 풀어주고는 씩 웃었다.

"그러니 나와 같은 멍청한 것을 구하려다 다치지 마시오. 비록 강호라는 세계 자체가 미쳐 버렸다고는 하나, 아직은 막형과 같은 영웅이 필요한 법이니."

펑!

소비연이 손을 한차례 흔들자 그를 밀실에 가둬두고 있던 문짝이 통째로 뜯겨 나갔다.

소비연은 저벅저벅, 느린 걸음으로 그곳에서 나왔다. 그리고는 막운휴의 옆을 스쳐 지나가면서 짧게 말했다.

"그래도 나를 도와주겠다는 그 말, 내 평생 잊지 않으리다."

휙!

소비연은 그 말을 끝으로 땅을 강하게 박차며 사라졌다.

막운휴는 멍하니 소비연이 사라진 자리를 바라보았다.

그가 마지막으로 남긴 한마디가 귓가를 맴돌았다.

"그 뜻으로 내 선물 하나를 놓고 가리다."

*　　　　*　　　　*

소비연은 뇌옥을 나오면서 실없는 웃음을 지었다.

'정말 좋은 사람을 만났어.'

일생지기를 만난 느낌이었다.

그만큼 그는 기분이 좋았다.

아직 이런 강호에 저런 사람이 남아 있다는 것이 좋았고, 이 미쳐 버린 강호가 아직 개선될 여지가 있다는 생각에 더욱 기분이 들떴다.

"그런 사람에게 선물을 주는 것도 나쁘지는 않겠지."

소비연은 시화문 공터에 서서 짧게 중얼거렸다.

쿠우우우!

몸 안에 갈무리해 두었던 기운을 풀었다.

화륜진기가 맹렬하게 움직이면서 삼백육십여 개의 혈도들이 활짝 열렸다.

환골탈태 이후 처음으로 개방된 기운이었다.

'몸이 가벼워, 한없이.'

마교 내에 얼마 남아 있지 않은 환골탈태에 관한 내용을 보면 거의 극찬밖에는 적혀 있지 않다.

신화경에 다다른 사람만이 얻을 수 있다는 그 몸은 해낼 수 없는 일이 없고 할 수 없는 일이 없으니, 그야말로 만능지체(萬能之體)라고 한다.

시고가 천마체(天魔體)라고 명명한 이 몸은 그동안 머릿속에만 담아두고 익힐 생각을 하지 못했던 무공들을 모두 펼쳐낼 수 있을 것만 같았다.

'천마도 처음 절혼령의 극성을 이루고 나서 이런 느낌이었을까?'

절혼령의 성취가 한 단계 한 단계 높아질 때마다 느꼈던 성취감과는 비교도 할 수 없는 이 기분.

말 그대로 자연에 동화되는 느낌이다.

이를 두고 혹자는 신화경을 자연경(自然境)이라고도 표현한다더니, 이제야 그 이유를 알 것 같았다.

말 그대로 내가 자연이고, 자연이 나인데 구태여 그 경계를 둘 필요가 있겠는가.

원하기만 한다면 단번에 자연 속의 기운을 몸 안으로 끌어들여 무한대로 사용할 수도 있는데 말이다.

몸을 구성하는 기맥이며 혈맥이며 세맥까지 하나가 된 느낌.

삼백육십여 개의 혈은 인체와 자연이 소통을 나누는 관문이 되어 순수한 자연의 기운을 끌어들이고 몸 안에 축적된 나쁜 탁기를 내뱉는다. 수많은 모공들 역시 이를 반복하고 있으니, 소비연은 코와 입이 아닌 몸 전체로 숨을 쉰다고도 할 수 있었다.

"후우, 하아아아……."

소비연은 길게 숨을 내쉬고는 오른손을 앞으로 내밀었다.

우우우우웅!

의지를 불어넣자 가느다란 심령의 끈으로 연결된 백염도가 공명을 터뜨리기 시작했다.

곧 옆에 있던 전각의 지붕이 부서지더니 그곳에서 백염도가 치솟으며 하늘을 질주했다.

백염도는 곧 공간을 갈라 소비연의 손에 안착했다.

말끔한 순백색의 도신이 눈에 어리고 묵직한 감촉이 손에 잡혔다.

단 며칠 만에 잡아보는 백염도의 느낌은 전과는 또 달리 새로웠다.

소비연은 그 모습 그대로 고개를 들어 올렸다.

그의 시선은 담장 쪽을 향하고 있었다.

"나와라."

소비연의 말이 끝나자마자 빈 허공 위로 무언가가 불쑥 튀어 올라왔다.

"키키키킥, 감히 본좌에게 명령을 내리다니, 미친놈이로군."

목소리의 주인공은 바로 남직예에서 남궁정천을 죽이고 경태의 명에 따라 이곳 항주까지 달려온 오사였다.

"너같이 제정신을 차리지 못하는 놈에게는 매를 주는 것이 상책이지."

“말이 많군.”
소비연의 눈동자 위로 광망이 번뜩였다.
그리고,
쩌어어어엉!
백염도가 다시 한 번 기분 좋은 공명음을 터뜨렸다.

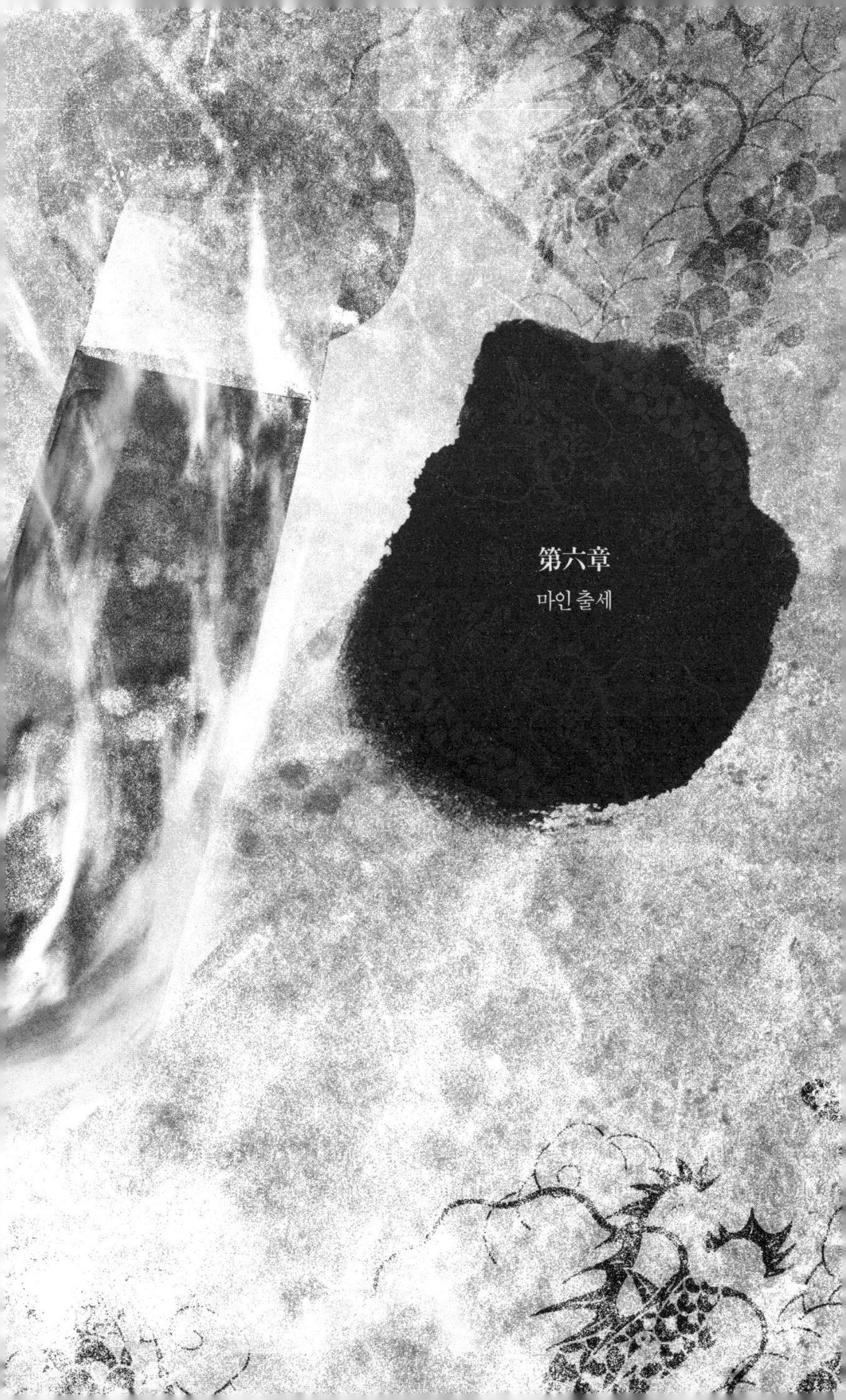

第六章

마인 출세

神刀無雙
신도무쌍

소비연은 하늘을 올려다보았다.

그의 눈에 담장 위에 앉아 비소를 흘리고 있는 오사가 잡혔다.

"회의 사람인가, 아니면 십천사인가?"

소비연의 물음에 오사의 눈동자가 살짝 떠졌다가 이내 곡선을 그렸다. 놀라기보다는 재밌어하는 것이 강한 표정이었다.

"회를 알다니, 꽤나 신기한 녀석이로구나. 키키킥."

"그것이 웃긴 일인가?"

"웃긴 일이고말고. 한낱 한량 주제에 천외천의 이름을 입에 담는 것만으로도 불경한 짓이거늘!"

"천외천이라… 단순히 강호 전복밖에는 노리지 않는 곳 따위가 무슨."

"네가 죽고 싶어서 환장한 게로구나."

오사의 눈에 소비연은 그다지 별 신경을 써도 크게 상관치 않을 인물이었다. 평상시라면 무시하고 지났을 인간이었다.

그것이 그가 신화경에 오르면서 자연과 동화되어 생긴 현상이라는 것을 모르는 오사로서는 당연한 반응이라 할 수 있었다.

그래서 오사는 조용히 소비연의 목숨을 끊어주고 시화문에 잠입하려 했다. 하지만 지금은 생각이 달라졌다. 한낱 삼류무사로밖에 보이지 않는 자가 회를 이야기하고 있었다.

"회에 대한 것, 또 누가 알고 있지?"

만약 회에 대한 정보가 강호에 퍼졌다면 대계에 큰 차질이 생기게 된다.

"나 외에 아는 사람이 없다면?"

오사는 웃었다.

놈은 자기의 주제를 파악하지 못하고 자신을 협박하려 들고 있었다.

"그것이 사실이라면… 너 혼자서 염라대왕 앞에까지 고이 가져가거라!"

팟!

오사는 강하게 담장의 벽을 박찼다. 그의 몸이 공간을 관통하는가 싶더니 이내 신형이 길게 늘어났다.

소비연은 오른손으로 도파를 강하게 쥐고는 오사를 향해 냉소를 흘렸다.

"수십 번이고 죽었지만, 그때마다 염라대왕은 나더러 돌아가라고 하더군!"

소비연은 그 자세 그대로 분천도를 대각선 방향으로 그었다.

단순하기 짝이 없는 동작이었지만 그 속도는 능광도섬을 방불케 했다. 일도참의 등장과 함께 분천도의 칼날 위로 핏물이 튀었다.

"컥!"

공간을 격하고 소비연의 목을 노리고자 했던 오사는 왼쪽 눈을 손으로 누르고서 뒤로 물러났다.

분천도가 좌안을 갈라 버린 것이다.

주르륵.

눈알이 터지면서 생긴 핏물이 볼을 따라 흘러내렸다.

"크아아아아! 이노오옴!"

줄지에 한쪽 눈을 잃어버린 오사는 분노를 터뜨렸다.

쿠쿠쿠쿠!

상대를 얕보아서 생긴 상처라 생각했는지, 이번에는 전력을 다해 일장을 내밀었다.

강한 공력이 힘껏 실린 장공이 소비연의 머리를 노리고 달려들었다.

소비연도 이에 질세라 좌수를 말아 쥐며 오사의 머리 위로 도를 내리꽂았다.

펑!

전보다 한층 더 깊어진 화룡의 불길은 장풍뿐만 아니라 오사의 팔까지 단숨에 녹여 버렸다.

"제길!"

그제야 오사는 소비연이 자신보다 몇 수 위의 고수라는 것을 알아챘다. 하지만 상황은 이미 돌이키기에 너무 늦어버렸다.

소비연의 팔이 뱀처럼 파고들어 가 그의 목을 움켜쥐었다.

"컥!"

숨이 턱하고 막혔다.

소비연은 곧바로 오사의 몸 안으로 화륜진기를 흘려보내 내가중수법의 공부로 기맥이며 혈맥, 단전까지 무공에 관련된 모든 것을 녹여 버렸다.

"크아아아아아악!"

오사는 대롱대롱 매달린 채로 절규했다.

수십 평생 쌓아놓은 탑이 한순간에 무너지는 기분은 어떤 것일까? 억겁의 불길이 몸을 강제로 녹일 때의 고통은 얼마나 클까?

오사는 급기야는 학질에 걸린 사람처럼 부르르 몸을 떨기까지 했다.

소비연이 이렇게 잔혹한 한 수를 쓴 이유는 혈백의 발현을 차단하기 위함이었다.

신화경에 오른 이상 혈백으로 만들어낸 절대위의 능력 따위는 어렵지 않게 제압할 수 있을 테지만, 그리되면 백회혈이 녹아버리는 까닭에 많은 정보를 채취할 수가 없었다.

아니나 다를까.

오사의 몸부림이 어느 정도 그쳤다 싶자 소비연은 탈백마안을 전개했다.

가라앉은 그의 눈동자는 깊은 바닷속, 심해를 연상케 했다.

"네가 알고 있는 범위 내에서 천지회와 제천궁, 그들이 누구이며 무엇을 꾸미고 있는지 모두를 상세하게 말해주어야겠다."

털썩.

소비연은 오사에게서 얻을 수 있는 대부분의 정보를 갈취한 후, 그의 목을 세게 분질러 버렸다.

"감히… 그런 짓을 꾸미고 있었단 말이지."

소비연은 이가 으스러져라 악물었다.

만약 오사가 한 말이 사실이라면 자신은 여태껏 천지회의 손에서 놀아난 것이 되어버렸다. 게다가… 그녀까지 위험지경에 처하게 되어버렸다.

'계속 가만히 두고 보고만 있을 것 같으냐.'

소비연의 눈동자 위로 살기가 번뜩였다.

"일단 팽 어르신부터 찾아야겠다."

그 말을 끝으로 그의 신형은 자취를 감추었다.

*   *   *

신강성 천산.

한 달도 되지 않아 다시 마맥회의가 열렸다.

마맥회의는 서열 일위인 교주부터 백위까지의 고수들과 오대마맥의 중역들이 모이는 회의로, 교 내에 큰 사건이 터져 여러 고수들의 의견이 필요한 상황에서만 발의할 수 있었다.

본디 천산 전역에 흩어진 마교의 수뇌부들이 한데 뭉치는 데는 시간이 많이 걸렸다.

하지만 이번 회의를 발의한 이가 네 군데의 마맥에서 지지를 받고 있는 요한이라는 사실이 퍼지자마자, 간부들은 일사불란하게 움직였다. 소집은 얼마 가지 않아 완료되었다.

회의장에 앉아 있는 사람들은 의외로 대부분이 젊은 층이 대다수였다.

세 번에 걸친 겁난으로 인해 많은 이들이 숙청이 되어버린 터라 신진 인사들이 많이 채용되었기 때문이다.

회의의 장(長)은 요한이 맡았다.

물론 반대를 하는 자는 없었다. 여기서 입을 잘못 놀렸다가는 그대로 목이 날아갈 수 있었으니.

요한은 단상에 서서 말했다.

"이렇게 회의를 소집하게 된 이유는 오늘자로 칠년지약을 파약할까 해서요."

웅성웅성.

일순 조용했던 회의장 내부가 시끄러워졌다.

칠년지약. 기나긴 정마대전을 종식시키고자 발의했던 휴전 협정이 아닌가. 그런데 이를 파약하겠다니?

"연유를 여쭈어도 되겠습니까?"

말을 꺼낸 이는 열혈도(熱血刀) 종리고라는 청년으로, 진성을 주군으로 모시겠다고 한 후에 신마맥의 인사가 된 전적이 있는 인물이었다.

"그 이유는 현 중원에 일신무총이 열렸기 때문이오."

"일신무총?"

"무일양신의 무덤이 발견되었단 말인가?"

웅성거림이 더욱 커졌다. 대부분의 인물들의 얼굴에는 요한의 말에 놀란 기색이 가득했다. 어떤 이는 소리를 질렀고, 또 어떤 이는 이를 바득 갈았다.

그들은 하나 같이 '일신' 이라는 단어에 살의를 품고 있었다.

천중팔좌 일신에 해당한다는 무일양신이라는 자. 그는 마교의 공적이었음이니.

"하나, 중원에서 일신의 무덤에 관한 소문은 그동안 많지 않았습니까? 얼마 전에도 감숙 쪽에서 일신무총의 열쇠인 천시가 발견되었다는 소문이 나돌았습니다. 그런 소문이 수십 번이고 일어나는 것이 이 강호의 생리. 혹, 그것이 거짓일 가능성은……."

요한은 종리고의 말을 잘랐다.

"열혈도의 말이 맞소. 하지만 중원에 나가 있는 본 교의 비각이 결론을 내린 결과, 사실로 판단이 내려졌소. 이미 구파와 오가들이 모두 그곳으로 모이고 있소. 이번에는 진짜 일신의 무덤이 맞는 듯하오."

"……!"

"……!"

무일양신의 무덤이 발견되었다는 사실은 여러모로 마인들에게 많은 충격을 가져다주었다.

백수십 년 전, 팔황새에 의해 천중전란이 벌어지고 있을 때에 마교는 거처를 정하지 못한 상태였다.

마인들은 중원이 아닌 천산에 기틀을 잡고 있는데다가 팔황새의 대부분이 마교와 친분을 가지고 있는 탓이었다.

그러던 때에 마교를 한 번 뒤집어놓은 것이 일신, 즉 무일양신이었다.

　그는 팔황새의 고수로 위장해 마교가 운영하는 청해 지부 하나를 통째로 날려 버렸다.

　이에 마교는 중원의 편에 서서 천중전란에 가담하게 되었다. 나중에야 그것이 일신의 이간계였음을 알게 되었으나, 이미 상황은 나빠질 대로 나빠져 마교도 큰 피해를 입은 상태였다.

　하지만 당하고는 절대 못 사는 것이 마인들의 생리. 성질이 급한 마인 백 명이 중원으로 건너가 일신과 충돌을 벌였다. 그때는 아직 일신이 천중팔좌라는 거창한 명호를 얻기 전인 데다가, 당시 건너간 마인들 대부분이 절정이나 일류고수였기 때문에 그를 쉽게 이길 수 있으리라 판단 내렸다.

　하지만 결과는 정반대로 마인들의 몰살이었다.

　벌하러 갔다가 도리어 학살당해 버린 것이다.

　일신은 그것으로도 모자라 홀로 마교 전체와 싸움을 벌였는데, 이때 오대마맥 중 한 곳인 환도맥이 거의 멸절될 뻔한 위기에 봉착할 정도로 피해가 컸다.

　그 후에 제일마 염도시고의 난(亂)까지 겹치면서 마교는 돌이킬 수 없는 상처를 안고 장차 오십 년 동안이나 봉문을 하고서 힘을 길러야 했다.

　그러니 백 년이 훨씬 지난 지금까지도 마교는 일신의 일 자만 들어도 몸서리를 치며 살기를 흘릴 수밖에 없는 것이다.

　그러한데 중원에서 일신무총이 열렸다?

천시가 나타났다는 소문이 나돌 때에야 마교 내부가 워낙 어지러웠던 탓에 손을 쓸 수 없었지만, 어느 정도 혼란이 수습된 지금은 달랐다.

"그것이 사실이라면……."

"부숴야겠지."

"일신의 모든 것을 부숴야만 한다!"

"중원 놈들에게 무일양신의 유산을 주어서는 안 된다!"

"일신과 관련된 모든 것을 쳐 죽여야 된다!"

성격 급한 마인들 대부분이 일어나 소리를 지르기 시작했다.

요한은 미소를 지었다.

생각했던 바대로 일이 잘 풀려가고 있기 때문이었다.

하지만 얼마 가지 않아 요한의 인상이 살짝 구겨지고 말았다.

"하나, 칠년지약은 본 교의 이름을 걸고 맺은 약조요. 일신무총이 나타났다고 해서 그것을 깨뜨리는 것은 본 교의 명예에 먹칠을 하는 꼴이 되오!"

바로 반세맥의 장로 마중검혼(魔中劍魂) 마지경이 이의를 제기한 것이었다. 백발을 길게 늘어뜨린 그는 성정이 호탕해 하급 무사들 사이에서도 인기가 많았다.

몇몇 남지 않은 다른 장로들 역시 마지경의 말에 동의하는 표정이었다.

요한은 찌푸려진 아미를 살짝 펴며 입을 열었다.

"그럼 마 장로의 말대로라면 본 교의 공적이라 할 수 있는 일신의 무덤이 발견되었는데도 가만히 있어야 한단 뜻이오?"

"그런 일이 있다고 해서 본 교의 명예를 저버릴 수는 없소. 이미 일신은 백수십 년 전의 사람이고, 지금은……."

"본 교가 지켜야 할 명예 중 하나가 선조들이 받은 치욕을 돌려주는 것이 아니오?"

요한의 물음과 함께 몇몇 젊은 마인들이 그렇다며 소리쳤다.

그들은 과연 알까.

요한의 연설에는 그들의 이성을 마비시키고 투쟁심을 뒤흔드는 혈백의 기운이 섞여 있단 것을.

"맞다! 그깟 칠년지약 따위가 무엇이란 말이냐!"

"본 교의 명예는 우리가 마인이라는 데서 나오는 것이다!"

"일신의 무덤을 부숴 버리자! 중원에 있는 위선자들의 목을 꺾어버리자!"

"으아아아아!"

젊은 마인들의 외침에 마지경과 장로들의 표정이 살짝 어두워졌다.

그들의 입장에서 보면, 현재 마교는 밖으로 눈을 돌릴 때가 아니라 안으로 내실을 다질 때였다.

전 소교주의 겁난과 혁리빈현의 대대적인 반대파 숙청, 그리고 요한의 등장으로 말미암아 교는 수많은 고수들을 잃고서 혼란에 빠져 있는 상황이었다.

평상시라면 이를 눈치챈 중원의 정파 놈들이 대대적인 암습을 가해오겠지만, 듣자하니 현재 중원도 제천궁이라는 세력 때문에 정국이 많이 시끄러운 상황이라 한다.

그렇다면 정파도 마교의 개입을 차단키 위해 칠년지약에 목을 맬 터. 이 시기를 잘 이용해 마교는 전날의 피해를 복구해야만 했다.

그것이 바로 나이를 먹은 사람들의 연륜이라는 것이다. 차분한 시선으로 정국을 바라볼 수 있다는 점.

하지만 현 마교를 이끄는 이들은 대부분이 피가 끓는 젊은 층이었다.

그들의 나이 대에는 이성보다는 감정을 중시한다. 노인의 연륜을 교활함으로 보고 그들만의 정의가 옳다 여긴다.

현 상황도 그러한 관점에서 벌어진 것이다.

하지만 마지경의 입장에서도 이대로 물러날 수는 없었다. 자칫 감정만 앞세워 중원으로 진격해 들어갔다가는 마교의 천년역사가 그대로 끊어져 버릴 위험이 있기 때문이었다.

"하나, 지금은 내실을 다져야 할 때. 아직 피해 복구가 완료되지 않은 지금 움직였다가는 자칫 돌이킬 수 없는 피를 흘릴 수 있……."

"닥쳐라! 노인장!"

젊은 층에 속하는 검료마(劍僚魔)가 버럭 소리를 질렀다.

"지금은 뒷간에 앉아 똥질이나 하고 있을 노인들이 나설 자리가 아니다!"

"옳다!"

"옳소! 늙은이들은 뒤로 빠지시오!"

"너희 같은 늙은이들 때문에 저 허약한 정파 놈들과의 싸움이 삼십 년 동안 벌어졌고, 그도 제대로 이기지 못해 굴욕적인 협상을 맺지 않았던가?"

정확히 말해 굴욕적인 자세를 취한 것은 구파를 비롯한 정파였지만, 마인들에게 있어서는 휴전 협정 자체가 씻을 수 없는 치욕이었다.

"그러니 너희들은 닥쳐라!"

"……"

마지경은 더 이상 아무 말도 잇지 못하고 입을 다물고 말았다. 불과 석 달 전만 해도 불같이 노하며 달려들었을 그였지만, 지금은 잠잠하기 그지없었다.

그런 상황을 지켜보고 있던 요한은 살짝 미소를 지었다.

이로써 칠년지약을 깨뜨리고 마교의 진격이라는 정당한 명분을 얻어낼 수 있었다.

마인은 피를 갈구한다.

그것은 과거에도 현재에도, 그리고 닥칠 미래에도 바뀌지 않을 속성이다.

그들만큼 제멋대로인 족속도 없을 것이고, 호전적인 종족도 없을 것이다.

'물론 너희들이 대계에서 살아남는다는 가정하에서겠지만……'

요한은 냉소를 흘렸다.

'그래도 마지경을 비롯한 저 장로들… 그렇게 일을 겪고도 아직 정신을 차리지 못한 것 같군. 앞으로도 대계에 차질을 일으킬 수 있으니 미리 솎아낼 필요가 있겠어.'

요한은 머릿속을 정리한 후에 나지막한 목소리로 입을 열었다.

"이로써 마맥회의를 끝마치겠소!"

요한이 종회(終會)를 선언하고 단상에서 내려오자 마영이 부복한 채로 모습을 나타냈다.

"조사하라고 지시한 것은?"

"모두 수행했습니다."

요한은 미소를 지었다.

"수고했다."

"하온데……."

"말해보아라."

"정녕 제이의 정마대전을 벌이실 생각이십니까?"

"이미 결정된 사항이다."

“하지만 지금 교는 지난 상처를 모두 아물지 않은 상태라…….”

“잘못하면 교가 위험해질 수도 있다?”

“그렇습니다.”

요한의 입가 위로 차가움이 흘렀다.

사실 그의 입장에서는 마교가 무너지든 무너지지 않든 상관할 바가 아니었다. 아니, 오히려 무너지는 편이 좋았다. 그래야 강호가 더욱 혼란에 잠길 테니까 말이다.

하지만 그 점을 겉으로 드러낼 수는 없는 일이었다.

“너는 진성에게 충성을 맹세했다지?”

“그렇… 습니다.”

여태껏 단 한 번도 미동도 없던 마영의 표정이 흔들리기 시작했다.

“대대로 마영의 이름을 계승한 자는 소교주와 교주에게만 충성을 맹세한다고 들었다. 그런데도 진성을 주군으로 모셨다면 이유가 있을 터이겠지.”

“…….”

“진성과 나는 마교의 사람이기도 하고 회의 사람이기도 하다. 비록 지금은 회의 명에 따라 움직이고 있지만 그 저변에는 마교를 위한 것이기도 하다는 사실을 잊지 마라.”

물론 거짓이다.

하지만 그 말은 마영의 마음을 다시 흔드는 데는 충분했다.

“하오나…….”

“오늘따라 말이 많군. 내가 그렇다고 말하는데도 계속 항변을 할 참이냐?”

요한의 눈동자가 기괴한 모양을 띠기 시작했다.

사안(蛇眼)이 내뿜는 사기의 사슬은 마영의 몸을 옥죄었다.

마영은 결국 고개를 푹 숙였다.

“잘못하였나이다.”

요한은 그제야 사안마령공을 거두었다.

“더 이상의 항변은 받아들이지 않겠다.”

마영은 그 자세 그대로 그림자에 녹아들었다. 몸을 숨긴 마영은 기운이 빠진 듯 힘이 없어 보였다. 아마 과거에 택한 자신의 결정을 조금이나마 후회하는 듯했다.

“능력도 있고 꽤나 편한 자였는데… 분란의 종식을 위해서는 지워야 하는 건가…….”

요한이 작게 중얼거리며 단상을 빠져나가려는 찰나, 갑자기 한 남자가 그의 앞에서 오체투지를 하며 길을 막았다.

요한은 아미를 살짝 찌푸렸다.

“무슨 일이냐?”

“저는 과거에 무천단을 맡았던 구주성이라고 합니다!”

“무슨 일이냐고 물었다.”

“이번 중원 정벌의 선두에 저를 세워주십시오!”

“선봉을 맡겨 달라?”

요한의 눈동자 위로 이채가 어렸다.

"이유는?"

"복수를 하고 싶습니다!"

구주성은 말을 하면서도 살기를 내뿜고 있었다. 요한에게 향한 것이 아닌, 중원에 있을 어떤 원수를 향한 것이었다.

요한은 살짝 미소를 지었다. 문득 재밌다는 생각이 든 것이다.

"네가 죽이고 싶은 자가 누구냐?"

"전 소교주입니다!"

"호오~"

죽이고 싶은 원수가 정파인이 아니라 마인이라… 그러고 보니 전 소교주가 중원으로 넘어가서 백염도라는 별호를 얻었다는 소식을 얼핏 들은 적이 있었다.

"우리가 해야 할 일은 중원 정벌이지, 너의 복수가 아닌데?"

"놈들을 계속 죽이다 보면 언젠가는 그가 나타나지 않겠습니까!"

"으하하하하핫!"

요한은 껄껄 웃음을 터뜨렸다. 흡족한 미소였다.

이렇게 말속에서 광기가 느껴지는 자는 나중에 일을 저질러도 크게 저지를 자다. 무엇보다 자신에게 너무도 친숙한 느낌이다. 뭐랄까, 또 하나의 자신을 보는 듯한 느낌이랄까?

　지금도 과거를 잊지 못해 광기에 젖어 사는 요한이다. 구주성은 그런 그에게 있어 마치 거울 같았다.

"일어나라."

"선봉을 맡겨주실 때까지는 일어나지 못합니다."

"일어나라."

구주성은 자리에서 일어났다.

그는 다름 아닌 일전에 소비연이 무간뇌옥을 나와서 모든 것을 불태울 때, 소비연에게 참살당한 수하들의 복수를 다짐했던 무천단의 단주였다.

요한은 구주성의 몸 구석구석을 살펴보았다.

자신에게까지 미치지는 못하지만 제법 골격이 튼실한 무재(武才)였다.

'거기다 광기마저 느껴질 정도니… 재밌겠군.'

"선봉, 너에게 주지."

"가, 감사합니다!"

구주성은 가슴이 벅찬 나머지 다시 절을 올리려 했다.

"하지만!"

"……?"

"지금의 너는 너무 약하다. 거기다 무천단은 거의 전멸에 가까운 피해를 입지 않았던가? 차라리 나의 그림자가 되는 것이 어떻겠느냐? 그러면 전 소교주를 찾아 복수하기가 더욱 용이해질 것이다."

"……!"

구주성은 몸을 부르르 떨었다. 사실 그에게는 요한의 제의가 더 좋았다. 하지만 요한은 측근을 두지 않는 것으로 유명하기 때문에 감히 그런 요구를 하지 못했다. 하지만 그것이 가능하다면……!

거기다 뒤이어지는 요한의 말에 구주성은 더 이상 고민을 하지 않았다.

"그에 걸맞은 힘도 주지. 그렇게 되면 절대위의 힘도 꿈만은 아닐 것이다."

"충성을 다해 섬기겠나이다!"

구주성은 곧바로 부복한 채 외쳤다.

"나는 본래 마교의 사람이 아니다. 어쩌면 교에 대항하는 데에 힘을 쓰게 할지도 모른다. 그래도 하겠느냐?"

"힘을 주신다면! 복수를 할 수만 있게 해주신다면!"

그것만이 가능하다면 당신이 원하는 것을 다 들어주겠다는 뜻일 터다.

"마음에 드는군."

요한은 품에서 책자 두 권을 꺼내 구주성의 앞으로 던졌다.

"이것은……?"

"북명신공과 사안마령공이라는 것이다. 따로 익히면 성취가 어렵되, 같이 익히게 되면 상생 작용으로 인해 발전이 빠르다. 입문하는 것만으로도 일약 초절정의 힘을 얻을 수 있을 것이다.”

“……!”

“그 두 가지를 익히고 네가 처리해야 할 것이 있다.”

첫 임무다.

구주성은 두 책자를 품 안에 갈무리하며 싸늘하게 얼굴을 굳힌 채로 입을 열었다.

“무엇입니까?”

“마지경을 비롯한 반대파 장로들의 목을 꺾어라.”

구주성의 눈동자가 살짝 흔들렸다. 처음 했던 말처럼 배교(背敎)란 결코 쉬운 일이 아니다.

“할 수 없다면 돌려주어야 할 것이다.”

구주성은 이내 눈을 질끈 감더니 무언가를 결정한 듯한 눈빛으로 말했다.

“명을 따르겠나이다.”

“좋군.”

그렇게 요한은 자신의 그림자를 얻게 되었다.

＊　　　＊　　　＊

다음날.

마도천하(魔道天下)와 일신척결(一神剔抉)을 기치로 내세운 정벌군의 편성이 일사천리로 진행되었다.

삼군(三軍), 삼전(三殿), 십이단(十二團), 칠십이대(七十二隊)
의 편성이었다.

특히나 지난 삼 년간 평화에 젖어 피를 보지 못한 젊은 층
마인들의 지지가 드높았다.

기실 대외적인 명목은 '마교의 원수인 일신의 무덤을 파훼
하기 위해서' 이지만, 사실상 마인들의 파괴 본능이 살아난
결과라 볼 수 있었다.

그렇게 하나하나 중원 정벌에 대한 계획이 완성되어 감에
따라 여러 사람들의 신변에도 변화가 찾아왔다.

구주성은 가만히 자리에 앉아 두 개의 책자를 쳐다보았다.

북명신공과 사안마령공.

강해지고 싶다는 자신의 열망에 요한이 준 무공서다.

이미 지닌바 무위로는 절대위에 버금가는 요한이 건네준
것인만큼 그 위력은 확실할 것이다.

하지만 그럼에도 구주성은 책자를 받은 몇 시진이 지난 지
금까지도 고민에 고민을 거듭하고 있었다.

'과연 지금 내가 하려는 일이 옳은 것일까?

무작정 요한의 발목을 잡고서 선봉에 서게 해달라고 했던
이유는 복수를 위해서였다.

수하들을 베고 자신의 믿음까지 짓밟아 버린 자에 대한 복
수……

한때에는 주군으로 섬겼으나 이제는 한 하늘을 두고는 살 수 없는[不共戴天] 원수였다.

가슴속의 원한을 갚기 위해서는 반드시 강한 힘이 필요했다. 그럼에도 그가 섣불리 이것을 익히지 않은 이유는 어쩌면 아직까지 자신이 마인이라는 점 때문인지 모른다.

"사안(蛇眼)의 마령(魔靈)이라… 나는 어떻게 해야 하는 건가."

사안마령공. 한때는 마교와 척을 졌던 팔황새의 무공이다. 기록에 남아 있듯이 분명 하늘을 울릴 만한 신공임에는 분명하다.

"원수를 치기 위해 원수의 무공을 익힌다? 큭! 그것도 참으로 재밌는 일이야."

'이 원수'와 '저 원수'는 다른 것이지만, '저 원수'와는 직접적인 원한이 없다. 그렇다면……?

"그래, 얻자. 그리고… 교를 배신한 죗값은 모든 원한을 갚고 난 후에 목숨으로 되갚는 것이다."

구주성은 확고하게 결정을 내린 후, 두 개의 책자 위로 손을 얹었다.

그리고 정확히 한 시진 후,

쿠우우우!

구주성은 불그스름한 광채를 내뿜는 뱀의 눈을 하고 있었다.

몸에서 흘러나오는 기도는 사위를 압도하며 패기를 자랑했다.

그는 몸 안을 감도는 기운에 흠뻑 심취했다.

기맥, 단전, 세맥. 그 어느 곳 가릴 것 없이 여태껏 단 한 번도 느껴보지 못한 충만한 기운이 금방이라도 밖으로 튀어나올 것처럼 움틀거렸다.

구주성은 오른손을 한 번 움켜쥐었다 펴면서 작게 중얼거렸다.

"이 힘이면… 이룰 수 있다."

마지경을 비롯한 장로들은 장로원에 앉아 분기를 터뜨리기 시작했다.

"대체 교가 어떻게 돌아가려는 건지!"

"그렇소! 언제부터 교가 이리 제멋대로 돌아가게 된 것이오!"

"그 지긋지긋한 싸움을 또 벌여야 한다니!"

"허! 이제는 또 얼마나 많은 사람들이 죽어나갈지!"

삼십 년 정마대전은 그야말로 끔찍하기 그지없는 싸움이었다.

어제 나란히 술을 같이했던 동료가 다음날 주검이 되는 경우가 허다했고, 아군이라 생각했던 자가 배신을 하는 경우도 적지 않았다.

나중에 가서는 누가 아군이고 누가 적군인지 구분이 가지 않을 정도로 어지러운 세상이 되어버렸다.

하급 무사들은 윗자리에 앉아 있는 장로들이며 간부들이 무슨 피로가 쌓이겠냐고 비아냥거렸지만, 그들은 그들 나름대로 고충이 다 있었다.

그러한 악몽의 늪에서 이제야 벗어나나 싶었건만.

마지경은 자리에 털썩 주저앉으며 작게 중얼거렸다.

"이게 모두 제 욕심에만 눈이 멀어 회니 뭐니 하는 그 이상한 단체에 현혹이 되어서 그런 것이 아니오?"

"……"

"……"

장로들은 약속이라도 한 듯 입을 꾹 다물었다.

그들도 한때나마 회가 주는 먹이에 이끌려 배교를 저지르는 짓을 한 번씩은 해보았기 때문이다.

장로 중 한 명이 헛기침을 하며 말했다.

"헛험, 이미 지나간 일이 아니오?"

"하지만 지나갔다고 하기에도 힘든 일이지 않소? 이미 교의 대부분이 놈들의 손에 넘어갔으니. 요한도 아마 그 회라는 곳에서 보낸 인물일 가능성이 클 것이오. 나에게 질타를 했던 검료마, 그 아이도 그럴 것이고."

무서운 말이었다.

처음 회가 접근했을 때에 그들은 크게 걱정하지 않았다.

그들은 자랑스러운 마인들. 만약 회라는 곳이 수상쩍은 짓을 저지르려 한다면 그들의 힘으로 찍어 누르면 된다 생각했기 때문이다. 누가 뭐라 해도 마교야말로 천하제일이었니까.

하지만 회가 가진 힘은 차원을 달리했다. 교에서는 단 셋만을 보유했던 절대고수를 셀 수 없이 가지고 있었다. 지닌바 그 힘의 크기 자체가 달랐던 것이다.

결국 그들이 지닌 마수는 점차 마교를 야금야금 먹어치우더니 이제는 돌이킬 수 없는 상황으로 몰아넣어 버렸다.

"이제는 돌이킬 수 없음인가……."

"마를 외치고 패를 부르짖던 그때가 엊그제 같거늘."

"무인으로서의 긍지를 잃어버리고 욕심에 한없이 빠져 버린 탓이지요."

장로들은 한때 혁리빈현의 반대파 숙청 때에 동야마들이 가졌던 생각과 똑같은 후회를 하고 있었다.

어찌 일이 이 지경에까지 이르게 되었을까 하는…….

"아니, 아직 늦은 것은 아니오."

마지경이 나지막한 목소리로 입을 열었다.

장로들의 눈동자 위로 이채가 스쳐 지나갔다.

"하면……?"

"지금이라도 이렇게 바뀌어야겠다는 생각을 가지고 지난 날을 반성한다는 마음만 있다면, 늦지 않았단 소리요."

"그 말인즉……."

마지경은 고개를 끄덕였다.

"뒤집읍시다."

"……!"

"교는 마인들의 것이오. 어둠 속에 숨어 협잡과 음모만을 꾸미는 놈들의 것이 아니란 말이외다!"

장로들의 눈동자에 굳건함이 자리 잡았다.

마지경의 말이 옳았다. 그들은 자랑스러운 마인이다. 그 사실만을 인지하고 있다면 지금과 같은 상황은 몇 번이고 다시 뒤집을 수 있다.

천중전란 때가 그러했고, 괴검의 앙 때도 그러하지 않았던가.

장로 중 한 명이 외쳤다.

"나는 마 장로의 의견을 따르겠소!"

"나 역시 따르겠소!"

"나도 동참하겠소!"

"나 또한."

모두의 의견이 하나로 뭉쳤다.

마지경이 외쳤다.

"좋소. 마음이 바뀌지 않게 지금 당장 혈인(血印)을 찍읍시다."

"좋은 생각이오."

나이가 많다고 해서 장로의 직위에 앉을 수 있는 것이 아니다. 지위에 맞는 능력이 되어야 하고 그만한 연륜이 있어야 한다. 그들이 지닌 힘은 미진할지 모르나 뜻을 함께하는 이들을 모은다면 금세 힘이 커지게 될 것이다. 그들은 그렇게 믿었다. 그리고 그만한 힘과 능력이 있었다.

하지만,

"혈인을 작성하기 전에 그대들의 머리가 날아갈 것이오."

"누구……!"

퍽!

장로 중 한 명의 머리가 갑작스레 수박처럼 으깨지며 터져 나갔다.

"암습이……."

퍽! 퍽! 퍽!

연이어 세 명의 머리가 터져 나가며 몸뚱어리와 분리되어 땅바닥을 굴렀다.

빠르고 날카로운 공격이다.

초절정의 무위를 지니고 있는 마지경은 재빨리 애검을 뽑아 들며 자신을 향해 날아오는 공격을 튕겨냈다.

채앵!

공격을 감행했던 인영은 가볍게 땅에 착지했다.

인영의 정체를 알아챈 마지경의 입에서 일갈이 터졌다.

"이놈! 구주성! 네가 어찌 이런 일을 저지른단 말이냐!"

그는 다름 아닌 구주성이었다.

하지만 마지경이 알고 있던 구주성과는 달랐다.

지금의 구주성은 눈동자가 마치 뱀의 눈처럼 먹이를 갈구하는 듯했고, 그곳에서 뿜어져 나오는 요사한 사기와 마기는 혼탁한 기운으로 변질되어 장로원 내부를 가득 메웠다.

특히나 몸동작 하나하나에서 느껴지는 광기는 마지경으로 하여금 가슴이 덜컥 내려앉게 만들었다.

마지경이 아는 구주성은 혈기가 넘치는 젊은 무인으로, 그에 걸맞게 탁월한 안목을 지니고 있어 차후에 교를 크게 이끌 지도자의 상(相)이었다.

한데, 그런 아이가 어찌 저런 모습으로 이런 짓을 저지른단 말인가.

"나는 이미 한비 공자의 그림자가 되었소."

"한비?"

"그대들이 부르는 요한 교주 대리 말이오."

화를 참지 못한 마지경은 일갈을 내질렀다.

"이놈! 마인으로서의 긍지를 저버리고 적에게 몸을 맡겼단 말이냐!"

"마인이라는 긍지, 영혼, 그런 것 따윈 압도적인 힘 앞에서는 부질없더이다."

"이노오오옴!"

한평생 자신이 마인이라는 자긍심 하나로 살아온 마지경에게 있어 구주성의 말은 천지가 뒤집힐 만한 일이었다.

마지경은 잔뜩 화가 난 기세 그대로 구주성에게 달려들었
다.

"내 오늘 너의 목을 꺾어버리고 요한, 그놈을 요절낼 것이
야!"

쉐에에엑!

마중검혼이라는 별호답게 마지경의 검은 매섭기 짝이 없
었다.

구주성이 사안마령공과 북명신공을 함께 익혀 초절정의
경지에 올랐다고 하나 아직 마지경을 상대하기에는 실력이
미천했다. 하지만 그 정도 실력 차를 뒤집는 방법은 충분히
존재했다.

샤라라락!

구주성의 사안 위로 붉은 혈광이 떠올랐다.

"혈백……?"

"정확히는 북명신공의 일맥 중 하나인 곤첨이란 것이오."

구주성은 마지경의 검을 가볍게 피하며 안쪽으로 파고들
어 갔다. 그의 검이 마지경의 목을 뚫고 나왔다.

"컥!"

마지경의 신형이 가볍게 고꾸라졌다.

구주성은 가볍게 검을 뽑아 피를 털어냈다.

어느새 그의 몸에서 혈백은 사라진 뒤였다.

휙.

구주성은 다섯 구의 시체를 뒤로하고 자리를 떴다.

요한은 장로원을 빠져나오는 구주성을 향해 물었다.
"처리는?"
"확실히 했습니다."
"기분은 어떤가?"
"좋습니다."
힘을 가졌다는 기분. 희열감.
구주성은 그 느낌에 젖어 있었다. 마치 마약과도 같은 충만감. 이제 그는 결코 예전으로는 돌아갈 수 없을 듯했다.
"사안마령공은 곤첨을 제어하는 데 효능이 탁월하다. 곤첨아래에 있는 혈백이 제아무리 이성을 미치게 한다고 하나 사안을 이기지 못하는 거지."
"힘을 주서서 감사합니다."
구주성이 부복하며 말했다.
"힘을 얻은 만큼 앞으로 네가 해야 할 일이 많을 것이다."
"따르겠나이다."
요한은 고개를 끄덕이며 뒤로 돌아섰다.
천산 아래, 저 드넓은 대지가 두 눈에 들어왔다.
그곳에는 중원으로 출정하는 수십 무리의 마군(魔軍)이 보였다.
"한 번 태워보자꾸나, 저 강호라는 세계를."

요한의 눈동자에 살기가 어렸다.

"그리고 찢어야지, 갈가리. 흔적조차 남지 않게."

그리고 누구도 듣지 못할 작은, 그러나 싸늘한 어조로 중얼거렸다.

"…형을 죽게 만든 이 강호를."

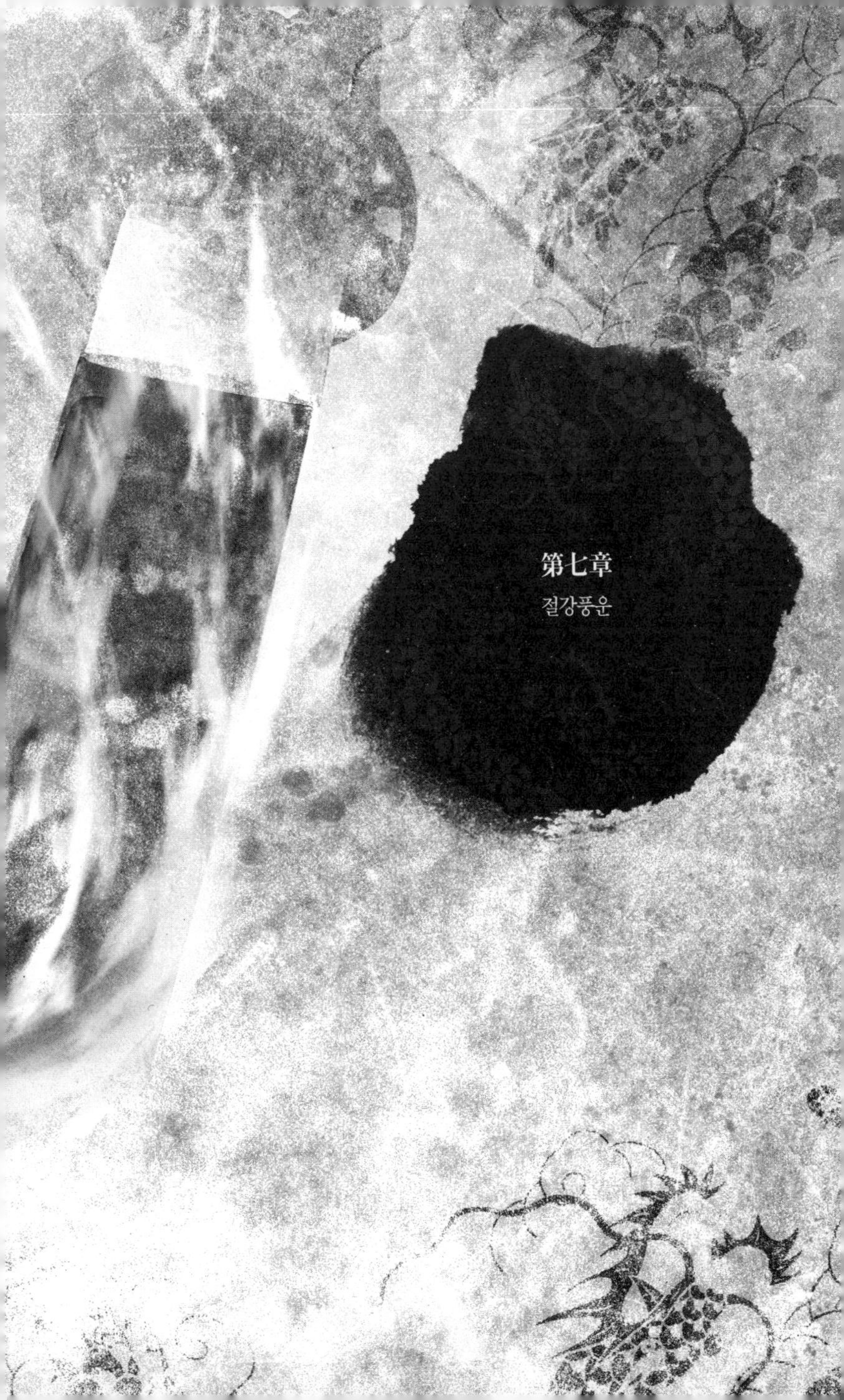

第七章

절강풍운

神刀無雙
신도무쌍

　　팽무천 일행을 태운 마차는 천목산에 들던 도중에 일련의 산적 무리를 만나게 되었다.

　　"이놈들! 가지고 있는 것들을 모두 내놓아라!"

　　그중 '나 좀 잘 나가는 산적이오'라는 것을 자랑이라도 하듯이 호피를 입고 수염이 자글자글한 산적 두목이 나섰는데, 그 덩치나 얼굴이 꽤나 험상궂어 보였다.

　　놈들의 숫자는 칠십이 조금 되지 않았는데, 길목을 막고 팽무천 일행의 마차를 둘러싸기엔 충분했다.

　　예의 그 산적 두목은 커다란 도끼 하나를 어깨에 턱 하니 얹고서 사자후를 터뜨렸다.

“나 녹림대왕(綠林大王)에게 진상할 수 있는 것을 영광으로 여겨야 할 것이다!”

그 위세가 얼마나 대단하던지 산 전체가 흔들리는 착각이 들 정도였다.

일견 보통 지질구레한 산적이 아님은 확실해 보였다.

하지만 정작 마차를 몰고 있던 팽무천의 안색은 좋지 않았다.

평상시 그의 성격 같았으면 껄껄 웃으면서 몇 대 쥐어박는 것으로 끝내겠지만, 지금은 상당히 심기가 불편한 상태였다. 그런 판국에 감히 마차의 길목을 막다니.

팽무천은 이마를 비집고 나오려는 혈관을 왼손으로 꾹 누르며 억지로 웃어 보였다.

“이보게. 지금 우리가 가는 길이 상당히 바쁘다네. 웬만하면 길을 비켜주지 않겠는가?”

하지만 그의 말을 순순히 들어줄 것 같았으면 다짜고짜 길을 막을 산적들이 아니었다.

거기다 팽무천은 반박귀진의 경지를 접한 지 오래라 겉으로는 그저 건강한 노인으로밖에는 보이지 않았다.

자신을 녹림대왕이라 밝힌 산적은 팽무천과 비교해도 절대 뒤지지 않을 험상궂은 얼굴을 와락 구기며 말했다.

“이봐, 노인장. 장난쳐? 우리가 지금 소꿉장난 치는 걸로 보이나 보지? 이거, 신사처럼 순순히 말로 해서는 안 되겠구먼. 얘들아, 우리 실력 좀 보여줘야겠다.”

“헤헤, 대왕님께서 나서서 손을 더럽힐 필요가 있으시겠습니까? 저희로도 충분합지요.”

서생원 수염을 하고서 손을 비비는 것이, 영락없는 아첨을 잘하게 생긴 산적이었다.

녹림대왕은 한 발자국 뒤로 물러나며 고개를 끄덕였다.

“알았다. 내 오늘 천왕채(天王寨)의 실력을 똑똑히 지켜보겠노라. 울향, 너의 능력을 보도록 하지.”

“헤헤, 잠시만 기다리십시오.”

울향은 녹림대왕에게 고개를 한 번 조아리고는 뒤돌아서서는 인상을 와락 구겼다. 아마도 그것이 자신이 지을 수 있는 최대한의 험상궂은 인상인 듯싶었다.

“대왕님께서 우리 천왕채의 실력을 보고자 하신다!”

“오오오오!”

“우리에게는 대왕님의 가호가 있으시니!”

“우오오오!”

“…뭐냐, 이것들은?”

팽무천은 한심하다는 눈빛으로 산적들을 보았다.

스스로 천왕채니 녹림대왕이니 자화자찬하는 것이 영 못마땅하게 느껴졌다. 특히나 녹림대왕이라는 녀석은 강호에 나간다면 꽤나 고수 소리 들을 법한 녀석이었는데, 이런 짓을 하고 싶을까 하는 생각마저 들었다.

"한데, 분명 어디서 들은 이름이거늘……."

팽무천은 고개를 갸웃거리다 이내 털어버렸다. 요즘 들어 기억력이 자꾸만 떨어지는 것이, 손녀 이름도 가물가물한데 괴상한 산적까지 기억할 필요가 있겠나 싶었다.

팽무천은 이 귀찮은 날파리들을 어떻게 처리할까 하다가 한 가지 좋은 방도를 떠올렸다.

'겁을 주면 알아서 도망치겠지.'

갈 길이 바쁜 탓에 여기서 더 이상 길을 지체할 수 없었다.

팽무천은 그가 지을 수 있는 최대한의 인상을 찌푸리면서 갈무리된 기운을 풀어냈다. 아니, 풀어내려 했다.

끼이익.

그 순간 갑자기 마차 문이 열리며 이하영이 고개를 불쑥 내밀었다.

"어르신, 무슨 일 있으세… 꺄아아아아아악!"

이하영은 앞으로 고개를 내밀다가 팽무천의 인상과 마주치고 말았다. 마치 지옥에서 갓 튀어 올라온 야차를 연상케 하는 얼굴. 이하영은 그 상태 그대로 굳어져 비명을 질렀다.

"무슨 일이에요!"

팽시영이 화들짝 놀라 밖으로 나왔다.

이하영은 고개를 뒤로 돌리지도 못한 채 부들부들 몸을 떨었다.

"저, 저, 저기……."

“네?”

팽시영은 이하영이 가리키는 방향으로 시선을 돌려 팽무천의 표정을 한 번 보고서는 길게 한숨을 내쉬었다.

“…하아.”

무슨 일이 생겼는지 알겠다는 표정이었다.

그에 팽무천의 얼굴이 뭐 씹은 표정으로 변했다.

“…그렇게 안 좋으냐?”

“나중에 동경 빌려 드릴게요. 그걸로 한 번 보세요.”

“…….”

팽시영은 다시 한 번 길게 한숨을 내쉬다가 그제야 방금 전에 고래고래 소리를 쳤던 마차를 둘러싼 정체불명의 사람들이 있음을 알아챘다.

칠십 명이 조금 넘지 못하는 사내들은 침을 질질 흘리고 있었다. 모두 팽시영과 이하영을 향한 눈빛이었다.

“이 사람들은 누구예요?”

팽시영의 물음에 팽무천이 답했다.

“산적들.”

“네?”

“감히 우리 마차를 터시겠단다.”

“하!”

팽시영은 살짝 인상을 찌푸렸다. 누구 마차를 턴다고?

“이봐요, 자칭 산적 아저씨들.”

"예? 아, 옙!"

천왕채의 채주 울향은 넋을 빼놓고 있다가 그제야 정신을 수습했다. 울향과 그를 비롯한 천왕채 산적들이 침을 흘리고 있었던 이유는 팽시영과 이하영의 미모가 워낙 대단했기 때문이다.

팽시영과 이하영이야 그동안 팽무천과 소비연과 같이 여행을 해오면서 망각하고 있었지만, 그들은 천하 어디에 내놓아도 부족하지 않을 만큼 아름다웠다.

그러한데 산을 터전으로 삼아 표국의 뒷돈이나 챙기는 산적들이 오죽하겠는가. 팽시영은 강호칠화에 속할 만큼 아름다운 외모를 자랑했고, 이하영도 칠화에는 속하지 못하나 보통 미모 이상이었다.

처음 팽시영과 이하영이 마차에서 내렸을 때에는 하늘에서 선녀가 내려온다고 생각할 정도였으니.

팽시영은 그 고운 아미를 찌푸리며 아직도 정신을 차리지 못한 천왕채 산적들을 꾸중했다.

"두 다리 두 팔 멀쩡한 남정네들이 이게 무슨 행패인지는 모르겠지만, 지금이라도 당장 고향으로 돌아가서 자신의 노력으로 돈을 벌 생각을 하세요. 이렇게 양아치처럼 타인의 호주머니나 터는 거, 부끄럽지 않으세요?"

보통 때 같았으면 이에 노발대발할 산적들이다.

하지만 지금은 정말 자신이 부끄럽게만 느껴졌다. 당장에라도 손에 든 무기를 내던지고 돌아서고 싶은 심정이었다. 그만큼 팽시영의 꾸중은 그들의 부끄러운 내면을 잘 들추어냈다.

하지만 이렇게 꾸중을 해도 정신을 차리지 못하는 인간은 여전히 차리지 못하는 법이다.

"크하하핫! 뛰어난 미모에 당찬 성격까지. 그동안 이 녹림대왕 단 모(壇某)가 꿈꾸던 여성상 그대로요. 어떻소? 지금이라도 당장 이 대왕과 백년가약을 맺지 않겠소?"

"……."

팽시영은 '이건 또 뭐냐?'라는 표정을 지었다.

하지만 녹림대왕은 그것을 자신에 대한 관심으로 받아들였는지,

"허허허허! 그렇게 연모에 빠진 눈길로 바라볼 필요 없소. 나 역시 그대가 마음에 들었으니. 그대는 오늘 이후로 대후(大后)가 될 것이오. 그렇지 않느냐, 얘들아?"

"우오오오! 그렇습니다! 대모 만세!"

"녹림대왕 만세! 녹림대후 만세!"

"녹림대왕 만세! 녹림대후 만세!"

"……."

"……."

"……."

팽시영은 검지로 이마를 꾹 눌렀다.

대체 상황이 어떻게 돌아가는 건지는 잘 모르겠지만, 분명

한 것은 골치 아픈 상황에 빠진 게 분명했다.

"…할아버지 같은 사람들이네요."

이하영이 팽시영의 말에 고개를 가만히 끄덕였다.

팽무천이 발끈했다.

"어딜 봐서 저놈들과 내가 같다는 것이냐!"

"가슴에 손을 얹고 생각해 보시죠? 전혀 아니라고 생각하세요?"

"전혀!"

"하아… 하영, 이만 들어가요."

"네."

팽시영과 이하영은 마차 안으로 들어가 버렸다. 팽시영은 마차 문을 닫기 전, 조부에게 확실하게 못 박았다.

"어디서 나타난 사람들인지는 모르지만 잘 타일러서 보내요."

"알았다."

덜컥.

마차 문이 닫히자 팽시영과 이하영의 모습은 더 이상 보이지 않게 되었다.

녹림대왕은 또다시 호탕한 웃음을 터뜨렸다.

"크하하하핫! 부끄러워하는 모습이라니. 내 그대의 모습에 더욱 반했음이오! 으하하하핫!"

"녹림대왕 만세! 녹림대후 만세!"

팽무천은 인상을 찌푸리며 말했다. 저 정도면 꽤나 깊은 병
이다 싶었다.

"이보게."

"왜 그러시오, 노인장?"

"내 손녀에게서 관심 끄게나. 이미 임자가 있는 몸일세."

"호오! 저 아리따운 여인의 조부셨소? 몰랐소. 허허허, 이
녹림대왕 단재청이 장조(丈祖:아내의 할아버지) 어른께 인사를
드리오. 손서(孫壻:손녀사위)의 절을 받으시지요."

다짜고짜 절을 하려는 녹림대왕을 보며 팽무천은 별 해괴
망측한 녀석을 다 보겠다는 표정을 지으며 발을 크게 휘둘렀
다.

쉐액!

팽무천의 발길질은 녹림대왕의 머리를 강하게 때렸다.

빡!

"컥!"

녹림대왕의 거대한 체구가 그대로 공중에서 한 바퀴를 돌
더니 머리부터 땅에 심어졌다.

눈이 깜짝할 새에 일어난 상황이었다.

"대, 대왕님!"

"이놈! 감히 대왕님께 무슨 불경한 짓이냐!"

"원수를 갚겠다!"

울향을 비롯한 천왕채 산적들은 일제히 무기를 꼬나 쥐면

서 달려들었다.

일대의 장한들이 단체로 뛰어드는 장면은 그야말로 장관이었다.

팽무천은 주먹을 와락 움켜쥐면서 크게 외쳤다.

"오냐, 그렇지 않아도 기분 더러워 죽겠는데, 한번 깽판이라도 쳐보자! 껄껄껄껄!"

팽무천의 눈동자가 뒤로 돌아갔다.

천목산은 크게 동과 서, 두 개로 나뉜다.

팽무천 일행의 마차는 동천목산을 오르고 있었다.

마차가 가파른 산길을 올라가긴 힘든 법이다. 그래서 팽무천은 경사가 덜 진 쪽으로 마차를 몰았다.

"이 방향으로 가면 정말 제천궁의 태평소전이 머무는 곳이 나와요?"

팽시영의 물음에 팽무천은 짤막하게 답했다.

"껄껄, 그야 모르지."

"네?"

"그야 모른다고."

"…그럼 이곳으로 왜 온 건데요?"

"흔적을 찾기 위해서."

"아!"

팽무천은 계속 말을 이었다.

"태평소전이 천목산에 머문 지 꽤나 시간이 흘렀다고 했다. 그렇다면 진영을 철수하고 이동했다고 해도 부족하지 않을 시간이야. 우리가 찾아야 할 것은 이곳에 소혼 녀석이 왔나 안 왔나, 그것을 찾으면 될 뿐이다. 알겠느냐?"

"네."

"껄껄, 어떠냐? 이것으로 이 할애비에 대한 존경심이 마구마구 샘솟지?"

팽시영은 인상을 와락 찌푸렸다.

"그냥 마차나 몰아요."

"헐, 내가 무슨 마차 모는 기계더냐? 어떻게 툭하면 손녀의 입에서 마차나 몰라는 소리가 나올 수 있는 거지? 흑, 이 할애비는 슬프구나."

"그런 말씀 하시기 전에 저 뒤에 따라오는 인종들부터 어떻게 처리하시죠?"

팽무천은 고개를 비스듬히 뒤로 돌리더니 황당하다는 얼굴을 했다.

"아직도 쫓아오느냐?"

"제대로 처리한 거 맞아요?"

팽무천과 팽시영의 대화가 말하는 이들은 예의 팽시영에게 한눈에 반했던 녹림대왕과 그의 수하인 천왕채 식구들이었다.

칠십에 가까운 남정네들이 마차의 뒤를 쪼르르 따라 오는 모습은 징그럽기까지 했다.

사건의 발단은 이러했다.

녹림대왕이 자꾸 팽시영에게 치근덕거리자 팽무천이 놈을 발로 차버렸다. 이에 천왕채 놈들이 원수를 갚겠다느니 말을 하면서 달려들자 팽무천은 그렇지 않아도 기분이 좋지 않았던 화를 놈들에게 모두 풀어버렸다. 놈들을 열나게 패버린 다음에 죄다 땅에다 머리를 심어버렸다.

그러고 반 시진 후.

언제 정신 차렸는지 녹림대왕과 천왕채 산적들이 마차 뒤를 따르고 있었다.

이런 말을 하면서…….

"오오, 아름다운 그대여, 나의 사랑을 받아주오!"

"녹림대왕 만세! 녹림대후 만세!"

팽무천과 팽시영, 이하영은 정말이지 죽을 맛이었다.

"또 저 소리가 들려요. 제발 좀 어떻게 해줘요!"

"껄껄, 네가 좋다고 달려드는데 나보고 어쩌라고? 그런데 생긴 것과는 다르게 꽤나 순애보인 것 같구나. 그렇게 패놨는데도 이렇게 쫓는 모습이라니."

사실 팽무천은 산적들의 꼴을 보기가 싫어 그 뒤로 몇 번이고 놈들에게 달려들어 그전처럼 패버렸다.

개중에 녹림대왕이 제법 오래 버텼지만 얼마 가지 않아 제 수하들처럼 다시 땅에다 머리를 심어버렸다.

　하지만 놈들은 그때마다 오뚝이처럼 일어서서는 마차 뒤를 따랐다.

　"그냥 할아버지가 남아서 저 사람들 강제로 해산시키면 안 될까요?"

　"몇 번이고 두들겨 댔지만 소용없었잖느냐. 그냥 내버려 두어라. 아니면 저놈에게 시집가는 건 어떠하냐? 몇 번 대화를 나누어봤는데, 의외로 마음은 착한 녀석 같더구나."

　"말이 되는 소리를 해요!"

　"껄껄, 하긴 너에게는 임자가 있는데, 그건 안 되겠지? 지 아비를 둘이나 섬길 수는 없으니."

　"제 임자가 누군데요?"

　팽시영의 눈썹이 역팔자로 그려졌다.

　"소혼."

　"크아아아아! 제발 그 소리는 좀 그만해요!"

　팽무천과 팽시영이 이런저런 대화를 나누는 동안, 바깥에서는 녹림대왕이 노래를 부르고 있었다.

　백옥 새 안장의 유마 타고 싸웠거늘,
　전투 끝난 사막에 달빛이 차다.
　성머리 쇠북 소리 여직 떨어 울리고
　칼집 금칼에는 아직 피가 묻었네.

溜馬新跨白玉鞍

戰擺沙場月色寒

城頭鐵鼓聲猶震

匣裏金刀血未乾

"헐, 너를 위해 사랑의 노래를 부르는구나?"

"저건 군에서 부르는 군행가(軍行歌)라고요!"

저 멀리 녹림대왕의 우렁찬 목소리가 들려왔다.

"나는 이렇게 늠름한 녹림의 대왕이라오. 나 단재청, 아리 따운 그대에게 묻노니, 당신의 보석보다 값진 이름을 들려줄 기회를 주지 않겠소?"

여태껏 가만히 있던 이하영이 작게 말했다.

"낯간지러운 대사군요."

"껄껄, 네가 정말 마음에 들었나 보다."

"으아아아아!"

팽시영이 결국 괴로움을 참지 못해 머리를 쥐어 싸매며 소리를 지르는 순간이었다.

샤라라락!

갑자기 저 하늘 위로 강대한 기운을 가진 무언가가 떨어지는 것이 기감으로 느껴졌다.

"할아버지!"

"안다!"

팽무천은 인상을 와락 일그러뜨리고는 맹호도의 도파를 강하게 쥐었다.

팟!

마차를 강하게 박차자 그의 몸이 유성탄처럼 공중을 가로질렀다.

"우오오오!"

녹림대왕와 산적들이 팽무천의 신위에 놀라 소리를 지를 무렵, 팽무천은 맹호도를 도갑에서 분리시켰다.

쿠오오오!

도신에 공력을 불어넣자 마치 산중의 호랑이가 노호를 터뜨리는 듯한 소리가 일어났다.

팽무천은 팽가의 가전절기인 백호천림공을 펼쳐 냈다.

백호강림(白虎降臨)이었다.

크와아아앙!

백호의 울음소리와 함께 칼날이 공간을 때렸다.

쾅!

쿠우웅!

벽력음이 천지를 뒤흔들었다.

팽무천은 공중을 다시 한 번 강하게 박찼다. 보법의 상승 공부, 허공답보였다.

"누구냐! 썩 정체를 밝히지 못하겠느냐!"

사자후가 메아리가 되어 산중에 쩌렁쩌렁하게 울렸다. 녹림대왕의 사자후도 절대 약한 것은 아니었지만, 팽무천의 것과는 절대 비교도 할 수 없을 터였다.

녹림대왕은 팽무천의 신위에 화들짝 놀라 자라목을 하고서 울향에게 물었다.

"분명 장조께서 강한 것은 알고 있었지만, 대체 정체가 무엇이지?"

"그, 글쎄요."

"그나저나 정말 대단하신 분이로구나. 이 대왕의 장조로는 절대 부족하지 않으신 분이로다!"

팽무천을 향한 녹림대왕의 눈동자엔 무한한 존경심이 어려 있었다. 기필코 저분의 손서가 되겠다는 생각으로 가득 찬 것 같았다.

그런 녹림대왕의 눈빛을 아는지 모르는지, 팽무천은 다시 한 번 공중에서 사자후를 터뜨리고 있었다.

"정체를 밝혀라!"

사자후가 메아리가 되어 울렸다.

'밝혀라' 라는 단어의 꼬리 부분이 울릴 무렵, 새로운 공격이 감행되었다.

파파파팟!

공중을 가로지르는 무엇. 총 다섯 개의 실선이 팽무천의 시야에 잡혔다.

팽무천은 강하게 맹호도를 휘둘렀다.

그러자 갑자기 그의 도가 다섯 개로 분리되었다. 분영(分影)은 각자 서로 다른 색깔의 광채를 토해냈다. 청, 적, 백, 흑, 황, 다섯 개의 광채를 자랑하는 강기였다.

오호단문도의 오호출동(五虎出洞)이었다.

츄츄츄츄츄웃!

다섯 개의 실선은 다섯 개의 강기와 부딪치면서 큰 폭발을 일으켰다.

쿠쿠쿠쿵!

그 속에 폭약이라도 숨어 있었는지, 공중에서 화려하게 터졌다.

"거기냐!"

팽무천은 그 폭발 속으로 몸을 날렸다.

그리고 다시 한 번 폭발이 일어났다.

쿠우웅!

이전과는 비교도 할 수 없는 폭발이었다.

산을 감도는 바람이 뿌연 안개를 걷어내자 안의 상황이 노출되었는데, 팽무천은 정체를 알 수 없는 괴한과 치열한 격전을 벌이고 있었다.

차차차차창!

그 속도가 얼마나 빠르고 현란하던지, 맹호도를 휘두르는 팽무천의 모습은 그야말로 천신의 장수 같았다.

퍼퍼퍼펑!

칼이 한 번 광풍을 일으킬 때마다 들리는 것은 경쾌한 쇳소리가 아닌, 화약이 터지는 폭발 소리였다.

팽무천은 이대로는 승부가 날 것 같지 않다고 판단을 내렸는지 백호천림공의 비기 중 하나를 펼쳤다.

맹호도가 강하게 휘둘려졌다.

쿵!

콰앙!

팽시영은 손으로 입을 가리며 소리쳤다.

"군림맹아공(君臨猛牙攻)!"

비명에 가까운 목소리에 이하영이 걱정 어린 얼굴로 물었다.

"그것이 무엇이기에……?"

이하영은 뒤이어 '그리 놀라는 거예요? 라고 묻지 못했다. 팽시영의 표정은 그만큼 심각해 보였다.

팽시영은 한참 후에야 겨우 입을 열었다.

"본 가에는 대대로 백호천림공이라는 무공이 전해 내려와요. 한때 본 가에게 도종문이라는 이름을 얻게 한 무공이죠."

도(刀)의 종가(宗家)라 해서 붙여진 이름, 도종문(刀宗門).

"하지만 도종문이 서서히 팽씨 성을 쓰는 사람들을 위한 체재로 돌아가자 도종문은 크게 두 개의 세력으로 나뉘어지고 말았어요."

그것은 한때 도종문이라는 이름을 가졌던 팽가에 숨겨진

비사이며, 다시는 돌이키고 싶지 않은 혈사(血史)였다.

"도종문을 연 개파시조의 정통 후예인 팽가의 가문이 되어야 한다는 정통파와 피에 상관없이 지닌바 힘의 서열에 따라 대우를 받아야 한다는 개혁파 간의 알력 다툼이었죠. 처음에는 그저 말싸움에 불과했던 것이 나중에는 피를 보게 되었고, 최후에는 서로를 아예 멸절시켜야한다는 말이 나올 지경에까지 이르게 되었어요."

지금 팽가는 팽씨 성을 가진 이들의 가문이다.

"그럼……?"

"네. 결국 정통파가 이기게 되면서 도종문은 한 개의 세가가 되었어요. 하지만 정통파라고 해서 개혁파를 모두 없앨 수는 없었어요. 개중에 몇몇은 살아서 산해관(山海關)을 넘어 해동의 한 섬에 다다르게 되었는데, 그들이 바로 천섬도(天閃島)의 시조예요."

"……!"

천섬도는 천중전란을 일으킨 팔황새 중 하나로, 서해에 터를 잡은 이들이다.

도를 귀신같이 잘 사용해서 귀도(鬼島)의 귀도인(鬼刀人)이라고 불리기도 했다.

특히나 그들은 하북팽가와 수없이 싸우기로 유명했는데, 이에 그러한 비사가 있을 줄은 몰랐다.

"그때 정통파와 개혁파가 싸운 이유 중 하나는 백호천림공을 팽가의 성씨를 쓰는 사람에게만 공개할 것이냐, 아니면 일반 무사들에게도 공개할 것이냐로 다퉜어요. 그만큼 위력이 대단했거든요. 그리고 개혁파를 축출한 이후로는 천림공을 가주의 절기로 한정시켰어요."

"아예 없앤 것이 아니라 가주의 절기라면 사용해도 놀랄 일은 아니잖아요?"

팽시영은 고개를 저었다.

"분명 보통 천림공이라면 사용해도 괜찮아요. 하지만 비기에 관해서는 전혀 그렇지 못해요."

"비기요?"

팽시영은 무겁게 고개를 끄덕였다.

"네. 천림공은 각각 강림, 군림, 천림으로 나뉘어 있는데, 각각 한 가지 초식을 비기로 두고 있어요. 문제는 총 이 세 가지 비기들이 정통파와 개혁파 충돌의 직접적인 원흉이 되었기 때문에 가법으로 직접적인 사용은 불허가 되어 있어요. 그중 맹아(猛牙)는… 군림공의 비기예요."

"아!"

팽시영의 안색이 어두워졌다.

"백호천림공의 비기를 쓴다는 것은 그만큼 승부를 결정짓기 힘들 정도로 뛰어난 고수가 나타났음을 의미하거나, 그도 아니면……."

파르르 떨리는 음성으로 말했다.

“…백호천림공에 대해서 너무나 잘 아는 사람이 등장했음을 의미해요.”

콰르르릉!

팽무천은 공중에서 괴한과 수없이 많은 격돌을 벌였다.

하지만 그때마다 칼날은 앞으로 전진하지 못하고 튕겨나기 일쑤였다.

결국 팽무천은 큰 승부를 일궈내지 못하고 뒤로 물러나고 말았다.

팽무천은 땅에 착지하며 작게 중얼거렸다.

“…역시나 그곳의 사람인가…….”

괴한 역시 가볍게 땅에 착지했다. 그는 삼십대 중반의 남자였는데, 뿜어지는 기도가 팽무천과 비교해도 절대 뒤지지 않았다. 그는 묘한 미소를 지으면서 일행을 향해 걸어왔다.

쩔그럭, 쩔그럭.

그가 걸을 때마다 무언가 흔들리는 소리가 들렸다.

방금 전에 일행을 덮쳤을 때에 사용했던 암기가 담긴 주머니가 내는 소리가 분명했다.

주머니 아래에는 금색 바탕에 은색 줄이 그어진 도갑이 매어져 있었고, 그의 한쪽 손에는 유엽도가 쥐어져 있었다.

“백 년이 훌쩍 넘는 세월은 같은 무공마저 변질시키나 봅니다.”

팽무천은 괴한을 보며 작게 중얼거렸다.

"귀도(鬼島)에서 왔나?"

귀도.

보통 사람들이 팔황새의 천섬도를 일컫는 말이다.

괴한은 고개를 끄덕였다.

"도주(島主)인 망량도(魍魎刀)라고 합니다."

망량의 뜻은 귀신. 귀도라는 이름에 어울린다.

"귀신이라… 그대들의 천림공은 이제 백호가 아닌 망량인가 보지?"

팽무천은 평상시와는 다르게 진지했다. 절대 허점을 노출시키지 않겠다는 듯, 그가 내뿜는 투기는 제법 거리가 널찍이 떨어진 팽시영과 이하영에게도 느껴질 정도였다.

망량도가 가만히 입을 열었다.

"더 이상 백호의 이름도 달지 못하는 이들이 하실 소리는 아닌 것 같습니다만?"

팽가의 절기로 유명한 오호단문을 말하는 것이리라.

"껄껄, 주둥이가 산 놈이로구나. 그만큼 실력이 있는지도 궁금하도다."

"그만한 실력을 지녔는지는 당신이 판단 내릴 일이 아니라고 생각합니다."

팽무천은 굳어진 표정으로 입을 열었다.

"선조들의 복수를 하기 위해서 왔나?"

같은 도종문의 뿌리를 가지고 있는 천섬도와 팽가의 싸움은 두 번 모두 천섬도의 패배로 끝났다. 한 번은 개혁파의 축출, 또 한 번은 천중전란 때의 패배.

팽무천은 그 사실들을 가지고서 망량도의 심기를 건드리고자 했다.

하지만 망량도는 별 개의치 않는다는 태도였다.

"그 정도의 격장지계로 넘어갈 것이라는 생각은 하지 마십시오. 그깟 것으로 넘어갈 것이었으면 그 치열한 세계에서 살아남지도 못했을 테니."

천섬도의 뿌리가 되는 개혁파가 외치던 바는 '실력이 있는 자의 득세'였다. 그것은 천섬도 내부에서 가장 극의가 되는 규율임이 틀림없을 것이다.

비록 망량도의 나이가 젊어 보인다고 하지만 스스로를 도주라 밝혔으니, 천섬도의 제일고수라고 봐도 과언이 아닐 터였다.

"좋다. 그럼 팔황새의 일세이자 한때 팽가와 같은 길을 걸었던 문파, 천섬도의 도주에게 묻겠다. 우리의 앞길을 막는 이유가 무엇인가?"

"그야 본 도를 두 번이나 꺾었다는 팽가의 주인이었던 자의 힘을 알아보기 위해서지요. 그리고… 오늘부로 본 도의 백년 봉문이 모두 끝났음을 전 강호에 알리기 위함입니다."

망량도의 웃음이 짙어졌다.

그 미소에서 불길함을 느낀 팽무천이 팽시영과 이하영에
게 외쳤다.

"조심해라!"

"네? 무슨……!"

팽시영의 물음이 끝나기도 전에 사방에서 백에 가까운 숫자
의 그림자가 솟아올랐다. 회의(灰衣)를 입은 무인들은 저마다
한 손에 칼을 한 자루씩 쥐고 있었는데, 개개인이 지닌 무위의
능력은 구파나 오가의 정예와 비교해도 절대 뒤지지 않았다.

파파파팟!

팽시영과 이하영은 재빨리 저마다의 병장기를 꺼내 들며
회의인들의 공격을 막아냈다.

채채채챙!

따라라라랑!

쇳소리가 연달아 울렸다.

"이놈들!"

그때, 멀리서 멍하니 상황을 지켜보고 있던 녹림대왕이 사
자후를 터뜨리며 몸을 날렸다.

쿠오오오오!

녹림대왕의 몸을 중심으로 거대한 기류가 일어나며 회의
인들의 머리 위를 뒤덮었다. 그 뒤를 따라 천왕채의 산적들도
달려들었다.

쿠쿠쿠쿵!

삽시간에 산길은 난장판으로 변했다.

특히나 개중에서 팽시영과 이하영, 녹림대왕의 실력이 가장 뛰어났다. 특히나 녹림대왕은 팽무천에게 복날 개처럼 두들겨 맞던 모습과는 다르게 절정고수 이상의 실력을 선보였다.

이백에 가까운 사람들이 난마가 되어 엉키면서 사상자도 하나둘씩 생기기 시작했다. 문제는 그 사상자가 전부 천왕채의 산적들이라는 점이었다.

"컥!"

"크아악!"

회의인들의 도는 마치 귀신처럼 날카롭기 짝이 없어서, 비록 그들이 보통 산적이 아닌 녹림의 사람이라 해도 밀리는 것은 어쩔 수 없는 양상이었다.

수하들의 계속된 죽음에 녹림대왕의 눈동자에서 불꽃이 튀었다.

"감히 내 수하들을!"

"위험해요!"

팽시영의 비명 소리와 함께 녹림대왕이 화들짝 놀라 시선을 뒤로 돌렸다. 그의 눈에 두 명의 회의인이 칼을 동시에 내지르는 것이 보였다. 피할 수 없음을 본능적으로 깨닫고서 눈을 질끈 감으려는 그때,

채챙!

무언가가 날아들더니 두 회의인의 칼을 동시에 날려 버렸다.

“이기어도!”

녹림대왕의 경악성과 함께 공중을 날아든 맹호도는 이내 제 주인, 팽무천에게로 돌아왔다.

“고, 고맙습니다, 어르신!”

녹림대왕의 외침에 아랑곳하지 않고, 팽무천은 차가운 눈길로 망량도를 노려보았다.

“물리는 것이 좋을 것이다.”

“그렇게 하지요.”

손가락을 한 번 튕기자 백 명의 회의인은 일제히 칼을 거두고서 망량도의 뒤로 집결했다. 일사불란한 움직임으로 보아 꽤나 엄격한 규율 아래 훈련을 받았음이 분명했다.

“어떠신가요, 본 도의 정예들을 보신 소감이?”

“이름이 무엇인가?”

“백매대(百魅隊)라고 하지요.”

“백 명의 귀신들이라… 주인과 어울리는군.”

“과찬을.”

하지만 제 수하들을 칭찬하는데 어느 사람이 싫어할까. 망량도는 흐뭇한 미소를 지으며 말했다.

“한데, 팽가가 언제부터 녹림의 사람과 손을 잡았지요?”

“무슨 말이냐?”

“시치미 떼시긴. 녹림왕(綠林王) 마부(魔斧) 단재청이라니. 저는 굉음벽도만 보러 왔을 뿐인데, 신주삼십이객까지 보게 될 줄은 몰랐습니다.”

마부 단재청. 녹림에서 태어나 지닌바 힘만으로 수십 개로 갈려 버린 녹림칠십이채를 일통했다고 전해지는 자다. 또한, 자신 스스로에 대한 자신감이 넘쳐 나는 괴짜라는 소문이 파다하며, 신주삼십이객에 들 정도로 뛰어난 무공 실력까지 보유하고 있다는 그가 바로 자신을 녹림대왕이라 밝힌 이의 정체였다.

하지만 단재청은 소문과는 다르게 자신을 칭찬하는 소리에도 웃지 않았다. 지금 자신이 나서기에는 망량도와 백매대의 실력이 너무나 뛰어남을 알아챈 것이다.

망량도는 살짝 미소를 지었다.

“녹림까지 끌어들인 것으로 보아서는… 역시나 팽가도 일신무총이 탐나는 것인가요? 천시를 풀어줬을 때에는 안 그럴 것 같더니, 지금에 와서는… 큭!”

팽무천의 인상이 와락 일그러졌다.

“뭣이야!”

다시 한 번 기도가 사위를 압도했다.

쿵! 무언가 내려앉는 듯한 느낌이었다. 팽시영을 비롯한 녹림왕 단재청, 산적들 모두가 그 중압감에 넋을 잃어버렸다.

‘이런 정도의 실력이라니! 역시나 절대위의 고수는, 아니, 입신경의 고수는 다르다는 것인가!’

팽무천은 분노를 드러내고 있었다.

팽시영은 난생처음으로 팽무천의 진노를 보았다. 몇 번씩 진지한 자세로 임한 적은 있었으나, 피부로 와 닿을 정도로 '분노' 라는 감정을 표출해 낸 적은 없는 까닭이었다.

일신무총.

그 단어에 팽무천은 분노를 드러냈다.

물론 그 단어만을 두고 본다면 별로 화낼 일이 아니다. 하지만 그는 남궁가에서 벌어진 사건을 알고 있었다. 때문에 그것을 가지고서 비아냥거린다면 도저히 참지 못할 일이 되는 것이다.

백매대 역시 중압감에 굳건한 자세가 흔들릴 정도였지만, 망량도는 여전히 유유자적이었다.

"그럼 아닙니까?"

"뚫어진 입이면 다인 줄 아느냐!"

팽무천은 맹호도를 움켜쥐었다. 당장에라도 앞으로 튀어나갈 태세였다.

망량도 역시 자신의 애병인 유엽도 귀마(鬼魔)를 비스듬히 세우는 기수식을 취했다.

두 명의 절대고수가 동시에 기운을 뿜어내기 시작했다.

"하긴, 지금 일신무총을 노린다 해도 늦었을 것입니다. 일신무총도, 천시를 가지고 있던 강남제일미도 이제는 세상에 없을 테니."

"……!"

결국 참다못한 팽무천이 발을 강하게 내질렀다.

백호천림공이라는 같은 무공을 백 년 이상 서로 다르게 해석해 온 두 문파의 종주 간의 충돌이 벌어질 찰나였다.

쿵!

갑자기 무언가가 나타나 공간을 가르며 망량도의 귀마도를 때렸다.

챙!

"……!"

칼에서 느껴지는 둔탁한 느낌에 망량도는 재빨리 고개를 위로 들어 올렸다. 팽무천과 단재청, 나머지 사람들의 시선도 굵은 나뭇가지 쪽으로 향했다.

그곳에는 한 남자가 차가운 눈빛으로 아래를 내려다보고 있었다.

하얀 설원을 연상케 하는 순백색의 도를 아래로 늘어뜨린 채로.

팽무천은 그 인물이 어디선가 많이 본 듯한 남자라고 생각했다.

사내가 싸늘한 어조로 망량도에게 물었다.

"지금 그 말, 다시 해보아라."

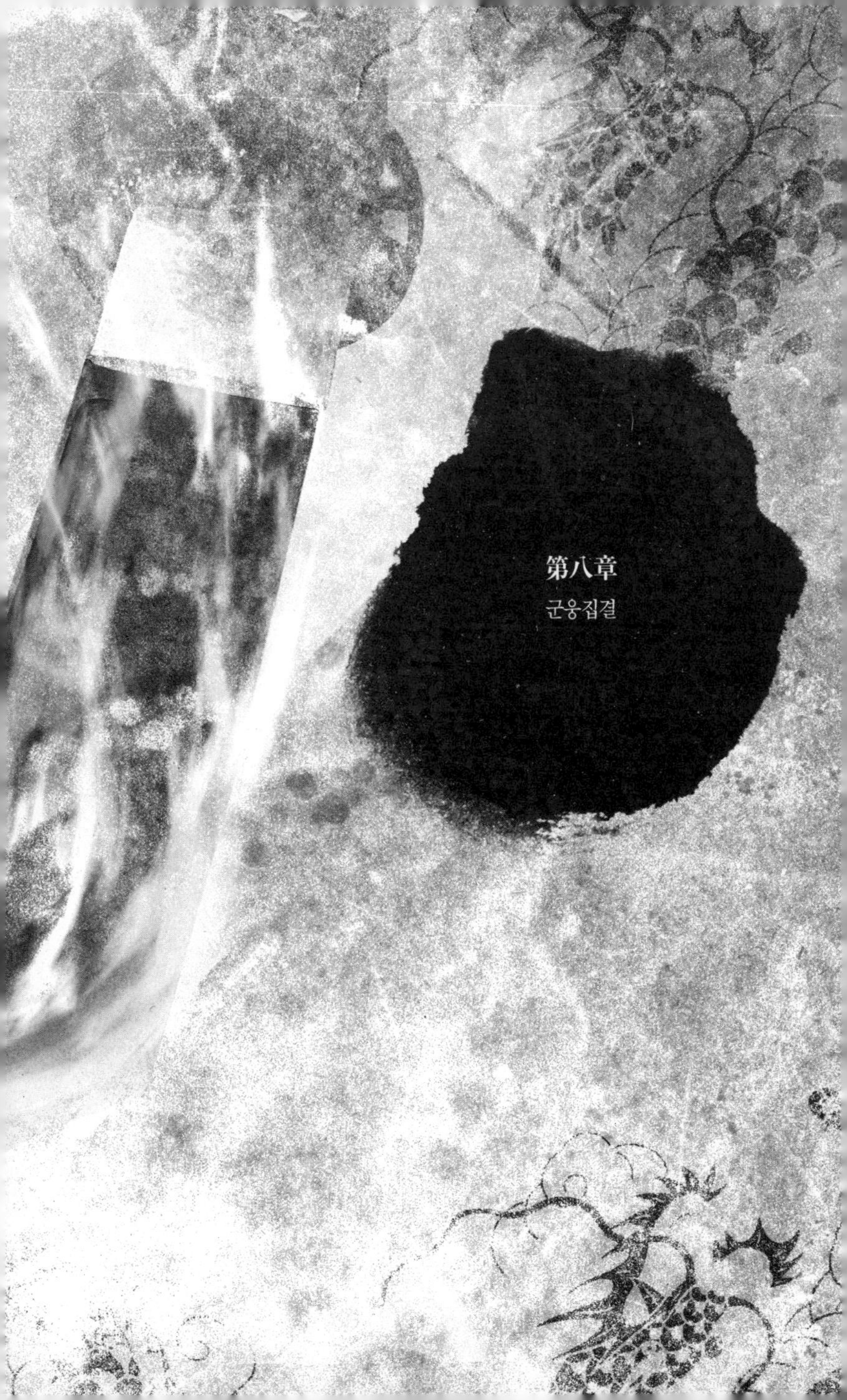

第八章
군웅집결

神刀無雙
신도무쌍

사내의 눈동자는 너무나 깊었다.

어떻게 보면 깊은 바다, 심해를 연상케 하는 흑색이었고, 또 어떻게 보면 새벽의 밤하늘같이 칠흑빛이었다. 그야말로 심연(深淵), 그 자체를 옮겨놓은 것 같았다.

망량도는 사내의 그윽한 눈동자를 한 번 보더니 피식 하고 바람 빠지는 소리를 냈다.

"천명안(天冥眼)이라… 이곳에서 북명무맥(北冥武脈)의 결(訣)을 모두 깨우친 사람을 만나게 될 줄은 몰랐습니다."

사내에게서는 아무런 말이 없었다.

망량도가 말을 덧붙였다.

“천부인(天符印)의 서른여섯 글자를 깨우쳤다는 느낌은 어떤 것인지, 궁금하군요.”

천명안? 북명무맥? 천부인? 이해 못할 소리다. 하지만 칼을 든 망량도의 모습에서는 진한 호승심이 드러나고 있었다.

사내의 얼굴이 다시 싸늘해졌다.

“다시 묻겠다. 방금 전에 했던 말, 무슨 뜻이지?”

“천명안 말입니까?”

“아니, 그 앞.”

“일신무총? 아니면 강남제일미가 죽었다는 것?”

콰아아아!

사내의 몸 위로 강한 투기가 치솟았다, 절대위의 고수인 팽무천의 등에 식은땀까지 흘리게 만들 만큼의.

“더 자세하게 말해야 할 것이다.”

“실력이 된다면, 얼마든지.”

망량도의 말이 끝나자마자 사내의 신형이 쑥 하고 꺼졌다.

팟!

동시에 사내의 몸뚱어리가 망량도 앞에 나타났다. 그는 위에서 아래로, 삼류무인들도 무시한다는 삼재검의 태산압정 초식을 전개하고 있었다.

쾅!

망량도는 재빨리 칼을 들어 올려 그 공격을 막아냈다.

쿠쿠쿵!

단순한 칼과 칼의 충돌이었건만, 들리는 것은 쇳소리가 아닌 기공의 폭발이었다. 칼을 둘러싼 강기들이 폭쇄를 일으킨 것이다.

동시에 사내의 공격이 시작되었다.

따라라라랑!

그 공격이 얼마나 매섭고 빠른지 마치 하나의 광풍도를 보는 것 같았다.

팽무천이 선보였던 군림맹아공 역시 두 눈으로 따라잡기 힘들 만큼 빠르다는 느낌이 강했지만, 사내처럼 자연스럽다는 느낌은 들지 않았다.

맹아가 군림공의 비기인만큼 본래 그런 뛰어난 초식이란 것이라면, 지금 사내가 전개하는 칼질은 그저 막 휘두르는 것으로밖에는 보이지 않았던 것이다.

하지만 지닌바 경지가 뛰어나면 아무 생각 없이 행한 일도 그 깊이가 묻어나는 법이다. 사내의 칼이 그러했다. 분명 나이는 얼마 되지 않은 것 같은데, 이런 실력이라니. 강호에 숨겨진 은거고수였단 말인가.

"꽤나 강하시군요. 하지만 얼마나 갈지는 두고 보겠습니다!"

망량도의 우렁찬 외침과 함께 귀마도에서 백색 광채가 흘러나왔다.

강림공(降臨功)의 비기인 천쇄(天碎)였다.

콰라라라락!

귀마도가 횡으로 그어지면서 사내의 목을 날리고자 했으나 사내는 곧바로 일보를 강하게 내딛으면서 공격을 가볍게 피해냈다.

샤락, 하는 소리와 함께 사내의 앞 머리카락 일부분이 잘려나갔다. 동시에 망량도의 칼이 방향을 아래로 꺾었다. 마치 천지를 양단하는 벽력같은 느낌이었다.

이에 사내는 땅에다 칼을 한 번 대더니 그대로 그었다. 동시에 마찰력과 함께 순백색 도신 위로 불똥이 튀었다. 화르륵! 불꽃이 도신을 휘감으면서 검에 새겨진 '분천(焚天)'이라는 글자가 색을 더했다.

분천이라는 이름을 지닌 칼이 위로 움직였다.

천쇄와 광염의 충돌. 망량도의 칼이 위로 튕겼다.

사내는 몸을 한 바퀴 선회시키며 분천도를 가로 방향으로 휘둘렀다.

획!

망량도가 귀마도를 안쪽으로 끌어당기자 다시 한 번 분천도가 도신을 때렸다.

쾅!

망량도의 신형이 살짝 흔들리더니 뒤로 튕겨났다. 그는 삼 장 정도 하늘을 날다가 땅을 강하게 밟아서야 겨우 멈출 수 있었다.

이에 백매대원들이 망량도 앞을 막으며 사내에게 살의를 드러냈다. 망량도는 중상을 입었는지 입가로 진한 선혈을 흘리고 있었다.

"다시 묻겠다. 네가 했던 말, 무슨 뜻이지?"

사내는 방금 전에 했던 말을 그대로 내뱉으며 이곳으로 걸어왔다.

백매대원들은 사내가 거인처럼 크게 느껴졌다. 천섬도에서의 지독한 훈련을 겪고 나서 오욕칠정을 잃었다고 생각했는데, 그중 공(恐)이라는 감정만 살아난 것 같았다.

하지만 그들에게 공포라는 느낌은 도리어 힘을 더욱 키워주는 촉발제다. 자신들이 겁을 먹었음을 보여주지 않기 위해서인지, 그들이 내뿜는 살의와 살기는 더욱 진해져만 갔다.

그때, 망량도가 손등으로 입술을 한 번 닦아내더니 미소를 지었다.

"난 괜찮으니 너희들은 이만 물러나라. 이 일은 아무래도 내가 직접 처리해야 할 일인 것 같으니."

망량도는 고개를 숙이는 백매대를 가로지르며 다시 앞으로 걸어나왔다. 하지만 발걸음이 살짝 흔들리는 것이, 상처가 얕지 않음을 말해주었다.

"제아무리 강호가 넓다지만 이런 곳에서 신화경의 고수를 만나게 될 줄은 몰랐습니다."

그 말을 듣고 있던 이들 모두의 눈동자가 동그랗게 떠졌다.

'신화경'이라는 세 단어는 그만큼 충격적이었다.

"이 강호에 회주와 주군 외에 이만한 고수가 있을 줄은 꿈에도 생각지 못했습니다. 단칼에 죽일 수 있었음에도 불구하고, 이렇게 살려준 것은… 그만큼 강남제일미에 대한 관심도가 크다는 뜻일까요?"

"더 이상 쓸데없는 말은 하지 않는 것이 좋을 것이다."

"그래도 말해주지 못하겠다면?"

"내가 직접 알아내는 수밖에."

사내의 눈동자 위로 마기가 떠올랐다. 망량도는 피식 하고 웃었다.

"신화경의 고수가 전개하는 탈백마안이라니. 반칙이란 말입니다. 뭐, 패배는 패배니까 약속대로 말씀드리지요."

망량도는 살짝 뜸을 들였다. 사내의 아미가 살짝 찌푸려지면서 다시 탈백마안이 전개되려 하자, 망량도는 그제야 입을 열었다.

"지금 남직예 황산은 그야말로 혼란, 그 자체입니다."

"황산에 일신무총이 나타났다는 것은 잘 알고 있다. 하지만 내가 알고 싶은 것은 그게 아니다."

"성격도 급하시긴. 당신이 관심있어 하는 강남제일미는 천시를 가지고 있었지요. 하지만 천시는 몸을 비집고 나올 수 없는 요정(妖精)… 그렇다면 일신무총이 열리려면 어떻게 되어야 할까요?"

“……!”

등장하고 난 이후 처음으로 사내의 눈동자가 흔들렸다.

“제가 드릴 말씀은 거기까지입니다. 저도 지금 명을 받고 움직이는 것이라 바빠서 말이지요.”

천하의 팔황새 중 하나인 천섬도를 움직이는 이가 있단 말인가?

망량도는 고개를 돌려 팽무천을 보았다.

“그럼 백호의 의기를 이은 배다른 형제 역시 다음을 기약하겠습니다. 이왕이면 수많은 군웅이 집결하고 있는 황산에서요.”

망량도는 백매대를 모은 후에 짧은 인사와 함께 자리를 벗어났다.

사내는 그 뒤로도 한참을 가만히 서 있더니, 이내 칼을 한 차례 털어버리고는 도갑 안쪽으로 밀어 넣었다.

그때, 팽시영이 가만히 입을 열었다.

“소 공자, 소 공자 맞죠?”

팽무천의 눈동자가 동그랗게 떠졌다. 지금 저 두 눈을 뜨고 있는 자가 소혼이라고?

“정말 소혼, 자네인가?”

사내는 뒤돌아서서 팽무천과 팽시영에게 인사했다.

“며칠 되지 않았는데도 몇 년은 지난 것 같소, 어르신.”

　　　　　　*　　　　　*　　　　　*

　황산(黃山).

　남직예 남부에 있는 산으로서 높은 고도를 자랑한다.

　양자강의 수계(水系)와 전당강의 지류인 신안강(新安江)과의 분수령을 이루는데, 주로 화강암으로 이루어지며 기암괴석이 많이 솟아 있다.

　아름답기로는 중원오악을 능가한다고 할 정도로 빼어난 절경을 자랑하는데, 특히나 사계절 항시 다른 아름다움을 보유해서 사절(四節)이라고도 불린다.

　평상시에도 수많은 사람들이 관광을 위해 오르곤 하지만, 지금 황산은 여느 때보다 많은 사람들이 찾아왔다.

　문제는 그 많은 사람들의 대부분이 허리춤에 칼을 하나쯤은 찬 무림인들이라는 데에 있었다.

　일신무총이 황산에서 열렸다는 말이 전 강호인들의 이목을 집중시킨 것이다.

　황산의 최고봉 연화봉(蓮花峰)의 산정(山頂:산꼭대기)에서 두 명의 사내가 만남을 가졌다.

　한 명은 차가운 얼굴이었고, 또 다른 한 명은 싸늘한 표정이었다. 비슷하지만 다른 분위기를 만들어내는 두 청년은 서로를 한참이나 응시한 후에야 대화를 나누었다.

“오랜만이군.”

“그래, 정말 오랜만이야. 거의 오 년 만인가?”

싸늘한 얼굴의 사내, 천지회의 일공자 진성이 입을 열었다.

“다른 애들은 한 번씩 얼굴을 봤는데, 너는 정말이지 많이 바빴던 것 같더구나.”

이에 오공자이자 현 제천궁주를 맡고 있는 경태가 답했다.

“너를 봐야 하는 이유라도 있나?”

“형이 동생을 보고 싶어하는 데도 이유를 가져야 하는 거냐?”

진성의 말처럼 그와 경태는 겉으로는 잘 모르나, 자세히 살펴보면 많은 점이 닮았다. 옆으로 살짝 찢어진 눈과 굳게 닫힌 두터운 입술이 비슷했다.

하지만 경태에게 있어 그 말은 치욕과도 같았다.

“너 따위를 형으로 둔 적 없다.”

“슬프군. 동생에게 인정받지 못하는 형이라니.”

경태의 눈빛이 차가워졌다.

“쓸데없는 말을 하려고 나를 부른 것인가?”

“아니, 그런 것은 아니지.”

진성은 살짝 큭, 하고 웃음을 터뜨렸다. 경태의 아미가 살짝 찌푸려졌다.

“계속 시간을 끌려 한다면 더 이상 이곳에 있지 않겠다.”

“누가 보내준다고 했나?”

고오오오.

연화봉의 주위를 흐르던 기류가 점차 무거워지기 시작했다. 자연의 흐름마저 감정만으로 변화시킬 수 있을 정도로 경태의 경지가 깊음을 의미했다.

하지만,

딱!

진성이 살짝 손가락을 튕기자 언제 그랬냐는 듯, 연화봉 주위는 본래대로 돌아갔다.

경태의 눈썹이 역팔자로 휘었다.

언제나 느끼는 것이지만 진성이 딛고 있는 경지는 그 끝을 짐작하기 힘들었다. 경태 역시 스스로 고천사패와 비교해도 절대 뒤지지 않는 힘을 지녔다고 자부했지만, 자신의 친형인 진성의 깊이는 도저히 알기가 힘들었다. 어쩌면 그것이 진성에 대한 분노를 더욱 깊게 만든 것인지도 몰랐다.

"계속 이딴 식으로 장난만 칠 텐가?"

"아, 미안."

하지만 진성의 태도는 전혀 미안해하는 사람의 것이 아니었다.

"그저 너에게 전해주고 싶은 것이 있어서 말이지."

"주고 싶은 것?"

"받아라."

진성은 경태에게 물건 하나를 던졌다. 요사하기 짝이 없는 불그스름한 광채를 내뿜는 묘안석이었다. 경태는 '이딴 것을 왜 주는가?' 하는 표정으로 진성을 바라보았다.

"청량대(淸凉臺)에 설치된 기관진식들을 풀어내는 열쇠다."

"천시!"

경태의 눈동자가 동그랗게 떠졌다. 그리곤 다시 싸늘하게 표정을 굳혔다.

"왜 이것이 너에게 있는 거지?"

천시와 일신무총은 대계를 준비하는 천지회에게 있어 없어서는 안 될 귀중한 재산이었다. 그렇지 않아도 진성이 몇 달간 종적을 감추었다가 다시 나타난 것에 잔뜩 신경이 날카로웠던 경태에게 있어서는 불난 집에 부채질하는 꼴이었다.

"네 맘대로 쓰라고."

"뭐?"

"회주, 그놈에게서 벗어나고 싶지 않나?"

"……!"

"어쩌면 우리들 모두가 가지는 생각인지도 모르지. 회주를 무너뜨리는 것. 거기에 써라. 일신무총에 관한한은 나보다 네가 더 잘 알 테니까."

"……."

진성은 그 말을 끝으로 산을 내려가고자 했다.

그 뒤를 경태가 머뭇거리다가 잡았다.

"왜 이것을… 나에게 주는 거지? 어쩌면 우리 중에서 가장 분노를 느끼고 있을 너에게 더욱 중요한 것인지도 모르는데."

진성은 우뚝 걸음을 멈추며 고개를 뒤로 돌렸다. 그리곤 미소를 지었다. 여태껏 짓던 가식적인 미소가 아닌, 진정 사랑하는 동생을 아끼는 형만이 지을 수 있는 미소였다.

"나는 너의 형이니까."

그 말을 끝으로 진성은 다시 걸음을 옮겼다.

경태는 그 뒷모습을 멍하니 바라보았다.

"…모든 것이 끝나 버린 지금에 와서 형 노릇을 하면 어쩌라는 거냐."

주르륵.

눈물이 볼을 타고 흘러내렸다.

진성은 더 이상 경태가 보이지 않는 중턱쯤에서 걸음을 멈추었다.

"이제 와서 형 노릇을 하려는 게 아니라, 이제야 내가 할 수 있는 일을 하려는 것일 뿐이다."

그 말이 끝남과 동시에 풀숲을 가로지르며 한 사람이 모습을 드러냈다.

바로 무양가의 노복, 곤이었다.

"이제야 오셨습니까?"

진성은 미소를 지었다.

"여태껏 보고 계셨습니까?"

곤의 눈동자가 곡선을 그렸다.

"최대한 몰래 숨어서 본다고 노력을 해보았는데, 역시 소가주의 시선은 피하지 못하겠습니다."

"걱정 마세요. 경태 녀석은 눈치채지 못한 것 같으니."

진성은 말을 이었다.

"못난 동생을 오랜만에 본 느낌이 어떻습니까?"

"글쎄요, 이 맹 노가 이제는 나이를 너무 많이 먹어 생각보다 가슴이 뛰지 않더군요. 어쩌면 생각보다 더 늠름하게 자라신 도련님을 보고 마음을 놓았는지도 모르는 일이지요."

"도련님이라… 곤은 여전히 제 동생을 그리 부르네요. 나는 소가주라고 부르고. 우리에게 있어 곤은 한 가족이나 마찬가지인데… 어쩌면 경태도 곤을 보고 싶어했는지 모르지요."

"지난 이십 년 동안 입에 배어버린 습관은 도저히 고쳐지지 않나 봅니다. 그리고……."

곤의 입가에 씁쓸함이 묻어났다.

"이 늙은이는 소가주와 도련님을 멀리서 보는 것만으로도 만족합니다."

"바보로군요, 곤은."

"끌끌, 생각이 없던 젊은 시절에는 구주가 좁다 하고 난리를 치고 다녔는데, 어느덧 나이가 들어보니 다 부질없음을 가슴으로 느끼고 있습니다. 그저 내가 아끼는 사람들을 멀리서 지켜보는 것도 행복이거늘……."

진성은 고개를 저었다.

"어쩌면 음모와 암계에 모든 것을 바쳐 버린 내가 곤을 이토록 아끼는 것은, 그 마음 때문인지도 모르겠습니다."

"하지만 큰도련님을 잃어버린 제가 할 소리는 아니겠지요."

진성의 미소가 진해졌다.

"큰도련님이라… 곤이 말하는 그 녀석이 죽지 않았다면요?"

"그게 무슨……?"

곤의 눈동자가 흔들리기 시작했다.

"만약, 정말로 만약에… 그를 잃지 않았다면 우리의 생애는 어땠을까요?"

"……."

곤은 입을 꾹 다물었다. 그가 지금 그것에 대해 말하기엔 진성의 분위기가 너무나 무거웠다.

"…이렇게 어둠 속에 묻혀 치열하게 살지 않아도 되었을까요? 그럼 하아가 죽지 않아도 되었을까요? 아니, 그 전에 회주가 우리를 가만히 두었을까요? 답을 내리기가 힘들군요."

진성은 청량대 쪽으로 시선을 돌렸다.

수많은 사람들이 산을 오르는 광경이 눈에 어렸다. 모두 무인들이었다.

그가 작게 중얼거렸다.

"비연, 너는 대체 어디에 있는 것이냐? 빨리 오거라. 이제 모든 것이 준비되었다. 너와 내가 그릴 무대, 그 마지막이……."

경태는 진성이 내려가고도 한참이나 연화봉의 정상에 있었다.

바위에 앉아 일체의 미동도 하지 않는 그는 깊은 상념에 잠겨 있는 것 같았다.

해가 서산마루 너머로 저물 무렵에야 그는 자리에서 일어났다.

"유사, 귀사."

그의 부름에 공간이 흔들리며 두 사내가 나타났다.

제천궁의 참모인 유사와 경태의 오른팔인 귀사였다.

그들은 자리에 부복한 채로 동시에 입을 열었다.

"부르셨습니까?"

경태의 눈동자는 금강석처럼 단단해 보였다.

"그 후로 오사에게서는 아무런 전언이 없소?"

귀사가 고개를 조아렸다.

"죄송합니다. 아무런 연락도 없습니다. 아무래도 오사 역시 태평소전과 마찬가지로 크게 당한 것 같습니다."

“이곳 황산에서 절강까지의 거리라고 해봤자 얼마 되지도 않는데, 무당과 대립을 하고 있는 장고전(杖鼓殿)을 돌리는 것은 어떻겠소?”

이에 유사가 반대를 표명했다.

“지금 장고전과 요고전(腰鼓殿)은 제갈가와 무당이 있는 호광을 치면서도 언제라도 이곳 남직예로 올 수 있게 준비해 둔 상태입니다. 한데, 갑자기 한 곳을 절강으로 빼버린다면 큰 혼란이 있을 것입니다.”

“태평소전이 무너지면서 계획의 많은 부분에 구멍이 생겼구려. 거기다 절대고수인 진사까지 잃어버렸으니.”

“진사의 공백은 궁주께서 계시니 크지 않습니다. 정작 중요한 것은 진사와 철마왕을 죽인 이가 누구냐는 것이지요. 또한, 장강대란에서 큰 승리를 거둔 절강무회가 황산으로 이동하는 것까지 생각해야 할 것입니다.”

“유사께서 많이 수고해 주시구려.”

“소신이 당연히 해야 하는 일입니다.”

유사는 고개를 조아렸다.

경태는 귀사를 보았다.

“이 일의 원흉에 대한 정체는 밝히셨소?”

“방금 전에 천망(天網)에서 연락이 왔습니다. 아무래도 백염도인 것 같습니다.”

“하! 또 백염도인 것이오?”

경태는 어이없다는 표정을 지었다. 그도 그럴 것이, 백염도가 설치면서 여태껏 제천궁의 계획에 차질을 벌인 일이 한두 개가 아니었기 때문이다.

멀리로는 천시쟁패가 있을 것이고, 가깝게는 주산군도에서의 일이 있다. 한데, 이번에는 절강에서의 일까지 무효화시켰다고 하지 않는가? 물론 그 차질은 결국 모두 계획대로 수립했으니 상관없으나, 궁에 대한 적대감을 가진 절대고수가 있다는 점은 여러모로 머리가 아픈 사안이었다.

"그자는 전생에 나와 무슨 원수라도 되었던 모양이오."

말은 장난스럽게 하나, 경태의 눈빛은 차갑기 짝이 없었다.

만독자를 이겼다더니, 이제는 진사까지 꺾어버렸다. 게다가 놈은 계속 성장하고 있다, 그 끝을 짐작할 수 없을 만큼. 어쩌면 자신과도 비슷한 실력인지도 모른다.

"내가 직접 움직여야 한다는 것인가?"

유사가 입을 열었다.

"강남제일미 때문에 질풍행로라는 혈겁을 일으킨 자가 아닙니까. 천상화를 만나기 위해서라도 그는 황산으로 올 것입니다."

경태는 고개를 끄덕였다.

"그렇겠지."

그는 일신무총이 열린 청량대 쪽으로 몸을 옮겼다.

이미 그곳에는 수많은 무인들이 산을 오르고 있었다. 몇몇은 동료를 결성하고서, 몇몇은 홀로 올라오는 이들. 쓰는 무기도, 태어난 고향도 모두 다르지만 한 가지만은 같았다.

천하제일의 꿈!

모든 무인들이 꿈꾸는 이상, 절대기보를 찾아 움직이는 것이다.

"그럼 시작합시다, 대계를."

경태의 오른손에 쥔 묘안석이 묘한 빛을 발했다.

*　　*　　*

소비연은 시화문을 나온 이후 천목산 쪽으로 향했다.

그곳이 황산으로 가는 방향이기도 하거니와, 팽무천 일행이 자신의 뒤를 밟았다면 천목산으로 갔을 거라는 생각에서였다.

천목산에서 일행을 찾는 것은 어렵지 않았다.

신화경에 오른 후, 자연을 느끼는 기감에 있어서는 거의 신이라고 할 정도로 탁월하게 발전한 까닭이었다. 감역을 넓혀 팽무천이 가진 특유의 기운을 심안으로 찾으면 그만인 것이다.

소비연은 동천목산으로 걸음을 옮기던 도중 일행이 정체를 알 수 없는 무리에게 둘러싸였다는 것을 알게 되었다.

일행이 만난 무리는 크게 두 개였는데, 그중 하나는 일행쪽의 사람들인 것 같았고, 다른 하나는 피부가 따가울 정도의 적개심을 가지고 있었다. 특히나 적군의 수장으로 보이는 자는 팽무천과 비교해도 절대 뒤지지 않는 입신경의 고수였다.

한데, 이상한 점은 적군의 수장이라는 사람이 팽무천과는 전혀 다른 음유한 기운을 가지고 있어도, 펼치는 무공의 느낌은 비슷하다는 것이었다.

이에 더더욱 좋지 않은 느낌이 들어 속도를 박찼다. 그리고 적들에게서 한 가지 사실을 들을 수가 있었다.

강남제일미 남궁린이 다쳤을지도 모른다는…….

무간뇌옥에서의 생활 이후 강호에 나온 소비연에게 있어 남궁린은 소중한 사람이었다. 어렸을 적 추억을 주는 친구였으며, 또한 그의 마음을 누구보다 잘 알아주는 여인이었다.

특히나 오사에게서 제천궁과 천지회의 계획을 듣게 된 이후라 도저히 참을 수가 없었다. 그래서 칼을 휘둘렀던 것이다.

그리고 지금 소비연은 팽무천이 모는 마차에 앉아 같이 남직예 황산으로 향하고 있었다.

"자네, 정말 소혼이 맞는가?"

팽무천은 마차를 몰다 말고 떨떠름한 표정으로 소비연에게 물었다. 그도 그럴 것이, 여태껏 맹인으로만 알고 있던 소비연이 두 눈을 활짝 뜨고 있는 것이다.

소비연은 피식 웃으며 답했다.

“맞소.”

“정말?”

“그렇소.”

“눈을 뜨고 있는데?”

“하늘이 도우셨는지, 연이 닿을 수 있었소.”

그들이 헤어진 것은 불과 며칠이 되지 않는다. 그런데 그 사이에 연이 닿았다?

팽무천은 일각 정도 입을 꾹 다물더니 무거운 어조로 물었다.

“하면 정말 환골탈태를 한 겐가?”

망량도가 했던 말이 머릿속을 맴돌았다.

‘신화경에 오른 고수…….’

신화경이란 팽무천에게 있어서 꿈에서나 그릴 수 있는 경지였다. 그리고 소비연과 망량도의 대결에서 팽무천은 소비연이 딛고 있는 경지가 한층 더 깊어졌음을 알아챘다. 자신은 측정하기 힘들 정도의 깊이를.

소비연은 여전히 속을 알 수 없는 미소를 지으며 아까 전에 했던 것과 똑같은 말을 했다..

“하늘이 도우셨는지 연이 닿을 수 있었소.”

“끄응.”

팽무천은 앓는 소리를 냈다.

말을 돌리긴 했으나, 그 뜻은 곧 망량도의 말이 사실이란 뜻이 아닌가.

둘의 대화를 듣고 있던 팽시영과 이하영의 눈동자도 동그랗게 떠졌다. 특히나 이하영의 놀라움이 더욱 컸는데, 아무래도 밉보였던 그가 전설의 경지에 다다랐다고 하니 살짝 배알이 꼴린 탓이었다.

팽시영이 물었다.

"그럼 정말로 신화경에……?"

신화경이라는 경지에 그들이 놀랄 수밖에 없는 것이, 사실 역대 강호사를 통틀어 보면 분명 신화경에 오른 사람들이 없는 것은 아니다.

유명한 사람들을 꼽아본다면 소림을 연 달마 대사와 수십 개의 도문을 하나로 규합한 무당파의 삼봉 진인, 절대마교주 천마와 가깝게는 일신을 꼽을 수 있었다. 그들 역시 하나같이 시대를 풍미한 대종사(大宗師)들인 것이다.

하지만 정작 놀라운 것은 소비연의 나이가 젊다는 데에 있다. 이립도 되지 않은 나이에 대종사가 된 것이다. 어쩌면 그들은 전설이 될 사람을 보고 있는 건지도 몰랐다.

소비연은 팽시영과 이하영의 호기심 어린 눈빛에 식은땀을 흘리며 화제를 돌렸다.

"한데, 밖에 따라오는 저들은 누구요? 내가 없던 며칠 사이에 동료를 두었던 것이오?"

팽시영이 한숨을 내쉬었다.

“그럴 일이 있어요.”

“그럴 일?”

소비연의 반문에 팽무천이 웃으며 답했다.

“시영이에게 반해서 쫓아오는 이들이라네.”

“그 말은 이제 그만해요!”

“……?”

소비연은 창을 통해 뒤를 묵묵히 따라오는 이들을 보았다. 하나같이 녹색 옷을 입은 이들. 생긴 것도 무서운 것이, 흑도의 패거리가 분명했다. 특히나 가장 앞서 있는 사람은 그야말로 산적에 어울리는 얼굴을 자랑했다.

“녹림의 사람인 것 같소?”

“녹림왕이라고 하더군.”

소비연은 눈동자를 살짝 동그랗게 떴다.

정마대전이 칠년지약을 맺고 휴전에 들어간 동안 강호 전역을 종횡무진 누비며 녹림을 일통한 자가 있다더니, 저렇게 젊은 사람인 줄은 몰랐던 까닭이다.

팽무천의 설명이 계속되었다.

“얘기를 들어보니 본래 황산으로 향하던 도중이었다더군. 그런데 산적이라는 놈들이 으레 그렇듯 돈 감각이 없지 않나? 산채를 나올 때는 제법 많은 돈을 가지고 나왔는데 이곳으로 오면서 흥청망청 쓰다 보니 바닥났다 하지 않는가. 그래서 본업을 해서 돈을 충당해야겠다 싶어서 산적질을 시도하다가…

나한테 걸리고 말았지. 껄껄!"

소비연은 피식 웃고 말았다.

무슨 일이 있었는지 짐작이 간다는 태도였다.

하지만 곧 표정이 굳어지고 말았다.

"하면 저들도 일신의 무공을 노리는 것이겠구려."

팽무천은 고개를 끄덕였다.

"저들만이 아니라고 하네. 전국 각지에서 제자들을 파견했다더군. 낭인들도 수없이 모이고 있고. 아무래도… 감숙 때보다 일이 더 크게 될 것 같네."

"……."

하긴, 그도 그럴 것이, 천시는 거짓일 가능성이 높았으나 일신무총은 달랐다. 직접 장소가 있다지 않나.

"자네가 칼을 맞댔던 천섬도의 무리 역시 황산으로 가던 도중 잠시 시간을 내어 나를 만나러 왔던 것 같고. 제천궁과 구파도 따로 사람들을 보내 일신의 무공을 노린다고 하더구먼. 사태가 생각했던 것보다 심각해."

소비연이 갑자기 자리에서 벌떡 일어났다.

"어디 가려는가?"

"잠시 저들과 얘기를 하고 오겠습니다."

"무슨 말을……."

팽무천의 물음이 끝나기도 전에 소비연의 신형이 아래로 쏙 꺼지고 말았다.

팽무천은 한숨을 내쉬었다.

"헐, 환골탈태를 하고 나니 이제는 이 늙은이와 말을 섞기 싫어진 것인가?"

팽시영이 딴죽을 걸었다.

"큰 필요성을 못 느낀 거죠."

"……."

팽무천의 표정이 뚱해졌다.

소비연은 마차 지붕에 앉았다.

산길이라 마차가 속도를 낼 수 없는 까닭에 단재청과 천왕채 산적들은 약간 빠른 걸음으로 마차의 뒤를 따라오고 있었다.

"한 가지 묻겠소."

"나 말이오?"

단재청이 손가락으로 자신을 가리켰다. 소비연은 고개를 끄덕이며 물었다.

"일신의 무공을 얻기 위해 가는 것이오?"

"허헛! 거참, 이 녹림대왕에게 아무렇지 않게 대화를 걸다니, 신기한 사람이로군."

말은 그렇게 했으나 단재청은 이미 소비연의 신위를 두 눈으로 똑똑히 지켜본 까닭에 그를 무시할 수가 없었다. 신주삼십이객인 자신보다도 몇 수나 더 높은 고수가 아닌가.

“한때 천하제일이라 불렸던 일신의 무공이지 않소? 나 단 모는 천하제일을 꿈꾸는 사람이오. 당연히 그에 걸맞은 무공을 가져야 하지 않겠소? 으하하핫!”

호탕하게 웃는 그를 향해 소비연은 차갑게 말했다.

“가지 마시오.”

“뭐?”

단재청이 황당해하며 물었다.

소비연은 여전히 차갑게 답했다.

“가면 당신은 죽을 것이오.”

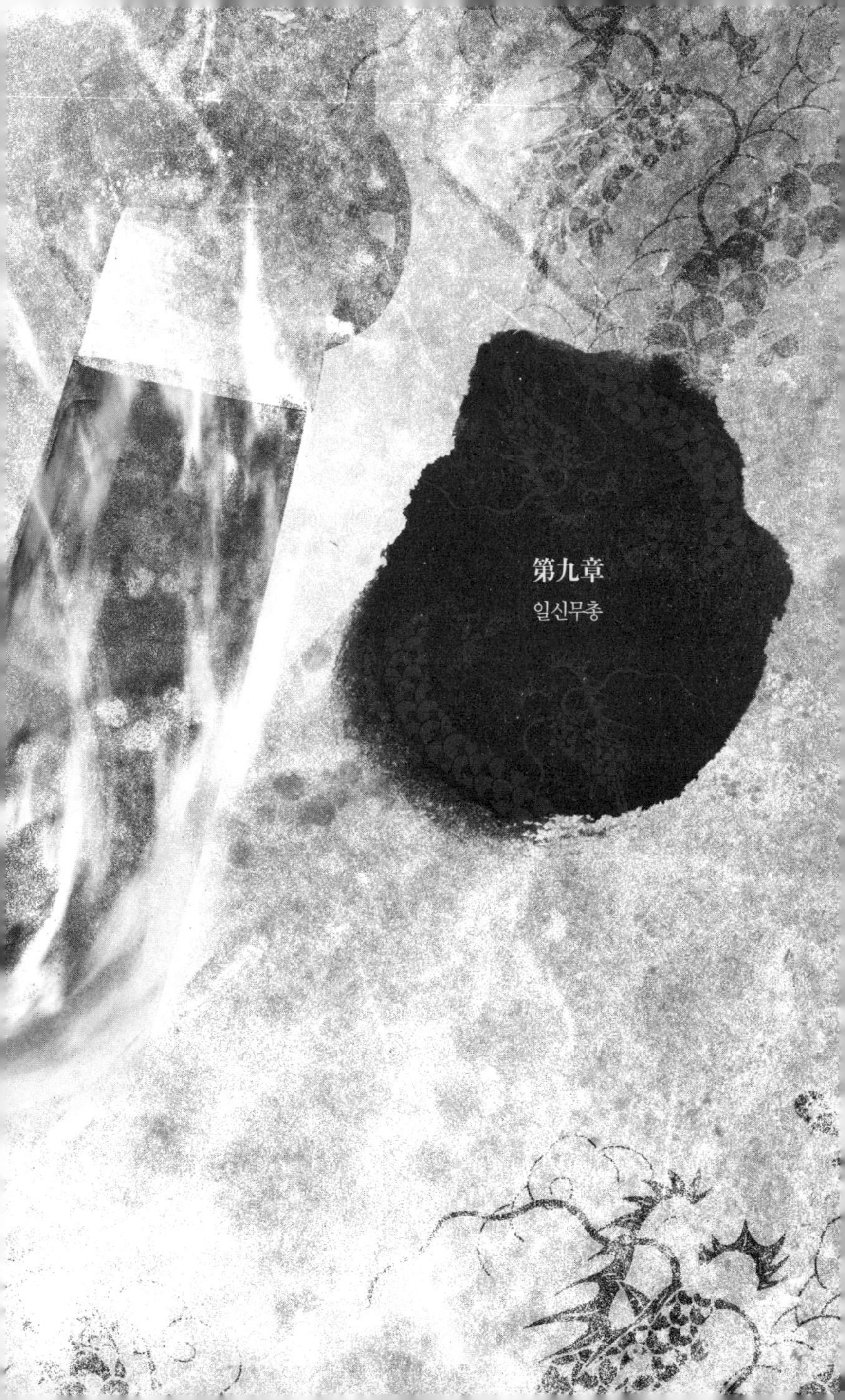

第九章
일신무총

神刀無雙
신도무쌍

단재청의 인상이 와락 일그러졌다.

감히 자신이 하는 일에 타인이 이래라 저래라 하는 것이 영 못마땅하게 느껴진 것이다.

사실 그는 겉보기와는 다르게 생각이 깊은 사람이었다. 다만 행동이 경망스럽기 때문에 그것이 잘 드러나지 않을 뿐이었다.

단재청은 잠시 못마땅한 마음을 추스르고, 자신은 범접하기도 힘든 이 절대고수가 왜 자신에게 이런 말을 하는지에 대해서 곰곰이 생각해 보았다.

하지만 아무리 생각해 본다 한들 답이 나올 리 만무했다.

결국 그는 다시 인상을 쓰면서 물었다.

"어째서 내가 그곳에 가면 죽는다고 말하는 것이오?"

소비연은 마차 지붕에 앉은 상태로 입을 열었다.

"지금 황산에 열린 일신무총은 이미 주인이 있소."

발견된 지 얼마 되지 않은데다가 안에 설치된 수많은 기관과 진식들로 인해 안으로 들어갈 생각조차 못하고 있다는 일신무총에 주인이 있다고?

무슨 뜻인지 이해가 가지 않는 듯 단재청의 아미가 더욱 좁혀졌다.

"이미 일신의 무공을 습득한 사람이 따로 있다는 것이오?"

"그렇소."

"그럼 우리들은 곁가지라는 뜻이오?"

"정확하게는 음모의 세력에 의해 당하고 있다고 봐야 옳을 것이오."

"대체 그게 무슨 뜻이오!"

소비연이 자꾸만 이해 못할 말을 계속 내뱉자 단재청은 더 이상 화를 가라앉힐 수가 없었다. 다짜고짜 황산으로 가면 죽는다고 하질 않나, 일신무총의 주인이 있다고 하지 않나. 대체 무슨 뜻인지부터 제대로 말을 해주어야 할 것이 아닌가!

그때 단재청의 머릿속으로 무언가가 스쳐 지나갔다.

"혹여 이번 무총의 등장이 어떤 세력의 음모라고 말하고 싶은 것이오?"

소비연은 고개를 끄덕였다. 둔하게 생겼는데 의외로 머리가 잘 돌아가는 사람인 듯싶었다.

"그렇소. 현 강호로서는 전면전으로 붙어도 승부를 장담하기가 힘든 곳이오. 그들은 오랜 세월 동안 강호를 암중에 장악해 왔으며, 이번 일신무총 사건을 계기로 한데 터뜨릴 생각인 것이오."

"크하하핫! 그럼 황산에 있는 것은 정말 일신의 무덤이란 뜻이오?"

갑자기 단재청이 웃음을 터뜨리기 시작했다.

소비연은 문득 단재청이 자신의 말을 다른 방향으로 이해했음을 깨달았다.

"이곳으로 오면서도 수십 번이고 의심을 했는데, 정말로 일신의 무덤이 맞는다면! 제아무리 주인이 있다 해도 이 단모에게도 기회가 있지 않겠소? 크하하핫!"

일신은 소싯적에 수많은 무공을 익혔다고 전해진다. 신공, 마공 따위를 가리지 않고 익히고 완성을 이루었다고 한다. 그는 강호를 종횡무진 누비면서 백팔 개의 무공을 주로 사용했는데, 이 때문에 백팔무공인(百八武功人)이라는 별호를 얻기도 했었다.

그 때문에 사람들은 더욱 일신무총에 열광했다. 다른 사람이 일신의 무공을 습득하여도 다른 신공절학이 남아있을 거라는 믿음이 생기는 것이다. 단재청은 그러니 제아무리 이미

주인이 있다고 하더라도 일신이 보유한 무공 모두를 수습하
지는 못했을 거라 생각했다.

그런 단재청의 모습에 소비연의 표정이 좋지 않게 변했다.

"그곳에 있는 사람들 대부분이 죽을 것이오."

"상승 단계로 갈 수 있는 신공을 얻을 수만 있다면 이 목숨
하나 가볍게 버릴 수 있는 것이 무인으로서의 당연한 이치!
제아무리 음모가 숨어 있다고 하더라도 이 단 모는 포기 못하
오."

"……."

결국 이리될 것이었나.

소비연은 자리를 박차고 일어나 단재청 앞에 섰다. 설득하
는 것은 이미 포기했다.

스르릉.

소비연은 분천도를 뽑으며 단재청에게로 겨누었다.

"황산으로 가려면 나를 먼저 꺾어야 할 것이오."

소비연은 안으로 잘 갈무리된 기운을 풀어 헤치기 시작했
다. 실타래처럼 풀려 나오는 기운은 그야말로 사위를 압도하
는 것이었다.

단재청은 식은땀을 흘렸다. 살의만으로도 이 정도의 압박
감이라니. 자신은 물론이고, 천왕채의 산적들이 떼로 덤벼도
이기지 못할 자다.

하지만,

‘일신의 무공을 얻을 수만 있다면… 나 역시 저렇게 강해 질 수 있겠지?’

욕심은 그의 눈을 멀게 만들었다.

단재청은 자신에게 마부라는 별호를 준 도끼를 손에 쥐었다. 자신을 막을 테면 어디 한번 막아보라는 의미였다.

소비연의 눈동자가 싸늘하게 변했다.

“정히 포기하지 못하겠다면…….”

소비연이 일보를 내딛으며 몸을 날리려는 찰나였다.

“잠깐!”

갑자기 팽시영이 소비연을 말렸다.

어느새 마차는 멈춰 있었다. 팽시영이 소비연이 있는 곳으로 다가왔다.

소비연은 머리를 살짝 뒤로 돌렸다.

“왜 그러시오?”

“소 공자, 방금 전에 했던 말, 장담하실 수 있어요?”

“십천사에게서 직접 들었던 말이오. 그리고 팽 소저는 남궁세가에 생긴 변사를 듣지 못했단 말이오?”

“아……!”

“이번 일은 제천궁과 그곳을 배후에서 조종하고 있는 천지회라는 곳의 작당으로 인해 생긴 일이오. 놈들은 황산에서 일신무총을 찾아온 고수들을 모두 죽일 생각이란 말이오.”

팽시영의 눈동자가 흔들렸다.

"그럼 감숙에서 천시쟁패가 벌어진 일들도?"

"놈들의 작당으로 인해 벌어진 일이오. 지금 남북대전이 일어난 것 역시 마찬가지요."

소비연의 설명은 계속되었다.

"지금 황산에 모인 군웅들을 모두 해산시켜야 하오. 그렇지 않으면 강호는 큰 혼란에 잠길 것이오. 천중전란도, 정마대전도, 모두 놈들의 조종에 의해 벌어졌음을 알아야 하오."

그것이 정녕 사실이라면 강호는 꽤나 오랜 세월 동안 정체를 알 수 없는 이들의 수작에 놀아난 꼴이었다.

"하지만… 과연 군웅들이 소 공자의 말을 들을 것 같아요? 팽가의 이름을 내걸고 나선다 한들 모두 코웃음만을 칠 거예요."

팽시영의 말은 사실이었다.

웃기지도 않는 것이, 강호인들은 항시 음모와 암계에 둘러싸인 세계에 살면서도 자신이 걷는 길이 옳다 여긴다는 거다. 그것은 멍청함과 달랐다. 자기 자신에 대한 자신감이기 때문이었다.

과연 소비연이 나선다고 군웅들이 '오냐, 옳다' 하며 해산할까? 오히려 콧방귀를 뀔 것이다. 팽가가 전면에 나선다 해도 오히려 더 큰 반향만 일으킬 뿐, 별 소득은 없을 것이다.

소비연 역시 그것을 잘 알고 있었다.

그는 누가 뭐라 해도 직접 수하들을 이끌고서 구파와 대적

하던 마교의 소교주이지 않았던가. 그런 강호의 생리를 모를 리 없었다.

"사람들이 듣지 않을 것이라 하여 그대로 놔둘 수만도 없는 일이잖소. 할 수 있는 데까지는 해야 할 터."

그 첫 번째 일환으로 이들 녹림 무리들의 야욕을 꺾고 산채로 돌려보내겠다는 뜻이다.

소비연이 다시 기세를 풀어내기 시작하자 단재청도 자세를 다잡았다.

팽시영이 다급한 어조로 외쳤다.

"소 공자는 직접 황산에 가서 린아를 구하고 천지회인가 하는 이들의 음모를 분쇄할 생각이 아니신가요?!"

소비연은 고개를 끄덕였다.

팽시영은 그의 기세가 많이 누그러졌음을 깨닫고는 자신의 말이 통할 것 같다는 생각이 들었다.

"그러면 이분들에게 도와달라고 하는 건 어떨까요?"

*　　*　　*

황산으로 들어가는 관도에 위치한 마을은 일신무총을 찾는 무인들로 인산인해를 이루었다.

얼마나 많은 사람들이 모였는지, 각 객잔의 객실과 별채는 물론이고, 일반 백성들이 제집에 비어 있는 방을 비싼 값에

민박으로 내놓아도 웃돈을 얹히고 들어오려 할 정도였다.

상황이 이렇게 되니 죽어나가는 것은 고을의 수령과 포졸들이었다.

무림이라는 세계에 상주하는 인간들이 늘 그렇듯이 '관무불가침근'을 명목으로 엄연한 국법인 대명률까지 피하니 피해가 이만저만이 아닌 것이다.

힘쓰길 자랑하는 인간들이 모인 곳에 사단이 나지 않을 리 없고, 자존심 강한 놈들이 있는 곳에 충돌이 벌어지지 않을 수 없다.

포졸들은 행여나 무인들의 몸싸움을 뜯어말리며 눈먼 칼날에 제 목이 달아날까 걱정하면서도, 자리에 가만히 앉아서 길길이 날뛰는 상관의 눈총도 보지 않을 수 없었다. 결국 포졸들만이 개고생인 셈이었다.

가뜩이나 대마도를 거점으로 왜놈들이 다시 해적질을 시작해서 민심도 좋지 않는 마당인데, 이런 일까지 겹치고 말았으니.

올해 포졸 생활 삼십 년의 장이수는 정말이지 가만히 자리에 주저앉아 '아, 시팔! 나도 몰라!' 라고 외치고 싶은 마음을 억눌렀다.

'시팔! 하늘도 무심하시지. 만날 말썽만 피우는 개놈들은 안 잡아가고 뭣 하시나!'

장이수가 삼십 년이라는 긴 시간 동안 느긋한 포졸 생활을 즐길 수 있었던 이유는 단 하나다.

바로 '시끄러운 곳에 가지 않고 조용한 곳에만 안주하자'
였다.

어느 사회생활에서든 가장 필요하다는 짬밥도 이미 신의
경지에 이르렀기에 힘든 일이 있다 싶으면 후배들을 시키고,
소요가 생기면 상인들 뒷돈이나 받으면서 뒷배나 봐주면 되
었다.

이제 정년도 얼마 남지 않았기에 공직 생활의 말년을 편하
게 즐기면 된다는 생각이었는데… 이게 웬일인가, 일신무총
이라니.

'일신무총이고 시팔무총이고 나발이고 간에, 왜 그딴 게
황산에서 발견되냐고!'

평상시 같았으면 기루에 들러서 애향이 엉덩이나 두들기
고 있으면 그만인데. 쓥!

이번에도 마찬가지였다.

천우객잔에서 무인 두 명이 주먹 다툼을 하고 있다는 제보
가 들어왔다.

골 때리는 것은 주먹 다툼이 칼부림으로까지 번져서 한 놈
이 죽었다나 뭐래나?

문제는 그것이 발단이 되어서 죽은 놈의 의형제라는 놈들
이 단체로 원수 놈에게 달려들어 죽여 버렸다 하지 않는가.
또 이 때문에 두 번째로 죽은 놈이 속한 문파의 무인들이 싸

움에 가담했고…….

이렇게 복잡하게 헝클어져서 지금 천우객잔 앞은 거의 난장판이라고 한다.

그런데도 주위 놈들은 이를 뜯어말리기는커녕 어느 쪽이 이길 것인지 돈 내기까지 했다나? 역시 무림인들은 평생 가도 이해 못할 족속들인 것이다.

장이수는 바로 밑의 수하 두 명을 데리고서 천우객잔에 도착했다.

아니나 다를까.

아직도 패싸움은 그치지 않고 있었다.

채챙!

"의제의 원수다! 죽여!"

"감히 본 문의 문도를 죽이다니! 내 오늘 네놈들의 뼈를 통째로 갈아 마시고 말 것이야!"

"닥쳐라, 이 개자식아!"

수많은 병장기들이 날아다니고, 사상자들이 속출하기 시작했다.

팔 잃은 놈, 제 동료 놈의 눈먼 칼을 피하지 못했다가 발목 날아가는 놈, 자기가 왜 당했는지도 모르게 죽어버린 놈들까지.

"시팔, 우리 세 명이서 저걸 어떻게 막으라고?"

장이수와 포졸 둘은 치를 떨었다.

"형님, 이를 어쩌죠? 우리들로서는……."

을학표라는 이름을 지닌 후배 녀석이 걱정스레 물어왔다. 나이는 어리지만 성격이 유들하고 서글서글해서 아버지 나이 대인 장이수를 줄곧 '형님, 형님' 하고 따라다니는 녀석이었다.

"글쎄다, 시팔."

장이수는 욕지거리를 내뱉었다.

"지원 요청할까요?"

또 한 명의 포졸, 서가호가 조심스레 의견을 제시했다.

장이수의 이마에 내 천(川) 자가 그려졌다.

"아냐, 있어봐. 일단 사태를 지켜보면서 결정하자. 지원 요청, 그거 잘못했다가는 우리만 모가지야."

서가호가 말하는 '지원'이란 바로 나라의 정병, 즉 군대를 의미했다.

군대는 나라를 수호하고, 포졸은 민생 치안을 담당한다. 하지만 한 번씩 포졸들이 감당하기가 힘든 일이 발생하는데, 이때 투입되는 것이 바로 군대다. 이 시대에는 관병도 민생 치안을 일부 담당했기에 가능한 일이었다.

문제는 이 '지원'을 잘못 신청하면 말단인 그들만 윗대가리들에게 쪼인다는 점이었다.

특히나 나라의 안위 따위는 절대 신경 쓰지 않는 황제인지 병신인지 덕분에 현 군대―관병―들은 그야말로 부패의 온상이었다. 지원이랍시고 죽창 하나에 허름한 마의를 걸친, 병사라고도 부르기도 민망한 놈들 서넛을 보내주고는 유세란 유세는 다 떨어버리는 것이다.

장이수는 이를 두고 한 말이었다.

그가 제아무리 어느 정도 주먹패의 뒷배를 봐주고 적당히 뒷돈도 받으면서 살아간다고 하지만 그것도 어느 정도의 선에서만 그럴 뿐, 정신까지 썩어 문드러질 정도는 아니었다.

그래도 다행히 이 무림인들이라는 놈들은 신기한 것이, 제아무리 원수처럼 제 목숨을 도외시하고 치고받고 싸워도 얼마 지나지 않으면 언제 그랬냐는 듯이 싸움을 멈추고 돌아가곤 했다. 그럴 때면 포졸들은 사상자들을 의원에게 데려다 주고 시체만 치우면 그만이었다.

그래서 이번에도 그러지 않을까 하고 생각했는데…….

"싸움, 자꾸 커지는데요?

"이런 개쌍……."

사태를 관망한 지 반 시진이 가까이 흘러도 싸움은 멈출 기미를 보이지 않았다.

도리어 판도는 더욱 커져서 별 관계없는 놈들까지 심심하다며 난장판 속으로 몸을 던지고 있었다.

"계속 이대로 두면 정말 사단이 나도 크게 나겠습니……."

서가호의 말이 끝나기도 전에 무인 한 명이 큰 충돌음과 함께 건물 한쪽 벽에 처박혔다.

그리고,

"으어어어어어!"

"너, 넘어간다!"

쿵!

건물 하나가 밑동부터 흔들리더니, 이내 중간 지점이 안쪽으로 함몰되었다.

"…시팔, 좆 됐다."

보통 칼부림과 건물이 무너지는 것은 차원을 달리한다.

관무불가침근(官武不可侵近)이라고 하지만 그것도 민초에게 피해가 없을 때나 통용되는 말이다. 이렇게 피해가 발생했을 시에는 관에서도 묵과하지만은 않는다.

"지원 때릴까요?"

을학표가 조심스레 입을 열었다.

결국 장이수는 울상 짓고 말았다.

"아, 젠장. 나 정년까지 이제 석 달밖에 남지 않았는데, 이게 무슨 꼴이냐고. 나 불명예 퇴직되는 거 아니야? 젠장, 에라, 모르겠다. 야, 서가호!"

"예!"

"다녀와."

"아, 알겠습니다!

서가호가 '언제 거기까지 가냐' 라고 울상을 지으며 움직이려는 찰나였다.

“멈ㅡ춰ㅡ라!”

공력이 가득 실린 목소리가 쩌렁쩌렁하게 마을 전역을 뒤흔들었다.

그 소리가 얼마나 컸던지, 장이수를 포함한 포졸 셋은 물론이고, 지닌바 무위가 부족한 무사들까지 귀를 감싸 쥐며 주저앉았다.

겨우나마 버틸 수 있었던 이들은 소리의 진원지, 천우객잔의 지붕에 서 있는 남자에게로 향했다.

“웬 놈이냐!”

패싸움에 가담했던 자들 중 가장 강해 보이는 무인 한 명이 소리쳤다.

지붕에 선 사내는 싸늘한 어조로ㅡ예의 그 카랑카랑한ㅡ사자후를 이용해 입을 열었다.

“더 이상 민초들에게 해를 끼치는 싸움은 허락지 않겠다.”

무인은 싸늘하게 웃었다.

“네가 무슨 협객이라도 되는 줄 아나 보지? 죽고 싶지 않다면 모른 체하고 썩 물러나라!”

“결국 권주를 마다하고 벌주를 들이켜겠다는 뜻이로군.”

“푸하하핫! 정녕 미친놈이로군!”

무인은 포효화검(咆哮火劍) 화무열이라는 자였는데, 운남 일대에서 제법 명성이 드높은 검호였다.

그는 운남이라는 땅이 자신의 능력을 포용하기에는 늘 부족하다는 생각을 가져왔다. 그래서 이번에 일신무총이 열렸다는 소식에 자신을 따르는 의형제들을 데리고서 황산으로 온 것이었다.

그러다 이곳에 머물던 도중 시비가 붙었는데, 자신이 아끼던 의제가 죽고 말았다. 결국 그와 의형제들은 의제의 복수를 위해 이런 패싸움을 만들어내고 만 것이다.

의제의 원수도 갚아주었고, 원수가 소속된 문파의 무사들 또한 크게 혼구녕을 내고 있던 때였다. 그런데 갑자기 듣도 보도 못한 놈이 협객 놀이를 하니 배알이 꼴릴 수밖에 없는 것이다.

"벌주를 준다고? 좋아, 그 벌주, 얼마든지 마셔주마. 대신에 상대를 가리지 않고 주둥이를 함부로 놀린 그 죗값부터 치러야 할 것이다!"

화무열은 땅을 강하게 박찼다.

쉭!

팅겨 오르듯 공중을 가로지르는 그의 모습에 사람들은 일제히 탄성을 내질렀다.

"궁신탄영!"

활처럼 앞으로 굽혔다가 뒤로 팅기며 생기는 반동으로 몸을 날린다는 절정의 신법이었다.

화무열은 자신의 검이 이 건방진 작자의 목을 벨 것이라 절대 믿어 의심치 않았다.

하지만 세상사 일이라는 것은 꼭 제 생각대로 되지 않는 법이었다.

"기회를 주었음에도 듣지 않은 너의 못난 안목을 탓하라."

사내는 손에서 검을 놓았다. 당연히 검이 아래로 떨어졌다.

화무열은 녀석이 겁에 질려 미쳤다고 생각했다. 그러던 찰나, 그는 놀랄 만한 광경을 보고야 말았다. 검이 아래로 떨어지다 말고 갑자기 앞으로 쏘아지기 시작한 것이다.

그것은 검을 던져 적을 살상하는 비검술(飛劍術)과는 달랐다.

의지로써 검과 하나가 되고, 검과 연결된 심령을 자유자재로 다루어야만 가능하다는 상승의 절기.

"어, 어검술(御劍術)!"

누군가의 찢어지는 외침과 함께 사내의 검이 빠른 속도로 공간을 갈랐다.

쩽!

화무열은 재빨리 자신의 검을 안쪽으로 추슬렀다.

막대한 양의 공력이 전신을 뒤흔들었다.

"컥!"

화무열은 피를 토하며 아래로 낙하했다.

쿵!

그는 땅에 널브러진 채로 정신을 잃었다.

화무열을 단 한 방에 제압한 검은 위쪽으로 향하더니 이내 제 주인의 곁을 유유히 맴돌기 시작했다.

그 가공할 신위에 사람들은 일제히 입을 떡하니 벌렸다.

겉으로는 삼십대를 넘기지 않았을 것 같은 젊은이가 절대 위의 고수나 펼칠 수 있다는 어검술을 쓰는 모습에 할 말을 잃어버린 것이다.

사내는 싸늘한 얼굴로 아래를 내려다보았다.

제왕(帝王)의 신위(神威).

그야말로 무의 극의에 올라 패자(覇者)가 된 사람만이 가질 수 있는 자세였다.

"다음은 이 정도의 경고로 끝나지 않는다. 어쩔 텐가? 저 못난 놈처럼 다시 항변할 테냐, 아니면 제 숙소로 돌아가 근신할 테냐?"

이미 무인들은 싸울 의욕을 잃어버린 상태였다.

"도, 돌아가겠습니다!"

"근신하라."

"고, 고맙습니다."

무인들은 기절한 화무열과 의제의 시체를 수습하고서 자리를 벗어나려 했다.

하지만 이를 상대 문도들이 막아섰다. 절대 이대로 저들을 보낼 수 없음을 몸으로 보이는 것이다.

사내의 눈빛이 다시 싸늘해졌다.

"이건 또 무슨 짓이지?"

그들 중 한 명이 앞으로 나서며 포권을 취했다.

"소생은 진주의 자그마한 가문인 언가의 언과해라고 합니다."

그의 소개와는 달리 진주언가는 비록 오대세가에는 들지 못하나, 팔대세가나 십대세가를 꼽으라면 그 안에 들 정도로 꽤나 유명한 가문이었다. 그들은 권으로 유명했는데, 황보가와 함께 쌍절(雙絶)로 통했다.

언과해 역시 가문에 깊은 자부심을 가지고 있는 것이 분명했다. 어쩌면 가문의 이름을 팔아 사내를 압박하려는 것일 수도 있었다.

하지만 사내는 여전히 같은 태도였다.

"그래서?"

"놈들은 저희 가문의 소중한 인재를 죽게 하였습니다. 이는 언가의 이름으로 절대 용납할 수 없는 일입니다."

"그래서?"

사내의 무심한 태도에 언과해의 눈썹이 살짝 흔들렸다.

"하기에 저희는 놈들을 절대 보내줄 수 없습니다. 언가가 가슴에 품은 한은 설사 하늘이라 하여도 피해갈 수 없음을……."

"그래서 내가 이 자리를 파하라는 말을 듣지 못하겠다?"

고오오오!

사내의 몸 주위로 전과는 비교도 할 수 없는 막강한 중압감
이 뿜어져 나와 언과해를 짓눌렀다.

"크윽!"

"뚫린 입이라고 지껄이면 다인 줄 아는가? 언가의 이름이
네 목숨까지 살려줄 수 있을 거라 생각하는 것이냐?"

사내의 싸늘한 어조와 함께 언과해의 몸뚱어리가 막대한
진력에 흔들리기 시작했다.

이에 언가의 무사들이 언과해를 보호하기 위해 나서려 했
지만 그것이 도리어 사내의 화를 돋웠다.

쿵!

"커헉!"

"이, 이게 대체……!"

결국 언가의 사람들까지 사내의 막대한 중압감에 짓눌리
고 말았다.

정작 사내의 살기를 받지 않고 있는 화무열의 의형제들은
사태를 짐작하지 못하고 얼떨떨한 표정을 짓고 있었다. 그러
다 사내의 화가 자신들에게도 튈까 싶어 빨리 자리를 벗어나
버렸다.

사내의 입이 열렸다.

"그 주둥이로 다시 말해보아라."

"그것이……!"

"그것이?"

“컥!”

언과해는 결국 중압감을 견디지 못하고 피를 토하며 쓰러지고 말았다.

바로 그때 목탁을 두들기는 소리가 들렸다.

툭똑, 데구루루.

목탁 소리를 낸 자는 가사를 입은 한 노승이었는데, 너무나 말라 뼈와 핏줄이 다 비칠 정도였다. 보통 사람들이었으면 더럽다 여길 테지만, 노승에게서는 쉬이 함부로 할 수 없는 기품이 느껴졌다.

“아미타불, 저들도 죄를 뉘우친 것 같으니 시주께서는 이만 손속을 거두시지요.”

사내의 시선이 노승에게로 향했다.

“땡중, 남이 하는 일에 관여하지 마라.”

“시주께서도 타인의 일에 끼어드셨는데, 땡중이라고 끼어들지 못할까요. 아미타불.”

불문의 성승 같은 대답이었다.

사내는 비릿한 미소를 흘렸다.

“많이 컸군, 망아(忘我).”

사내의 말에 사람들은 일제히 소리를 질렀다.

“서, 설마 망아 성승(忘我聖僧) 오열 대사(悟悅大師)!”

군웅들 사이로 동요가 일파만파 퍼졌다.

소림의 신승이라 불리는 망아.

당대 절대고수를 뜻하는 성란육제 중 삼정 불제(佛帝)에 해당하지만 스스로는 그 이름이 세속의 것이라 하여 꺼려한다고 전해진다.

정마대전 당시 대마종과의 대결 이후로 참회동에 자신을 가둔 채 세상사에는 절대 관여하지 않겠다 약조한 그가 이곳에 나타난 것이다.

망아 성승은 입가에 미소를 지으며 사내에게 합장했다.

"감 시주께서 보살펴 주신 덕분이 아니겠습니까?"

"말도 많이 늘었어. 혁리 녀석에게 패한 이후에 참회동에 들어갔다더니, 거기서 말재주만 배운 것인가?"

망아 성승은 굉음벽도 팽무천과 비슷한 나이를 자랑한다. 그 역시 환갑에 이른 노인인 것이다. 이 시대에 사람들의 평균 수명이 서른 안팎인 걸 감안한다면 엄청 높은 항렬의 어른이지만, 사내는 당연하다는 투로 망아 성승에게 하대를 했다. 망아 성승 역시 이를 당연하게 받아들이고. 대체 이 사내의 정체는 무엇이란 말인가?

"미친 마군마냥 오랫동안 벽만 쳐다보고 있었더니 별의별 생각이 다 들고 하더이다. 아미타불."

"묵언(默言)은 하지 않았나 보지?"

"묵언이 이 땡중을 더욱 이리 만들어놨습니다."

"크하하하하핫!"

사내는 크게 웃음을 터뜨렸다.

그러고는 언과해를 비롯한 언가의 사람들을 한 번 쭉 훑어보더니 싸늘한 어조로 말했다.

"내 이번만은 망아 땡중의 얼굴을 보아 넘어가는 것이다. 다음부터는 내 눈에 띄지 않도록 하라."

사내가 손을 한 번 내젓자 언가의 무인들을 짓누르던 중압감이 거짓말처럼 사라졌다.

그들은 언과해를 보필하고서 자리를 벗어났다.

언과해가 두고 보자며 이를 바득 갈았으나, 사내는 전혀 신경 쓰지 않았다.

사내는 지붕에서 뛰어내려 땅에 착지해 망아 성승 앞에 섰다.

"한데, 이곳에 땡중이 무슨 일이지?"

"아미타불. 그것은 소승이 감 시주께 여쭈어야 할 것 같습니다. 강호를 떠나시겠다고 하셨던 시주께서 갑자기 이곳에는 무슨 일로 오셨는지."

사내는 피식 웃으며 무어라 답하려다가 이내 자신들을 보는 눈길이 많은 것을 확인하고는 전음으로 답했다.

[정말로 일신이 죽어서 무덤을 남겼나 확인하기 위해서다.]

망아 성승이 엷은 미소를 지었다.

"일신의 무공을 얻기 위해서가 아닌지요?"

"푸하하하핫!"

사내는 다시 웃음을 터뜨렸다.

[일신의 무공으로 강해질 수만 있다면… 못할 것도 없지. 하지만 그럴 수 없음에 나는 통탄할 뿐이다.]

사내나 망아 성승처럼 무공의 극의에 오른 사람들은 타인의 무공 따위는 방해만 될 뿐이다. 자기 수양을 하기에 바쁜데 다른 무공 서적을 왜 뒤진단 말인가?

망아 성승 역시 이를 잘 알기 때문에 장난으로 사내에게 그리 물어본 것뿐이었다.

"나도 답했으니 땡중, 너도 답해야지?"

"혹여나 생길 분란을 막기 위함입니다."

"일신의 무공을 소림이 챙기기 위해선 아니고?"

이번엔 사내가 짓궂게 물어왔다.

"소림은 그저 이 일로 인해 혼란이 생길까 하는 걱정이 있을 뿐입니다. 아미타불."

"제자 놈이 천시를 가지려 했다가 한쪽 팔을 잃었다면서?"

항마승 무각 대사를 말함이다. 그는 감숙에서 있었던 천시 쟁패에 가담했다가 백염도에 의해 한쪽 팔과 함께 백팔나한들을 잃어버렸다. 그 책임을 물어 소림은 그에게 참회동 오년 면벽을 명했다.

망아 성승은 얼굴을 붉혔다.

"제자에게 무공만을 가르치고 그에 걸맞은 인성은 심지 못한 소승의 불찰이었습니다. 아미타불. 앞으로는 달라질 것입니다."

"성격이 불이라서 자기 자신을 잃어버린다고 '망아' 라는 별호가 붙었던 이가 맞는지 궁금하군. 그나저나……."

사내는 사방을 쭉 훑어보았다.

"사람이 엄청 많군."

사내는 두 눈으로도 보이지 않는 곳까지 볼 수 있는 능력이 있었기에 이곳을 제하더라도 황산과 그 주변 일대가 수많은 무인들로 북적임을 알고 있었다.

"욕심이 많아, 욕심이. 그 욕심을 비워야 얻을 수 있을 텐데 말이지."

보통 무인들이라면 전 재산을 통째로 바쳐서라도 듣고 싶어 할 상승 공부의 묘리가 흘러나오는 순간이었다.

망아 성승은 가만히 불호를 외웠다.

"아미타불. 오진(五塵)이란 항시 사람을 뒤따르지요."

"그러게 말이다. 세월이 흘렀는지 꽤나 강한 사람들이 제법 많… 이건……?"

사내는 주위를 훑어보다가 한곳에 시선을 정지시켰다.

"무슨 일이신지요?"

망아 성승이 조심스레 연유를 물어봤지만 사내에게서는 아무런 대답이 없었다. 성승은 사내가 보고 있는 곳으로 고개를 돌렸다. 그리고 그 역시 사내처럼 가만히 굳어졌다.

"어, 어검술이라니. 겉으로는 삼십 세도 되어 보이지 않는

데……."

팽시영은 천우객잔에서 벌어진 일에 놀라 입을 다물 수가 없었다.

요즘 들어 왜 이리 많은 고수를 보는 것인지.

강호에 나와 마주친 절대고수만 해도 만독자에, 소혼에, 망량도에… 그로도 모자라 이곳에서도 만나게 되었다.

이하영 역시 마찬가지였다.

자신의 실력이라면 절대고수는 되지 못하더라도 능히 신주삼십이객과는 상응할 것이라 생각했다. 하지만 강호는 넓었다. 신주객 따위는 발 아래로 여기는 고수들이 넘치도록 많았다. 처음으로 세상이 불공평하다고 느껴질 정도였다.

팽무천은 씩 미소를 지었다.

"어쩌면 축융처럼 반로환동이라도 했는지 모르지. 아니면 이 녀석처럼 환골탈태라도 했거나. 그렇지 않나?"

팽무천은 장난으로 소비연의 어깨를 짚었다.

소비연은 피식 웃고 말았다.

"나에게 무공을 가르쳐 주신 의부께서도 나와 같은 경지를 딛고 있는 자가 족히 대여섯은 될 것이라 하셨으니, 틀린 말은 아닐 것이오."

"……."

팽무천은 눈동자를 동그랗게 뜨고 말았다. 신화경의 고수가 대여섯?

"…그, 그게 사실이면 나는 우물 안의 개구리였던 셈이군."

그때, 단재청이 불쑥 얼굴을 내밀었다.

"정말 소 형님과 같은 고수가 그리 많단 말이우?"

언제부터 형님이라고 부르기 시작했는지, 단재청은 소비연을 살갑게 대했다. 소비연 역시 단재청을 편하게 대했다.

"그렇다. 그러니 너도 더욱 분발하는 게 좋을 것이다."

"헐. 정말이지, 하늘도 무심하시구려."

주위에서 대왕, 대왕하고 떠받쳐 주었던 것이 부끄럽게 느껴졌다.

"하나, 그런 고수들은 명성에 구애받지 않고 밖으로 나도는 것을 싫어한다. 그리고 너 역시 꾸준히 수양을 쌓는다면 꿈에만 있는 경지는 아닐 것이다."

"정말?"

"너에게는 충분히 그럴 가능성이 있다. 게다가 네가 익힌 진혼신공은 절대 그저 그런 무공이 아니야."

"우헤헤헤, 입신경, 아니, 절대위만 해도 나에게는 그저 감사이거늘, 신화경도 가능하다니. 이거, 어깨가 으쓱거리오. 으하하하하핫!"

단재청의 큰 웃음소리에 소비연은 쓴웃음을 지었다.

'분명 자질은 있지. 그게 가능할지 못할지는 나도 장담할 수는 없지만.'

대종사라는 것은 하늘이 내어주니까.

그러다 문득 소비연은 어쩌다 이 멧돼지 같은 자와 친분을 맺게 되었는지 의문이 들었다.

'그때부터인가, 내 생각을 밝혔을 때.'

소비연이 단재청의 일신무총에 대한 욕심을 강제로 꺾어버리려는 때에 팽시영은 혹시 단재청에게 협조를 구하는 건 어떻겠냐고 물었다.

천지회의 야욕을 끊어버리려면 그 혼자서는 불가능했다. 소비연이 제아무리 대종사의 반열에 들었다고 하더라도 천지회가 강호에 뻗은 손길은 소비연으로서도 측정하기 힘들 정도로 깊었다.

그래서 팽가의 힘을 빌리려 했던 것이고, 막운휴가 자신을 도와주겠다고 했을 때에도 거절하지 않았다. 하지만 그것만으로는 턱없이 부족했다.

결국 소비연은 여기서 생각을 바꿨다.

단재청의 욕심을 끊어버리기보다는 그 힘을 빌리자는 생각에서였다. 다행히 그는 신공절학이라 할 만한 무공들을 많이 알고 있었고, 단재청과 거래하기엔 충분했다.

그래서 진혼신공(鎭魂神功)을 내놓으며 물었다.

자신을 도와주지 않겠냐고.

진혼신공이 일신이 보유했던 백팔무공 중 하나임을 알고 있는 단재청은 곧바로 엎드리며 알겠노라고, 그를 형님이라 부르겠다고 했다.

비록 계약으로 맺어진 관계이긴 했으나, 심안으로 비춰본 결과 단재청은 절대 타인의 호의를 배신할 정도로 막돼먹은 사람이 아니었다. 오히려 순수해서 진짜 동생으로 삼아도 괜찮은 사람이었다.

그렇게 둘은 서로 호형호제를 하는 관계가 되었다.

소비연은 일신무총을 중심으로 어떤 음모가 벌어지고 있는지를 상세히 설명했고, 비록 태생은 산적이나 가슴 한편에는 협심이 살아 있던 단재청은 당연히 도와주겠노라고 답했다.

그렇게 단재청과 천왕채의 산적들은 동료가 되었다.

하지만 소비연은 천왕채의 동행을 거절했다.

이번 일은 오히려 사람이 많으면 많을수록 피해만 더욱 확산될 수 있다는 것이다.

결국 단재청은 울향으로 하여금 천왕채를 본산으로 돌려보내게 하고 일행에 합류했다.

소비연은 이곳으로 오는 와중에 단재청에게 많은 것을 가르쳐 주었다.

진혼신공에 대한 것은 물론이고, 그동안 단재청의 앞을 가로막고 있던 깨달음의 벽에 대한 조언까지 아끼지 않았다. 팽무천 역시 옆에서 많이 도와주었다.

단재청의 우직한 성격 탓인지 모르지만, 여하튼 단재청은 이곳으로 오는 닷새 동안 전과는 비교도 할 수 없을 정도로 강해졌다.

소싯적에 소비연이 사도수라 불릴 때와 비교해도 절대 뒤지지 않았다.

아마 이번 일이 끝나고 나면 녹림에 큰 별이 떴다면서 강호가 떠들썩해지리라. 어쩌면 역대 녹림왕들의 영원한 꿈인 장강수로채와 동정십팔채에 대한 야욕까지 꿈꿀지도 모르는 일이었다.

이것이 훗날 녹천군(綠天君)이라 불리는 자의 탄생을 알리는 시발탄임을 아직 그들은 알지 못했다.

"갑자기 왜 웃으십니까, 형님?"

"아니다."

단재청의 물음에 소비연은 고개를 저으며 일행에게 이만 황산 청량대로 오르자고 말하려던 찰나였다.

'……!'

무언가 자신을 바라보는 눈길이 느껴졌다.

소비연은 재빨리 그곳으로 시선을 돌렸다.

그곳에는 천우객잔의 소요에서 신위를 떨쳤던 사내와 한 명의 승려가 있었다.

"망아 성승과……."

사내는 소비연과 시선을 교환했다.

"나를 보았군."

　사내, 고천사패의 일인인 감패(坎覇) 수검거학(水劍巨壑)은
기분 좋게 웃었다.
　"이번 일, 심심하지는 않겠어."

＊　　　＊　　　＊

　청량대 중턱.
　한 동굴의 입구를 중심으로 수십 개의 화약과 벽력탄이 설
치되어 있었다.
　화약에 관한한 눈에 불을 켜는 관이 알았다면 바로 노발대
발할 모습이었지만, 입구를 관리하는 사람들에게는 달랐다.
　"이제 시작하겠소."
　한 중년인의 말에 사람들은 일제히 긴장했다. 몇몇은 너무
긴장한 나머지 현기증마저 느낄 지경이었다.
　"그럼……."
　중년인은 화약 심지에 불을 붙였다.
　그리고,
　콰콰콰콰쾅!
　입구가 터져 나갔다.
　일신무총이 처음으로 세상에 드러나는 순간이었다.

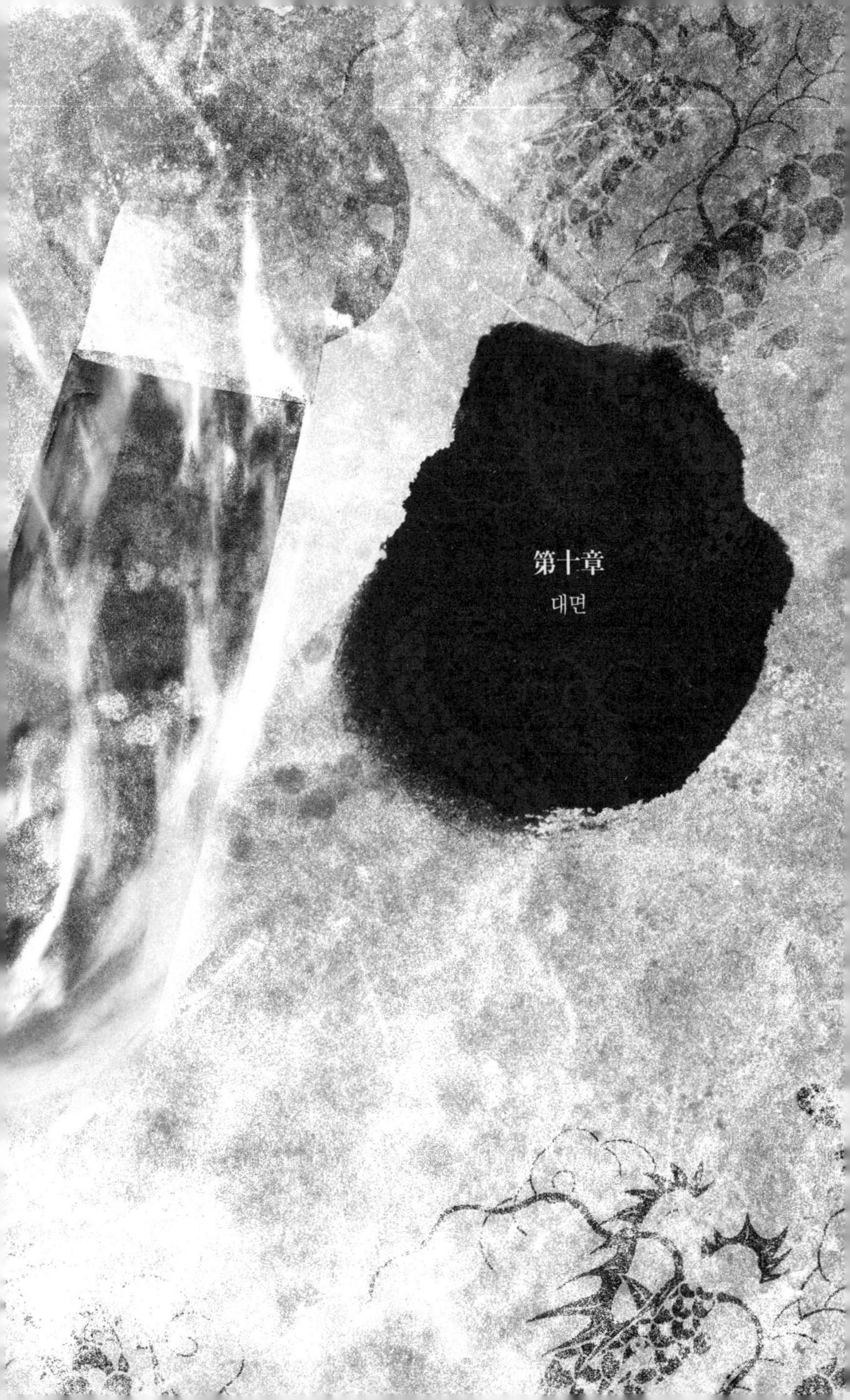
第十章
대면

神刀無雙
신도무쌍

일신무총이 열렸다!

이러한 소문이 수많은 사람들의 입소문을 따라 남직예 전 체로 퍼져 나갔다.

황산에 일신무총이 발견되었다는 소식은 강호를 수없이 뒤흔들어 놓았다. 하지만 정작 일신무총이라고 알려진 동굴 은 입구만이 개봉된 상황이었다.

그럼에도 사람들이 그곳이 일신무총이라는 것을 알게 된 이유는 딱 한 가지였다.

입구에 적힌 광오하기 짝이 없는 문구.

자격이 있는 자, 신(神)이 될 것이다!

*   *   *

"신을 논한다고요?"

천우객잔에서의 소요가 끝난 후, 장이수와 후배들은 인근 객잔에서 회포를 풀고 있었다.

수많은 무인들로 바글거렸지만 나라의 공무를 담당한다는 그들의 복장 때문에 시비에 휘말리지는 않을 것이기에 기분 좋게 한잔하고 있는 것이다.

서가호는 장이수의 술잔에 송호주를 가득 따라 주면서 물었다.

그 내용은 일신무총의 주인, 무일양신에 대한 것.

"그래, 얼마나 광오하기 짝이 없는지. 무뢰배 놈들이 스스로를 황(皇)이니 제(帝)니 논할 때부터 어이가 없었지만, 그는 아예 신을 논했다고 하는구나."

"헐, 얼마나 대단했기에……."

서가호의 맞장구에 장이수는 기분이 좋아서 자신이 알고 있는 사실들을 털어놓기 시작했다.

"나도 그렇게 잘 아는 건 아니지만 말이지, 일단 고금을 통틀어 신(神)이라는 단어가 들어간 별호를 가진 강호인들은 제법 많은가 보더라. 하지만 그중에서 스스로를 신이라 지칭할

만한 이는 손에 꼽을 정도지. 그런데 그런 사람의 무덤으로
추정되는 동굴이 발견되었다, 이거지."

서가호는 침을 꼴깍 하고 삼켰다.

"제가 주워들은 것이긴 한데, 그 일신이라는 사람은 생전
에 백여덟 개나 되는 무공을 펼치고 다녔다면서요?"

"오, 너도 제법 아는구나."

"헤헤헤, 저도 좀 주워들었죠."

장이수는 서가호의 술잔에 술을 가득 따라 주었다. 서가호
는 그것을 단번에 털었다.

"왜 욕심나느냐?"

"헤헤, 욕심나지 않는다면 거짓말이죠. 백여덟 개 무공 중
에서 하나만 얻어도… 꿀꺽!"

민초들에게 있어서 강호인들이란 쓸데없이 힘을 남발하는
무뢰배 이상으로 취급하지 않으면서도, 한편으로는 동경하는
모순된 마음을 가지기도 했다.

칼 한 자루를 들고 강호를 종횡하며 협을 외친다.

이 얼마나 멋진 일인가?

그러니 막연한 동경심이 생길 수밖에 없는 것이다. 서가호
는 이것을 말하고 있었다.

하지만 곧 을학표의 핀잔이 되돌아왔다.

"아서라, 이놈아. 동굴을 발견한 사람의 말에 의하면, 문을
열자마자 화살 하나가 날아와서 그 자리에서 삼도천을 건널

뻔했다고 하더라."

"헐? 진짜요?"

장이수는 음식을 하나 집어먹으며 껄껄 웃었다.

"크크크! 그뿐만이 아니다. 그 뒤로 객기 많은 무인들이 도전했지만 대부분 죽거나 살아 돌아와도 반병신으로 돌아왔어."

"……!"

장이수의 설명은 계속되었다.

그 몇 안 되는 생존자들의 말에 의하면, 동굴은 수많은 기관(機關)들이 살아 숨 쉬고 있다 한다. 문제는 그 기관들이 은밀하기 짝이 없어 기감이 예민한 절정고수의 이목마저 속일 정도라고 했다.

더군다나 안은 너무나 어두운 까닭에 얼마나 시간이 흘렀는지를 알 수 없고, 늘 알 수 없는 음습한 기운이 자리매김한다고 했다. 몇몇은 직접 환상까지 보았다고 했으니, 진식(陣式)도 설치되었다는 뜻이다.

서가호가 고개를 갸웃거렸다.

"강호에는 별 이상한 놈들이 자글자글하다면서요? 혹시 어떤 할 일 없던 사람의 장난일 수도 있잖아요?"

"크으! 술맛 시원타. 내 그 말이 왜 안 나오나 싶었다. 이놈아, 너도 생각하는데 남들이 생각 못할 것 같냐? 그래서 그… 뭐지, 고……."

"고홀(孤忽) 아닙니까, 형님?"

"아, 그래. 고홀. 아무튼 강호에서는 제법 유명한 고수 하나가 직접 깊숙한 곳까지 다녀오면서 그 말은 안으로 쏙 들어가고 말았다. 으물, 이 음식 맛있네. 어이, 점소이. 이거, 하나 더 추가. 음, 아무튼 계속 말하자면, 그 사람의 말에 의하면 자신은 수많은 기관과 진식들을 피해 제법 깊숙한 곳까지 갔다더라. 그리고 거기서 일신의 무공을 하나 익혔다더군. 하지만 그 이상은 가지 못했는데, 그곳이 바로 삼관(三關)이었다나?"

"삼관이요? 그런 또 뭐랍니까?"

"무슨 뜻인고 하니, 일신무총은 총 십관(十關)으로 이루어졌는데, 일신이 글로 남기길, 스스로 자신의 무덤을 가리켜 천룡십관(天龍十關)이라고 했다더구나. 고홀이 접근한 곳이 바로 이 중 세 번째에 해당하는 삼관이었는데, 그 뒤로는 초절정고수인 자신도 깨기가 힘들 정도로 복잡하기 짝이 없었단다. 자신이 깨뜨린 삼관도 겨우 운이 따랐을 정도였다더군. 그리고 일신이 남긴 듯한 글이 사관(四關)의 장벽에 적혀 있었다고도 하더군."

이곳까지 오게 된 것만으로도 그대는 자격이 있다.

하지만 진정한 자격을 얻기 위해서는 그만한 정신력이 따라야 할 것이다.

“헐?”

을학표가 히죽 웃었다.

“어때, 재밌지?”

서가호는 고개를 마구 끄덕였다. 눈동자가 초롱초롱하게 빛나기 시작했다.

“그래서요?”

“그래서라니?”

술잔으로는 성이 차지 않았는지, 아예 술병을 통째로 들어 주둥이에 입을 대며 반문했다.

“그 뒤로는 어떻게 되었어요?”

“어떻게 되긴? 폭파시켰지.”

“엥?”

서가호의 얼굴 위로 황당하다는 표정이 어렸다.

“폭파시켰다고. 고흘인가 뭔가 하는 고수도 삼관까지밖에 돌파하지 못했다고 하는데 보통 사람들은 꿈에도 못 그리지. 그래서 폭파시켰어.”

“헐······.”

포졸 세 명이 잡담을 떠는 자리에서 얼마 떨어지지 않은 곳에서 소비연과 팽무천, 단재청도 술잔을 기울이고 있었다.

그들은 일신무총에 관해서 나누는 세 포졸의 대화에 귀 기울이고 있었다.

아무래도 갓 황산에 도착했으니 남들보다 정보가 적을 수밖에 없었다. 하오문에 의뢰해 정보를 얻기엔 시간이 촉박했던 참이었는데, 제법 유용한 이야기를 들을 수 있었다.

"그럼 무슨 말이야? 자기들이 못 먹으니까 일신무총을 날려 버렸단 말이우?"

단재청의 호들갑에 팽무천이 술잔을 들이켜며 피식 웃었다.

"껄껄! 무림인이라는 자들이 얼마나 욕심이 많은 족속들인데 그걸 날리겠느냐?"

"그럼?"

"일관과 이관 정도만 날렸단 뜻이겠지. 어쩌면 삼관까지 붕괴시켰을 수도 있고."

"아……."

소비연의 짤막한 말에 단재청은 알겠다는 듯이 고개를 끄덕였다.

단재청 역시 고흘이라는 별호를 가진 고수를 잘 알고 있었다. 자신과 마찬가지로 신주삼십이객에 속하기 때문이었다. 강호에서 초절정이라 하면 구파의 장문인과 비교해도 뒤지지 않는 고수란 뜻이다. 그런 자가 삼관까지밖에 돌파하지 못했다고 하니 아예 작정하고 앞부분은 날려 버렸다는 뜻이겠지.

의문이 하나 들었다.

“그런데 자칫 실수로 무총 자체가 무너지면 어떻게 되는 거요? 아니, 삼관만 날아가도 고흘이 얻었다는 일신의 첫 번째 무공은 아예 사라져 버리는 거지 않수?”

소비연이 술잔에 고홍주를 따르며 말했다.

“그깟 벽력탄과 화약 몇 개로 날아갈 것 같았으면 일신의 무덤이라고도 불리지 못했을 것이다. 그리고 아마 삼관 마지막에 적혀 있었다는 일신의 무공은 고흘이 외우고 지웠을 터다. 너라면 그걸 그냥 두겠느냐?”

단재청은 고개를 좌우로 저으며 히죽 웃었다.

“나 혼자 먹기에도 바쁜데 누구에게 준단 말이오? 하면 삼관까지는 아예 작정하고 날렸단 말이겠소?”

“그렇지.”

팽무천이 씩 하고 웃었다.

“껄껄껄! 그리되면 더 이상 천룡십관이 아닌, 천룡칠관이 되어버리는 건가?”

단재청이 고개를 다시 갸웃거렸다.

“천룡?”

“일신이 말했다지 않느냐, 자신의 무덤은 천룡십관이라고. 그중 세 개가 날아갔으니 천룡칠관이지. 그나저나 천룡이라니… 일신, 그 사람도 정말 대단한 사람이야.”

“그 말이 무에 대단한 말이오, 장조 어르신?”

단재청이 수염 자글한 얼굴을 가까이 붙이며 물어오자 팽무천은 '에이, 징그럽다. 얼굴 치워!' 라고 웃으며 소리치고는 설명을 시작했다.

"일신은 무일양신이라는 별호보다는 '천룡' 이라는 별호를 더욱 좋아했다고 하더구나. 가장 친한 벗이었던 무당의 괴검이 지어준 이름이래나? 오죽 그 이름이 좋았으면 자신이 주로 쓰는 무공 이름에까지 천룡이라는 단어를 집어넣었을까."

"하면 일신에게 주 무공이 있었다는 말?"

"헐! 그럼 정녕 일신이 강호의 소문처럼 백팔무공을 모두 사용했다고 생각하는 게냐? 그 어느 누구도 일신이 몇 가지 무공을 익혔는지 모른다. 당시에 절전되었다고 전해지는 절대무공도 있었고, 새외의 것이나 잡기라고 치부되는 것까지 다양했으니까. 백팔 개라고 추정하는 건 괴검이 하도 그 사람에게 '백팔번뇌가 가득한 사람' 이라고 늘 놀려댔기 때문이야."

팽무천은 잠시 목이 탔는지, 술 대신 물잔을 벌컥벌컥 들이켰다.

단재청이 핀잔을 던졌다.

"어어? 이거, 반칙이오? 술자리에서는 물 대신 술을 마셔야 한다고 하지 않았소?"

"껄껄! 네놈도 내 나이가 되어봐라. 숙취도 옛날 같지 않으니까 나는 제외다. 여하튼 일신은 수많은 무공을 전개하면서도 유독 한 가지를 주로 애용했는데, 그는 그것을 천룡공(天

龍功)이라고 불렀다."

우우우웅.

일순 분천도가 도갑째로 공명하기 시작했다.

미약한 떨림이라 바로 옆에 있는 단재청도 알지 못했으나, 분천도와 심령이 연결되어 있는 소비연만은 정확히 느낄 수 있었다.

'갑자기 왜 이러지?'

소비연의 눈길이 분천도 쪽으로 향했다. 하지만 분천도는 언제 그랬냐는 듯이 더 이상 아무런 반응을 보이지 않았다.

"왜 그래? 내 말이 지루하냐?"

팽무천의 핀잔에 소비연은 쓴웃음을 지었다.

"아니오. 하던 말, 마저 하시오."

"험험, 여하튼 무덤까지 천룡이라는 이름을 붙였으니 정말 지긋지긋한 사람이 아니냐?"

"크하하하하핫! 그러게 말이오. 장조 어르신의 말이 옳소!"

"그렇지? 푸하하하핫!"

단재청과 팽무천은 나란히 호탕한 웃음을 터뜨렸다. 객잔 안에 있는 사람들이 시끄러운 둘에게 따지려 했지만, 이내 두 사람의 험상궂은 얼굴에 꼬리를 말아버렸다.

하지만 그들을 제어할 수 있는 사람이 아예 없는 것은 아니었다.

"누가 장조 어르신이라는 거죠?"

싸늘하기 짝이 없는, 하지만 맑은 고음이 단재청의 귀를 때렸다.

팽시영과 이하영이었다.

오랜 여행의 피로를 풀기 위해 목욕을 한차례 해서 그런지 촉촉이 젖은 그녀들은 아름다움, 그 자체였다. 뽀송뽀송한 피부와 물결에 젖은 머리칼은 사내들의 마음을 흔들기엔 충분했다.

더군다나 팽시영에게 한눈에 반했던 단재청에게 있어 그녀의 모습은 독약과도 같았다. 심장이 빠르게 뜀박질을 시작했다.

"오오오! 나의 여신이 오셨구려!"

"……"

단재청은 팽시영에게 낯간지러운 말을 잘도 해댔다. '나의 여신'이니 '나만의 천사' 따위의 말은 물론이고, '그대의 눈은 드넓은 대해와도 같으니 나는 그곳에 영원히 빠지고만 싶어라' 따위의 손발이 오그라드는 대사까지 태연하게 내뱉었다.

그럼에도 얼굴색 하나 붉히지 않는 것으로 보아 원래 사람이 뻔뻔한 건지 아니면 그런 척하는 건지, 속마음조차 읽어낼 수가 없었다. 결국 팽시영만이 낯간지러워할 뿐이었다. 그녀로서는 조부인 팽무천에 이어 반드시 피해야 할 남자가 하나 더 생긴 셈이었다.

팽시영은 단재청의 말을 못 들은 척하면서 팽무천의 옆자리에 털썩 앉았다. 이하영도 그녀를 따라 조용히 앉으며 점소이에게 술잔 두 개와 적당한 안주 하나를 주문했다.

단재청은 새로 나온 고흥주를 들며 팽시영에게 물었다.

"나의 천사, 드시겠소?"

"안 마셔욧!"

"이리 좋은 것을 왜 안 드시려 할까. 하면 장조 어르신, 한 잔."

"오오, 고맙네, 손서."

지난 사흘 동안 단재청과 팽무천은 급격하게 친해져 이제는 반장난으로 서로를 '장조', '손서' 따위로 호칭하고 있었다.

팽시영은 그것이 팽무천의 짓궂은 장난의 연장선임을 알지만서도 결국 빽! 소리를 지르고 말았다.

"할아버지이이이이이이!"

*　　　*　　　*

"이곳인가……."

일신무총, 달리는 천룡십관이라는 이름을 지닌 동굴의 가장 깊숙한 곳.

그 어느 누구의 발길도 닿지 못한 십관, 처녀지에 누군가가 처음으로 발걸음을 옮겼다.

백여 년 만의 인기척에 천장에 달린 야광석이 빛을 발했다.

금세 동굴 내부가 밝아졌다.

일신무총의 끝, 십관은 다른 곳과 달리 기관이나 진식이 설치되어 있지 않았다. 그저 이백에 가까운 사람들을 수용할 만한 크기의 넓은 공동만이 있었다.

공동 내부, 일신무총의 진체(眞體)는 일반 사람들이 생각하는, 금은보석으로 치장되어 있고 화려하기 짝이 없는 그런 내부가 아니라, 그저 단순하기 짝이 없는 동굴에 지나지 않았다.

다만 그 중심에는 보함이 하나 있었다.

일신의 시체를 담은 관이라고는 생각하기 힘들 정도 크기의 보함.

처녀지의 정복자, 진성은 보함 쪽으로 걸음을 옮겼다.

그와 같이 걸음을 옮기던 곤은 살짝 긴장된 음색으로 물었다.

"이곳은 감히 회주도 들어오지 못한 곳인데, 괜찮겠습니까?"

진성은 싸늘한 미소를 지었다.

"곤, 이미 우리들은 우리 갈 길을 정했습니다. 더 이상의 반론은… 제아무리 곤이라 하여도 용서치 않겠습니다."

곤은 고개를 푹 숙였다.

"죄송합니다. 이 늙은이의 생각이 짧았습니다."

진성은 쓴웃음을 지으며 고개를 저었다.

"저라고 곤의 마음을 어찌 모르겠습니까? 하지만 이미 물은 엎질러졌습니다. 하아 역시 그것을 바라고 제 목숨을 내놓은 겁니다."

"……."

하아라는 단어에 곤은 입을 꾹 다물었다. 슬픔을 참기 위함이리라.

진성은 보함 위로 손을 가져다 댔다.

백여 년 동안 단 한 번도 사람의 손길이 닿지 못한 보함은 수많은 먼지와 거미줄로 인해 형체를 알아보기가 힘들었다.

하지만 진성이 손으로 그것들을 털어내자 이내 본모습을 드러냈다. 수수하지만 또한 소박한 것만도 아니었다. 화려함과 소박함을 적절하게 잘 갖췄달까. 보는 것만으로도 고아함이 물씬 풍기는 아름다움을 자랑했다. 더군다나 보함은 아주 오랜 세월이 흘렀음에도 바로 어제 갓 만들어진 것처럼 새 것같이 보였다.

벌컥.

그와 함께 청아한 향기가 공동 내부를 가득 메웠다. 가슴이 다 맑아지는 느낌이었다.

보함 안에는 엄지 손톱만 한 크기의 환단 하나와 책자 하나가 들어 있었다.

그것을 바라보는 진성의 눈동자에는 열망이라는 이름의 불꽃이 피어났다.

"이것이야말로 일신의 진정한 유산이라 할 수 있는 무양
단(無恙丹). 그리고……."
책자에는 다섯 자가 용사비등한 글씨체로 쓰여 있었다.

백염천룡공(白炎天龍功).

*　　　　*　　　　*

술자리가 모두 끝난 후.
소비연은 객실로 돌아와 창가에 걸터앉아 밤하늘을 유심
히 살펴보고 있었다.
팽무천이 술병 하나를 들고서 조심스레 그의 옆에 다가왔
다. 그는 술병을 난간에 탁! 하고 올리고서 입을 열었다.
"걱정 말거라. 그녀는 잘 있을 것이다."
"……."
소비연은 가만히 눈을 감았다.
남궁린, 그녀의 얼굴이 한차례 떠올랐다가 사라졌다.
그는 그녀의 얼굴을 알지 못한다.
심안은 상대의 형체만을 분간할 뿐, 미추는 판별하지 못한
다. 그러니 남궁린의 얼굴을 모른다. 기억나는 것은 그녀의
어렸을 적 얼굴뿐.
그렇게 가만히 있길 몇 각째.

소비연은 가만히 눈을 떴다.

"그 술, 나도 좀 주시겠소?"

팽무천은 씩 웃으면서 술잔 하나를 그에게 건넸다.

날이 밝았다.

일신무총이 삼관까지 부서지면서 그 뒤로는 개인이 각자 도전해야 한다는 소문이 퍼졌다.

구파에서 보낸 사람들이 제어하려 했지만, 곧 낭인들과 제천궁 인사들의 강렬한 반발로 인해 결국 개방되고 만 것이다.

하지만 개방되었다고 해서 모두가 도전할 수 있는 것은 아니었다. 사관부터는 신주삼십이객인 고흘조차도 포기한 곳이 아닌가.

무인들은 동료를 구하기 시작했다. 문파 차원에서 나온 이들은 따로 동료를 구할 필요가 없었으나, 일반 낭인들은 달랐다. 그들은 자신보다 뛰어난 고수들이 있는 곳에 속하길 원했다. 그렇게 조가 하나둘씩 생겨났다.

그리고 어느 정도 동료가 포섭되었을 때에 사람들은 사관에 도전하기 시작했다.

그때 소비연 일행도 움직였다.

다만, 소비연은 이하영과 팽시영의 동행을 만류했다.

"어째서죠? 저도 린을 구해야만 하는 사명감이 있어요! 소공자만이 린을 구할 수 있다는 생각은 버리세요."

"일신무총은 고홀과 같은 초절정에 이른 고수도 들어가기 벅
찬 곳이오. 나와 팽 어르신 정도라면 모를까, 팽 소저와 이 소저
까지 같이 동행하게 되면 우리도 보호해주기 힘들게 되오."

"그럼 단 공자는요?"

"단 제는 본래 신주객이었는데다가 진혼신공까지 익혔소.
고홀을 당신과 같은 고수로 치부하면 아니 되오."

"그럼 저희에게도 진혼신공이라는 거 가르쳐 주세요!"

결국 팽무천이 나서고 말았다.

"영아야, 여기서 기다리거라."

"하지만……!"

"이건 놀러 가는 것이 아니다. 사방이 적이다. 천지회라는
곳에는 이 할애비도 어쩌지 못하는 고수들이 즐비하다. 천룡
십관, 그 음침한 곳에서는 어찌 너희들을 지킬 수 있을지는
모르나 저들의 암습에는 속수무책일 수밖에 없다."

"……."

결국 팽시영과 이하영은 이곳에 남게 되었다. 아직 절정에
지나지 않는 무위를 지닌 그녀들에게 있어 무총행은 너무 위
험한 탓이었다.

다만, 그녀들은 소비연과 일행을 기다리되, 이곳에 있는 고
수들을 설득하기로 마음먹었다. 씨알도 통하지 않을 가능성
이 클 테지만 그래도 닥칠지 모르는 적들의 암습에서 될 수
있는 한 피해자를 최소화시켜야 하기 때문이었다.

그렇게 소비연, 팽무천, 단재청은 일신무총이 있는 청량대에 올랐다.

무총 앞은 수많은 사람들로 바글바글했다.

천여 명은 족히 넘을 듯했다.

동료와 함께 들어가는 이들, 동료를 구하지 못해 홀로 도전하는 이 등 수많은 사람들로 다양했다.

팽무천은 무총 안으로 들어가기 전에 큰어른으로서 소비연과 단재청에게 충고하는 것을 잊지 않았다.

"린아를 구하는 데 총력을 다하되, 최대한 다른 사람들에게 피해가 가지 않게 해야 한다. 어쩌면 천지회인가 하는 놈들을 우리들끼리 상대해야 할지도 모르고… 또 어쩌면… 무덤이 통째로 함몰되어 사장될지도 모른다."

소비연은 묵묵히 고개를 끄덕였고, 단재청은 큰 주먹으로 제 가슴을 툭툭 치며 호언장담했다.

"크하하하핫! 걱정 마십시오, 장조 어르신. 내 천사를 위해서라도 이곳에서 개죽음당할 생각은 없으니."

그들은 굳은 결심과 함께 발걸음을 옮겼다.

일신무총, 달리 천룡십관이라는 이름을 가진 동굴은 의외로 규모가 웅장했다.

끝이 어디인지 알 수 없을 정도로 무저갱처럼 깊기만 했고, 너비는 수십 명이 한꺼번에 들어가도 넉넉할 만큼 컸다.

그 때문에 안쪽으로 움직이는 군웅들의 숫자도 거의 천에 가까울 정도로 많았다.

동굴 내부는 그리 특이한 것 같지 않았다.

종유석이 수없이 나 있고 벽면이 석회로 되어 까칠한 것이, 인조 동굴이 아닌 일반 천연 동굴이라고 해도 믿을 정도였다.

하지만 마음을 놓기엔 일렀으니.

누가 뭐라 해도 이곳은 일신의 무덤, 천룡십관이었다.

어느 지점을 기준으로 드디어 기관이 움직이기 시작했다.

휙! 휘휘휘휙!

수많은 화살이 비가 되어 쏟아졌다. 그것도 일반 나무로 만들어진 것이 아닌 쇠로 만들어진 철시였다.

채채채채챙!

사관에 발을 들인 자들은 대부분 각자가 살던 곳에서 이름을 떨치던 고수들. 비록 화살 숫자가 많긴 했으나, 그들은 이 정도 무기에 당할 위인이 아니었다.

각자의 병장기를 꺼내며 화살들을 쳐내기도 하고 어떤 이는 호신막을 둘러 아예 화살의 접근 자체를 막아버리기도 했다.

"흥! 이까짓 것이 무엇이라고 천룡십관이라는 거창한 호칭을 단단 말인가?"

"고흘, 그 사람도 웃기지 않는 것이, 이 정도의 기관도 극복하지 못하고 돌아왔다는 게 참 어이없습니다."

"푸하하핫! 사관이 이 정도 수준밖에 안 되는데 다른 곳이 어려우면 얼마나 어려울까. 일신이라는 사람, 혹시 소문만 무성한 가짜 아닌가?"

몇몇은 아예 대놓고 일신을 비웃기까지 했다.

그도 그럴 것이, 안쪽으로 들어가면 들어갈수록 처음 우려했던 것과는 다르게 허탈하기 짝이 없었기 때문이다.

철시가 몇 개 쏟아지는가 싶더니 나중에는 암기 몇 개가 중간에 발사되었다.

물론 개중에 눈먼 무기에 부상을 입거나 목숨을 잃은 자들도 있었지만, 대부분 고수라 할 만한 사람들의 목숨을 위협하기엔 너무나 부족했던 것이다.

앞서 가던 사람들은 자기들 덕분에 뒤에 따라오는 사람들이 편해지니, 정말 지루하기 짝이 없다느니 하며 그 따위의 말을 잘도 지껄여 댔다.

결국 군웅들은 곧 얼마 가지 않아 오관(五關)이라고 적힌 거대한 철문 앞에 당도하게 되었다.

"푸하하하핫! 뭐야? 진짜 이것밖에는 안 돼?"

"이거 정말 싱거운걸."

"뒤에 따라오는 사람들에게만 좋은 일을 한 셈이로군."

다른 사람들은 인상을 와락 찌푸렸지만 무어라 따질 수가 없었다. 상대는 신주객에 필적한다는 고수들이었다.

자꾸만 오만하기 짝이 없는 말을 내뱉는 그들은 산서삼흉(山西三兇)이었다. 자신들 스스로는 흉이 아닌 걸(傑)이라고 하지만, 제 무공만을 믿고 하수와 민초들에게는 안하무인격으로 대해 평판이 좋지 못한 자들이었다.

그중 막내 녀석이 껄껄 웃으면서 오관의 벽을 마구 쓰다듬었다.

"정말 이대로만 가면 우리가 일신의 백팔무공의 진정한 주인이 되겠… 응?"

다른 사람들의 이목 따위는 무시하며 오관의 입구를 여는 장치를 찾던 도중, 막내 삼흉은 한곳에 시선을 멈췄다.

들고 있는 횃불이 만들어내는 빛을 따라 나타나는 수백 개의 글자.

가장 서두엔 이리 적혀 있었다.

신조만리공(神鳥萬里功).

일신의 백팔무공 중 제일경신법이라 불리는 무공의 등장이었다.

"심봤다아아아아아!"

삼흉은 일신의 무공을 발견했다는 생각에 기분 좋게 소리질렀다. 동굴이 우르르 울릴 정도로 큰 소리였지만 그는 개의치 않았다.

"뭐? 정말? 크하하하하! 우리 막내가 큰일을 해냈구나."

"이 무공을 발견한 사람은 우리 형제다. 이에 반대할 사람은 없겠지?"

일흥은 재빨리 신조만리공을 자신의 것이라 아예 못을 박
았다.

같이 이곳에 온 군웅들은 이를 바득 갈았다.

자신이 앞에 있지 못해 무공을 놓쳤다는 생각이 든 것이다.
위험을 피하기 위해 어부지리를 노리고자 했는데 이게 무슨
꼴이란 말인가? 위험은커녕 지루하기 짝이 없는 기관들만 계
속되었고, 무공은 눈앞에서 빼앗기고 말았다.

결국 군웅들은 각자 자신이 앞으로 나서고자 했다. 드디어
무공에 눈이 멀어버린 것이다.

이내 수많은 이들이 앞으로 몰리기 시작했다.

바글바글하다.

그들은 미칠 듯이 문 쪽으로 향하며 오관을 열 수 있는 장
치를 찾고자 했다. 몇 명은 아예 철문 앞에서 앞으로 당장 달
려갈 수 있도록 채비까지 갖출 정도였다.

산서삼흉은 그 모습에 껄껄 웃어대기 시작했다.

"흥! 멍청한 놈들. 결국 신공에는 제 주인이 있기 마련이거
늘. 제까짓 놈들이 그 주인이라고 생각하나 보지?"

"일신의 백팔 무공의 주인은 우리 형제인데 말입니다, 큰
형님."

"그러게. 크하하하핫! 멍청하긴."

그들로서는 이미 원했던 무공 중 하나를 얻었으니 유유자
적일 수밖에 없었다.

　뒤에서 군웅들의 행동을 지켜보고 있던 단재청은 인상을 와락 찌푸렸다.

　"신공이 나타나면 강호인 모두가 미쳐 버린다더니, 이건 너무 심한 거 아니오?"

　팽무천은 그 말에 껄껄 웃었다.

　"이놈아! 저 모습이 얼마 전까지 네가 보이던 모양새와 다를 줄 아느냐? 너도 다르지 않았어!"

　"에이, 그래도 저 정도는 아니었소."

　"헐, 개구리 올챙이 적 생각 못한다더니. 네놈이 딱 그 꼴이로구나! 너도 십위무(十衛武) 중 하나를 얻지 않았더라면 그런 말도 못한다, 이것아!"

　팽무천이 말하는 십위무란 소비연이 단재청에게 넘긴 진혼신공을 의미했다.

　그 말이 틀리지 않기에 단재청은 결국 얼굴을 붉히며 깨갱 고개를 숙이고 말았다. 그도 그럴 것이, 만약 자신이 소비연 일행을 만나지 못했더라면 산서삼흉보다 더 날뛰었으면 날뛰었지, 조용하지는 않았을 것 같았다. 아니 어쩌면 천왕채 산적들을 총동원해서 이곳 인파들을 모두 밖으로 몰아내고자 했을지도 모르는 일이다.

　단재청은 곧 화제를 돌렸다.

　"그런데 왜 이리 약한 거요? 혹시 고홀이 사람들에게 사기 쳤나?"

이에 소비연은 고개를 저었다.

"아니, 고홀은 진실을 얘기했을 거다."

"그럼 사관이 삼관보다 쉬운 거란 뜻이우?"

"아니."

"엥?"

대체 무슨 뜻인지?

하지만 그 말뜻을 이해한 팽무천의 눈가에 스산함이 감돌았다.

"녀석의 말뜻은 아직 사관이 본모습을 드러내지 않았다는 뜻이다. 그러니 조심해 두어라."

"꿀꺽!"

단재청은 화들짝 놀라 도끼를 꼭 움켜쥐었다. 갓 사성을 탈피한 진혼신공의 구결을 되뇌면서 언제 들이칠지 모르는 암습에 대비하는 듯한 모습이었다.

큰 덩치를 한 산적이 긴장을 하는 모습이라니. 왠지 어울리지 않는 그 모습에 팽무천과 소비연이 피식 웃음을 터뜨리려는 때, 미약하지만 어떤 소리가 그들의 귓가에 들려왔다.

그그그그극!

소비연과 팽무천은 천천히 도파에 손을 가져다 댔다.

망아 성승과 함께 사관에 들어선 감패는 길게 하품을 했다.

"하암, 지겹군."

망아 성승은 목탁을 두들겼다.

톡똑, 데구루루.

"아미타불. 언제 어둠의 암습이 가해질지 모릅니다."

"땡중, 너도 솔직히 지겨워하는 거 보이거든?"

"흘흘흘, 그럴 리가요."

"그나저나 그 녀석은 잘하고 있으려나?"

감패는 문득 어제 낮에 천우객잔에서 눈을 마주쳤던 젊은 청년을 떠올렸다.

심연과 같이 깊은 눈을 하고 있는 자.

그 눈동자를 보았을 때, 감패는 몸이 짜르르 하고 울리는 것 같았다. 그것은 지난 오십 년 동안 그의 몸에서 사라진 것이라 생각한 호승심이었다. 상대는 자신으로서도 장담하기 힘든 고수였던 것이다. 어쩌면 입신경의 끝을 밟고 있는 자신도 범접하기 힘든 경지를 밟고 있는 지도 몰랐다.

'처음 그 눈을 봤을 때에 나는 건패가 세상에 다시 나타난 줄 알았다.'

그 청년을 생각하기만 하면 왜 이리 미소가 지어지는 건지.

더 이상 호적수란 존재하지 않는다 생각한 이 강호에 그런 강자가 있다는 사실이 믿기지 않았다.

"아미타불. 감 시주께서는 무엇이 그리도 재미있으신지요?"

"몰라도 된다."

감패는 심드렁한 목소리로 답하다가 문득 이상한 소리를

듣게 되었다.

그그그그극!

"이것은……?"

망아 성승의 표정이 굳어졌다.

"시작되려나 봅니다."

망아 성승은 숨을 크게 들이마시고는 전력을 다해 사자후를 터뜨렸다. 동굴이 위아래로 뒤흔들렸다.

"갈(喝)!"

그그그극! 우르르르르!

장치가 작동되는 소리와 함께 오관의 철문이 열리기 시작했다.

대기하고 있던 자들이 앞으로 쏟아졌다.

"열렸… 크아아아악!"

그들을 맞이한 것은 짙은 안개였다. 하지만 일반적인 안개가 아니었다.

독무. 독을 잔뜩 낀 안개였다. 그것도 닿는 것만으로도 몸이 통째로 녹아버리는 절독과 산이 범벅이 된 안개.

안개는 밖으로 휘몰아치는 바람과 함께 빠른 속도로 사관 내부를 채워갔다.

순식간에 사관은 아비규환, 지옥의 장으로 변했다.

안개는 닿는 모든 것을 녹여 버렸다.

사람이며, 물건이며, 옷이며, 그 어느 것 하나 가리지 않고, 심지어 형체조차도 남기지 않았다. 몇몇 고수는 호신기를 둘러 막아보고자 했지만 안개의 마수를 벗어날 수는 없었다. 신기한 것은 동굴 벽은 무슨 장치라도 되어 있는 건지, 석벽과 돌멩이들은 아무런 이상도 없다는 점이었다.

망아 성승이 피해를 줄여보고자 사자후를 내질렀지만 큰 도움이 되지 못했다.

결국 절정 이상의 고수들이 전력을 다해 장풍을 쏘아 맞바람을 놓고, 당가의 사람들이 해독제를 푼 후에야 안개가 사라졌다.

하지만 이로 인해 거의 육 할에 가까운 사람들이 죽거나 다시는 움직일 수 없을 정도로 큰 중상을 입고 말았다.

칠백이라는 숫자의 무인들은 그렇게 조용히 세상에서 사라졌다.

"우우우욱!"

단재청은 석벽에 기댄 채로 토악질을 시작했다.

오랜 산적 생활로 인해 비위가 많이 는 그도 견딜 수 없을 정도로, 동굴 내부는 참담했다.

녹아내리다 만 사람들, 팔다리를 잃은 사람들, 곤죽이 되어버린 자들, 녹슨 칼만이 그 흔적을 말해주는 이들까지.

팽무천은 입을 꾹 다문 채로 아무 말도 하지 않았다.

소비연은 싸늘한 눈빛을 했다.

'진성, 너와 천지회가 원하는 것이 바로 이런 거였나?

진성에 대한 증오가 자꾸만 커져 갈 무렵, 그는 자신을 부르는 어떤 기운 하나를 느끼게 되었다.

소비연은 재빨리 천장 쪽으로 시선을 옮겼다. 그곳을 본 순간, 그의 눈동자는 시간이 정지한 것처럼 차갑게 굳어졌다.

끝이 보이지 않을 만큼 높다란 천장이 보인다. 퀭한 어둠이 자리 잡고 있는 그곳 한쪽 벽에 사람 하나가 들어갈 만한 크기의 홈이 파여 있었다. 또 다른 통로로 향하는 입구인 듯싶었다.

그리고,

그곳에는 한 남자가 있었다.

진성.

이 모든 일의 원흉이자 원수인 그가.

진성은 한쪽 손으로 횃불을 들고서 입을 열었다.

"오랜만이야, 비연."

소비연의 입가로 싸늘한 미소가 어렸다.

드디어 모든 운명의 종착점이 모습을 드러냈다.

『신도무쌍』 6권에 계속…

共同傳人
공동전인

설경구 新무협 판타지 소설

마교를 재건하라.

혈마옥에 갇히며 마교 장로들의 공동전인이 된 사무진에게 주어진 과제.
역사상 가장 착한 마교의 교주.
하지만 역사상 가장 강한 마교의 교주가 되고 싶다.

고정관념을 버려요.

마교도라고 해서 꼭 나쁜 놈일 필요는 없잖아요.

지금까지와는 다른 마교.

이제 사무진이 만들어가는 새로운 마교가 모습을 드러낸다.

유행이 아닌 자유추구 -
WWW.chungeoram.com
Book Publishing CHUNGEORAM

설봉 新무협 판타지 소설

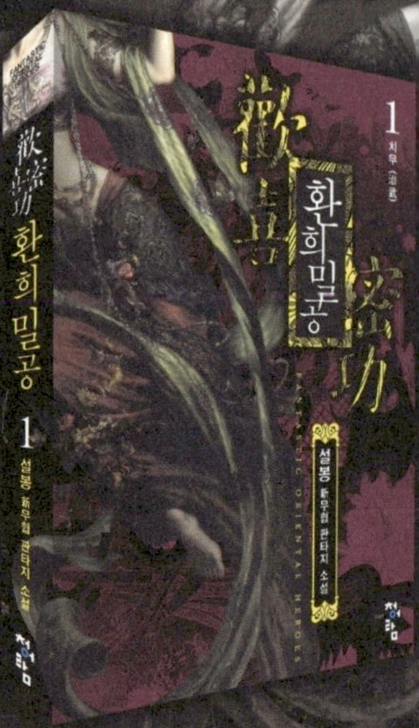

환희밀공

歡喜密功

무유칠덕(武有七德), 금폭(禁暴), 집병(戢兵), 보대(保大),
정공(定功), 안민(安民), 화중(和衆), 풍재(豊財), 자야(者也).
〈좌전(左傳), 선공 십이년(宣公 十二年)〉

무에는 일곱 가지 덕이 있다.
첫째, 난폭을 금지한다. 둘째, 무기를 거두어들인다. 셋째, 큰 나라를 보전한다.
넷째, 공적을 정한다. 다섯째, 백성을 편안하게 한다. 여섯째, 대중을 화합하게 한다.
일곱째, 물자를 풍부하게 한다.

섬서성(陝西省) 육반산(六盤山)에 신력(神力)을 바탕으로
패공(覇功)을 구사하는 가문(家門), 육반루가(六盤婁家).
세상에게 외면받고 멸시당하는 환희교(歡喜敎).
육반루가의 후손과 환희교 교주의 운명적인 만남.

"넌 환희교를 지키는 수문장(守門將)이 될 거야.
강하게, 아주 강하게 키워주마."
'아버지처럼 죽지 않을 거야. 아무도 날 죽일 수 없어.
세상에서 최고로 강한 사람이 될 거야.'

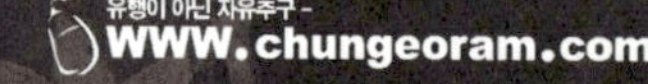

Book Publishing CHUNGEORAM